U0612151

# 母亲

梁晓声

著

贵州出版集团
贵州人民出版社

图书在版编目（CIP）数据

母亲 / 梁晓声著 . -- 贵阳 ：贵州人民出版社，
2022.6（2025.2 重印）
ISBN 978-7-221-17017-0

Ⅰ．①母… Ⅱ．①梁… Ⅲ．①中篇小说－小说集－中
国－当代 Ⅳ．① I247.5

中国版本图书馆 CIP 数据核字（2022）第 000339 号

# 母亲

MUQIN

梁晓声 / 著

| | | |
|---|---|---|
| 出 版 人 | 朱文迅 | |
| 责任编辑 | 苏　轼 | |
| 出版发行 | 贵州出版集团　贵州人民出版社 | |
| 地　　址 | 贵阳市观山湖区中天会展城会展东路 SOHO 公寓 A 座 | |
| 印　　刷 | 三河市兴博印务有限公司 | |
| 版　　次 | 2022 年 6 月第 1 版 | |
| 印　　次 | 2025 年 2 月第 5 次印刷 | |
| 开　　本 | 890 毫米 ×1240 毫米　1/32 | |
| 印　　张 | 8 | |
| 字　　数 | 215 千字 | |
| 书　　号 | ISBN 978-7-221-17017-0 | |
| 定　　价 | 59.00 元 | |

# 目 录

# 母亲

　　淫雨在户外哭泣，瘦叶在窗前瑟缩。这一个孤独的日子，我想念我的母亲。有三只眼睛隔窗瞅我，都是那杨树的眼睛。愣愣地呆呆地瞅我，我觉得那是一种凝视。

　　我多想像一个山东汉子，当面叫母亲一声"娘"。

　　"娘，你做啥不吃饭？"

　　"娘，你咋的又不舒坦？"

　　荣城地区一个靠海边的小小村庄的山东汉子们，该是这样跟他们的老母亲说话的吗？我常遗憾那儿对于我只不过是"籍贯"，如同一个人的影子，当然是应该有，而没有其实也没什么。我无法感知父亲对那个小小村庄深厚的感情。因为我出生在哈尔滨市，长大在哈尔滨市。遇到北方人我才认为是遇到了家乡人。我大概是历史上最年轻的"闯关东"者的后代——在当年一批批被灾荒从胶东大地向北方驱赶的移民中，有个年仅十四岁的孑然一身衣衫褴褛的少年，后来他成了我的父亲。

　　"你一定要回咱家去一遭儿！那可是你的根土！"父亲每每严肃地对我说，"咱"说成"砸"，我听出了很自豪的味儿。

我不知我该不该也感到同样的自豪，因为据我所知那里并没有什么值得自豪的名山和古迹，也不曾出过一位可以算作名人的人。然而我还是极想去一次，因为它靠海。

可母亲的老家又在哪里呢？靠近什么呢？

母亲从来也没对我说过希望我或者希望她自己能回一次她的老家的话。

母亲是吉林人吗？我不敢断定。仿佛是的。母亲是出生在一个叫"孟家岗"的地方吗？好像是，又好像不是。也许母亲出生在佳木斯市附近的一个地方吧？父亲和母亲当年共同生活过的一个地方？

我很小的时候，母亲常一边做针线活儿，一边讲她的往事——兄弟姐妹众多，七个，或者八个。有一年农村闹天花，只活下来三个——母亲、大舅和老舅。

"都以为你大舅活不成了，可他活过来了。他睁开眼，左瞧瞧，右瞧瞧，见我在他身边，就问：'姐，小石头呢？小石头呢？'我告诉他：'小石头死啦！''三丫呢？三丫呢？三丫也死了吗？'我又告诉他：'三丫也死啦！二妹也死啦！憨子也死啦！'他就哇哇大哭，哭得背过气去……"

母亲讲时，眼泪扑簌簌地落。落在手背上，落在衣襟上，也不拭，也不抬头。一针一针，一线一线，缝补我的或弟弟妹妹们的破衣服。

"第二年又闹胡子，你姥爷把骡子牵走藏了起来，被胡子们吊在树上，麻绳沾水抽……你姥爷死也不说出骡子在哪儿。你姥姥把我和你大舅一块堆搂在怀里，用手紧捂住我们的嘴，躲在一口干井里，听你姥爷被折磨得呼天喊地。你姥姥不敢爬上干井去说骡子在哪儿，胡子见女人没有放过的。后来胡子烧了我们家，骡子保住了，你姥爷死了……"

与其说母亲是在讲给我们几个孩子听，莫如说更是在自言自语，更是一种回忆的特殊方式。

这些烙在我头脑里的记忆碎片，就是我对母亲身世的全部了解，加上"孟家岗"那个不明确的地方。

我的母亲在她没有成为母亲之前，拴在贫困生活中多灾多难的命运就是如此。

后来她的命运与父亲拴在一起，仍是和贫困拴在一起。

后来她成了我们的母亲，又将我和我的兄弟妹妹拴在了贫困上。

我们扯着母亲褪色的衣襟长大成人。在贫困中她尽了一位母亲最大的责任……

我对人的同情心最初正是以对母亲的同情形成的。我不抱怨我扒过树皮捡过煤核的童年和少年，因为我曾这样分担着贫困对母亲的压迫。并且生活亦给予了我厚重的馈赠——它教导我尊敬母亲以及一切以坚忍捧抱住艰辛的生活、绝不因茹苦而撒手的女人……

在这一个淫雨潇潇的孤独的日子，我想念我的母亲。

隔窗有杨树的眼睛愣愣地、呆呆地瞅我……

那一年，我的家被"围困"在城市里的"孤岛"上——四周全是两米深的地基壑壕、拆迁废墟和建筑备料。几乎一条街的住户都搬走了，唯独我家还无处可搬。因为我家租住的是私人房产——房东欲趁机向建筑部门讨要一大笔钱，而建筑部门认为那是无理取闹。结果直接受害的是我家。正如我在小说《黑纽扣》中写的那样，我们一家成了城市中的"鲁滨孙"。

小姨回到农村去了，在那座二百余万人口的城市，除了我们的母亲，我们再无亲人。而母亲的亲人即是她的几个小儿女。母亲为了微薄的工资在铁路工厂做临时工，出卖一个底层女人廉价的体力。翻砂——那是男人们干的很累很危险的重活儿。临时工谈不上什么劳动保护，全凭自己在劳动中格外当心，稍有不慎，便会被铁水烫伤或被铸件砸伤压伤。母亲几乎没有哪一天不带着轻伤回家的。母亲的衣服被迸溅的铁水烧出一片片的洞。

母亲上班的地方离家很远，没有就近的公共汽车可乘。即便有，母亲也必舍不得花五分钱一毛钱乘车。母亲每天回到家里的时间，总在七点半左右，吃过晚饭，往往九点来钟了，我们上床睡，母亲则坐在床角儿，将仅仅二十支光[1]的灯泡吊在头顶，就着昏暗的灯光为我们补缀衣裤。当年城市里强行节电，居民不允许用超过四十支光的灯泡。而对于我们家来说，节电却是自愿的，因那同时也意味着节省电费。然而代价亦是惨重的。母亲的双眼就是在那些年里熬坏的，至今视力晃错。有时我醒夜，仍见灯亮着，仍见母亲在一针一针、一线一线地缝补，仿佛就是一台自动操作而又不发声响的缝纫机。或见灯虽亮着，而母亲肩靠着墙，头垂于胸，补物在手，就那么睡了。有多少夜，母亲就是那么睡了一夜。清晨，在我们横七竖八陈列一床酣然梦中的时候，母亲已不吃早饭，带上半饭盒生高粱米或生大火磴子，悄无声息地离开家，迎着风或者冒着雨，像一个习惯了独来独往的孤单旅人似的，"翻山越岭"，跋涉出连条小路都没给留的"围困"地带去上班。还有不少日子，母亲加班，我们一连几天甚至十天半个月见不着母亲的面。只知母亲昨夜是回来了，今晨又刚走了，要不灯怎么挪地方了呢？要不锅内的高粱米粥又是谁替我们煮上的呢？

才三岁多的小妹想妈，哭闹着要妈。她以为妈没了，再也见不到妈了。我就安慰她，向她保证晚上准能见到妈。为了履行我的诺言，我与困顿抵抗，坚持不睡。至夜，母亲方归，精疲力竭，一心只想立刻放倒身体的样子。

我告诉母亲小妹想她。

"嗯，嗯……"母亲倦得一边闭着眼睛脱衣服一边说，"我知道，知道的。别跟妈妈说话了，妈困死了……"

话没说完搂着小妹便睡了。

第二天，小妹醒来又哭闹着要妈。

---

[1] 支光：支光为民间对功率的一种说法，一支光 =1 瓦特。

我说："妈妈是搂着你睡的！不信？你看这是什么？"

枕上深深的头印中，安歇着几茎母亲灰白的落发。

我用两根手指捏起来给小妹看："这不是妈妈的头发吗？除了妈妈的头发，咱家谁的头发这么长？"

小妹用两根手指将母亲的落发从我手中捏过去，神态异样地细瞧，接着放在母亲留于枕上的深深的为汗渍所染的头印中，趴在枕旁，守着。好似守着的是母亲……

最堪怜是中秋、国庆、新年、春节前夕的母亲。母亲每日只能睡上两三个小时。五个孩子都要新衣裳穿。没有，也没钱买。母亲便夜夜地洗、缝、补、浆。若是冬季里，洗了上半夜搭到外边去冻着，下半夜取回屋里，烘烤在烟筒上。母亲不敢睡，怕焦了着了。母亲是个刚强的女人，她希望我们在普天同庆的节日，即使穿不上件新衣服，也要从里到外穿得干干净净。尽管是打了补丁的衣服……

她还想方设法美化我们的家。家像地窖，像窝，像土丘之间的窝。土地，四壁落土，顶棚落土。它使不论多么神通广大的女人为它而做的种种努力，都在几天内变成徒劳。

母亲却常说："蜜蜂蚂蚁还知道清理窝呢，何况人！"

母亲即使拼尽她那残余的一点精力，也非要使我们的家在短短几天的节日里多少有点家样儿不可。

"说不定会有什么人来！"

母亲心怀这等美好的愿望，颇喜悦地劳碌着。

然而没有个谁来。

没有个谁来母亲也并不觉得扫兴和失望。

生活没能将母亲变成懊丧的怨天怨地的女人。

母亲分明是用她的心锲而不舍地衔着一个乐观。那乐观究竟根据什么？当年的我无从知道，如今的我似乎知道了，从母亲默默地望着我们时目光中那含蓄的欣慰。她生育了我们，她就要把我们抚养成人。她从未怀疑她不能够。母亲那乐观在当年所依仗的也许正是这样的信念吧？唯一的始终不渝的信念。

我们依赖于母亲而活着，像蒜苗之依赖于一颗蒜。当我们到了被别人估价的时候，母亲她已被我们吸收空了。没有财富和书本知识，母亲是位一无所有的母亲。她奉献的是满腔满怀恒温不冷的心血供我们吮咂！母亲呵，娘！我的老妈妈！我无法宽恕我当年竟是那么不知心疼您、体恤您。

是的，我当年竟是那么不知心疼和体恤母亲。我以为母亲就应该是那样任劳任怨的。我以为母亲天生就是那样一个劳碌不停而又不觉得累的女人。我以为母亲是累不垮的。其实母亲累垮过多次。在夜深人静的时候，在我们做梦的时候，几回母亲瘫软在床上，暗暗恐惧于死神找到她的头上了。但第二天她总会不可思议地挣扎了起来，又去上班……

她常对我们说："妈不会累垮，这是你们的福分。"

我们不觉什么福分，却相信母亲累不垮。

在北大荒，我吃过大马哈鱼。肉呈粉红色，肥厚，香。乌苏里江或黑龙江的当地人，习惯将大马哈鱼肉包饺子，视为待客的佳肴。

前不久我从电视中看到大马哈鱼：母鱼产子，小鱼孵出。想不到它们竟是靠噬食它们的母亲而长大的。母鱼痛楚地翻滚着，扭动着，瞪大它的眼睛，张开它的嘴和它的鳃，搅得水中一片红，却并不逃去，直至奄奄一息，直至狼藉成骸……

我的心当时受到了极强烈的刺激。

我瞬忽间联想到长大成人的我自己和我们的母亲。

联想到我们这九百六十万平方公里土地上一切曾在贫困之中和仍在贫困之中坚忍顽强地抚养子女的母亲们。她们一无所有。她们平凡、普通、默默无闻。最出色的品德可能乃是坚忍。除了她们自己的坚忍，她们无可傍靠。然而她们也许是最对得起她们儿女的母亲！因为她们奉献的是她们自己。 想一想那种类乎本能的奉献真令我心酸。 而在她们的生命之后不乏好儿女，这是人类最最持久的美好啊！

我又联想到另一件事：小时候母亲曾买了十几个鸡蛋，叮嘱我们千万不要碰碎，说那是用来孵小鸡的。 小鸡长大了，若有几只母鸡，就能经常吃到鸡蛋了。 母亲满怀信心，双手一闲着，就拿起一个鸡蛋，握着，捂着，轻轻摩挲着。 我不信那样鸡蛋里就会产生一个生命。

有天母亲拿着一个鸡蛋，走到灯前，将鸡蛋贴近了灯对我说："孩子，你看！鸡蛋里不是有东西在动吗？"

我看到了，半透明的鸡蛋中，隐隐地确实有什么在动。

母亲那只手也变成了红色的。

那是血色呀！

血仿佛要从母亲的指缝滴淌下来……

"妈妈，快扔掉！"

我扑向母亲，夺下了那个蛋，摔碎在地上——蛋液里，一个不成形的丑陋的生命在蠕动。我用脚去踩，踏。不是宣泄残忍，而是源自恐惧。我觉得那不成形的丑陋的一个生命，必是由于通过母亲的双手饱吸了母亲的血才变出来的！我抬头望母亲，母亲脸色那么苍白。我内心里更加充满了恐惧，更加相信我想的是对的。我不要母亲的心血被吸干！不管是那一个被踩死踏死了的无形的丑陋的生命，还是万恶的贫困！因为我太知道了，倘我们富有，即使生活在腐酸的棺材里，也会有人高兴来做客，无论是节日或寻常的日子，并且随身带来种种礼物……

"不，不！"我哭了。

我嚷："我不吃鸡蛋了！不吃了！妈妈，我怕……"

母亲怒道："你这孩子真作孽！你害死了一条小性命！你怕什么？"

我说："妈妈我是怕你死……它吸你的血！"

母亲低头瞧着我，怔了一刻，默默地把我搂在怀里。 搂得很紧……

小鸡终于全孵出来了，一个个黄绒似的， 活泼可爱。 它们渐渐长大，其中有三只母鸡。以后每隔几日，我们便可吃到鸡蛋了。但我在很长一段时间内不敢吃，对那些鸡我却有着一种特殊的情感，视它们为通人性的东西，觉得和它们有着一种血缘般的关系……

连续三年的自然灾害使我们的共和国也处在同样的艰难时期。国营商店只卖一种肉——"人造肉"，淘米泔水经过沉淀之后做的。粮食是珍品，淘米泔水自然有限。"人造肉"每户每月只能按购货本买到一斤。后来加工"人造肉"收集不到足够生产的淘米泔水，"人造肉"便也难以买到了。用如今的话说，是"抢手货"，想买到得走后门儿。

中央人民广播电台在《为人民服务》节目中，热情宣传河沟里的一层什么绿也是可以吃的，那叫"小球藻"，且含有丰富的这个素那个素，营养价值极高……

母亲下班更晚了。但每天带回一兜半兜榆钱儿。我惊奇于母亲居然能爬到树上去撸榆钱儿，那是她爬上厂里一些高高的大榆树撸的。

"有'洋辣子'吗？"我们洗时，母亲总要这么问一句。

我们每次都发现有。

我们每次都回答说没有。

我们知道母亲像许多女人一样，并不胆小，却极怕树上的"洋辣子"那类毛虫。

榆钱儿当年对我们是佳果。我们只想到母亲可别由于害怕"洋辣子"就不敢给我们再撸榆钱儿了。

如果月初，家中有粮，母亲就在榆钱儿中拌点豆面，和了盐，蒸给我们吃。好吃。如果没有豆面，母亲就做榆钱儿汤给我们喝。不但放盐，还放油。好喝。

有天母亲被工友搀了回来——母亲在树上撸榆钱儿时，忽见自己遍身爬满"洋辣子"，惊掉下来……

我对母亲说："妈，以后我跟你到厂里去吧。我比你能爬树，我不怕'洋辣子'……"

母亲抚摩着我的头说:"儿啊,厂里不许小孩儿进。"

第二天,我还是执拗地跟着母亲去上班了。无论母亲说什么,把门的始终摇头,坚决不许我进厂。

我只好站在厂门外,眼睁睁瞧着母亲一人往厂里走。我不肯回家,我想母亲是绝不会将我丢在厂外的。不一会儿,我听到母亲在低声叫我。见母亲已在高墙外了,向我招手。我趁把门的不注意,沿墙溜过去,母亲赶紧扯着我的手跑,好大的厂,好高的墙。跑了一阵,跑至一个墙洞口。工厂从那里向外排污水。一会儿排一阵,一会儿排一阵。在间隔的当儿,我和母亲先后钻入到厂里。面前榆林乍现,喜得我眉开眼笑,心内不禁就产生了一种自私的占有欲——要是我家的树多好!那我就首先把那个墙洞堵上,再养两条看林子的狗。当然应该是凶猛的狼狗!

母亲嘱咐我:"别乱走。被人盘问就讲是你自己从那个洞钻进来的。千万别讲出妈妈。要不妈妈该挨批评了!走时,可还要钻那个洞!"

母亲说完,便匆匆离开了。

我撸了满满一粮袋榆钱儿,从那个洞钻出去,扛在肩上,心里乐滋滋地往家走。不时从粮袋中抓一把榆钱儿,边走边吃。

结果我身后随了一些和我年龄差不多的孩子,馋涎欲滴在瞅着我咀嚼的嘴。

"给点儿!"

"给点儿吧!"

"不给,告诉我们在哪儿的树上撸的也行!"

我不吭声,快快地走。

"再不给就抢了啊!"

我跑。

"抢!"

"不抢白不抢!"

他们追上我。 推倒我。 抢……

我从地上爬起时，"强盗"们已四处逃散。 连粮袋也抢去了。

我怔怔站着，地上一片踏烂的绿。

我怀着愤恨走了。 回头看，一个老妪蹲在那儿捡……

母亲下班后，我向母亲哭诉自己的遭遇，凄凄惨惨戚戚。

母亲听得认真。 凡此种种，母亲总先默默听，不打断我们的话，耐心而怜悯的样子。 直至她的儿女们觉得没什么补充的了，母亲才平静地作出她的结论。

母亲淡淡地说："怨你。 你该分给他们些啊。 你撸了一袋子呀！都是孩子，都挨饿。 那么小气，他们还不抢你吗？ 往后记住，再碰到这种事儿，惹人家动手抢之前，就先主动给，主动分。 别人对你满意，你自己也不吃亏……"

母亲往往像一位大法官，或者调解员，安抚着劝慰着小小的我们，缓解与社会那血气方刚的冲突，从不长篇大论一套套地训导。 往往三言两语，说得明明白白，是非曲直，尽在谆谆之中。 并且表现出仿佛绝对公正的样子，希望我们接受她的逻辑。

我们接受了，母亲便高兴，夸我们是好孩子。

而母亲的逻辑是善良的逻辑，包含有一个似无争亦似无奈的"忍"字。

为使母亲高兴，我们也唯有点头而已。

可能自幼忍得太多了吧，后来于我的性格中，遗憾地生出了不屈不忍的逆反成分。 如今三十九岁的我，与人与事较量颇多，不说伤痕累累，亦是遍体伤痕。 倘咀嚼母亲过去的告诫，便厌恶自己是个孬种。 忏悔既深既久，每每克己地玩味起母亲传给我的一个"忍"字。 或曰逆反，或曰"二律背反"也未尝不可，却又常于"克己复礼"之后而疑问重重，弄不清作为一个人，那究竟是好呢还是不好？

一场雨后，榆钱儿变成了榆树叶。

榆树叶也能做"小豆腐"。做榆树叶汤，滑滑溜溜的，仿佛汤里加了粉面子。

然而母亲厂里的食堂将那片榆树林严密地看管起来了，榆树叶成了工人叔叔和阿姨的佐餐之物。

别了，暗腾腾的"小豆腐"……

别了，绿汪汪的"滑溜溜"……

别了，整个儿那一片使我产生强烈的占有欲并幻想以狼狗严守的榆树林……

我们是社会主义国家，按照共产主义分配原则，将可做"小豆腐"可做"滑溜溜"的榆树叶"共产"起来，原本也是情理之中的事儿。倒是我那为己有的阴暗的心思，于当年论道起来，很有点儿自发的资产阶级利己思想的意味。

不过我当年既未忏悔，也未诅咒过自己。

……

母亲依然有东西带回给我们，鼓鼓的一小布包——扎成束的狗尾巴草。

狗尾巴草不能做"小豆腐"吃，不能做"滑溜溜"喝，却能编毛茸茸的小狗、小猫、小兔、小驴、小骆驼……

母亲总有东西带回给每日里眼巴巴地盼望她下班的孤苦伶仃的孩子们。

母亲不带回点什么，似乎就觉得很对不起我们。

不论什么东西，可代食的也罢，不可代食的也罢，稀奇的也罢，不稀奇的也罢，从母亲那破旧的小布包抖搂出来似乎便都成了好东西。哪怕在别的孩子们看来是些不屑一顾的东西。重要的仅仅在于，我们感觉到了母亲的心里对我们怀着怎样的一片慈爱。那乃是艰难岁月里绝无仅有的营养供给——那是高贵的"代副食"啊！

母亲是深知这一点的。

某天，放学回家的路上，我被一辆停在商店门口的马车吸引。瘦马在阴凉里一动不动，仿佛处于思考状态的一位哲学家。老板子躺在马车上睡觉。而他头下枕的，竟是豆饼。

四分之一块啊！

豆饼啊！

他枕着。

我同学中有一个区长的儿子，有一次他将一个大包子分给我和几个同学吃，香得我们吃完了直呷嘴巴。

"这包子是啥馅的？"

"豆饼！"

"豆饼？你们家从哪儿搞的豆饼？"

"他爸是区长嘛！"

我们不吭声了。

豆饼是艰难岁月里一位区长的特权。

就是豆饼……

我绕着那辆马车转一圈儿，又转一圈儿，猜测车老板真是睡着了，偷儿似的动手去抽那块豆饼。

老板子并未睡着。

四十来岁的农村汉子微微睁开眼瞅我，我也瞅他。

他说："走开。"

我说："走就走。"

偷不成，只有抢了！

猛地从他头下抽出了那四分之一块豆饼，弄得他的头在车板上咚地一响。

他又睁开了眼，瞅着我发愣。

我也看着他发愣。

"你……"

我撒腿便跑，抱着那四分之一块豆饼，沉甸甸的豆饼。

"豆饼！我的豆饼！站住……"

愣怔中的老板子待我跑出了挺远才明白过来是怎么一回事儿，边喊边追我。

我跑得更快，像只袋鼠似的，在包围着我家的复杂地形中跳窜，自以为甩掉了追赶着的"尾巴"，紧紧张张地撞入家门。

母亲愕问："怎么回事儿？哪儿来的豆饼？"

我着急慌忙、前言不搭后语地说："妈快把豆饼藏起来……他追我……"却仍紧紧抱着豆饼，蹲在地上喘作一团。

"谁追你？"

"一个……车老板……"

"为什么追你？"

"妈你就别问了……"

母亲不问了，走到了外面。

我自己将豆饼藏到箱子里，想想，也往外跑。

"往哪儿跑？"

母亲喝住了我。

"躲那儿！"

我朝沙堆后一指。

"别躲！站这儿。"

"妈！不躲不行！他追来了，问你，你就说根本没见到一个小孩子！他还能咋的？"

"你敢躲起来！"母亲变得异常严厉，"我怎么说，用不着你教我！"

只见那持鞭的车老板，汹汹地出现了，东张西望一阵儿，向我家这儿跑来。

他跑到我和母亲跟前，首先将我上下打量了足有半分钟。因我站在母亲身旁，竟有些不敢贸然断定我就是夺了他豆饼的"强盗"，手中的鞭子不由背到了身后去。

"这位大姐，见一孩子往这边跑了吗？抱着不小一块豆饼……"

我说："没有没有！我们连个人影也没看见！"

"怪了，明明是往这边跑的吗！"他自言自语地嘟哝，"我挺大个老爷们儿，倒让个孩子明抢明夺了，真是跟谁讲谁都不相信……"

他悻悻地转身欲走。

"你别走。"不料母亲叫住他，说，"你追的就是我儿子。"

他瞪着我，复瞪着母亲，似欲发作，但克制着，几乎有点儿低声下气地说："大姐你千万别误会，我可不是想怎么你的儿子！鞭子……是顺手一操……还我吧，那是我今明两天的干粮啊！"一副农村人在城里人面前明智的自卑模样。

母亲又对我说："听见了吗？还给人家！"

我怏怏地回到屋里，从粮柜内搬出那块豆饼，不情愿地走出来，走到老板子跟前，双手捧着还他。

他将鞭杆往后腰带斜着一插，也用双手接过，瞧着，仿佛要看出是不是小了。

母亲羞愧地说："我教子不严，让你见笑了啊！你心里的火，也该发一发。或打或骂，这孩子随你处置！"

"老大姐，言重了！言重了！我不是得理不让人的人，算了算了，这年头，好孩子也饿慌了！"他反而显得难为情起来。

"还不鞠个躬，认个错！"在母亲严厉目光的威逼之下，我被人按着脑袋似的，向那车老板鞠了个草草的躬。

我家的斧头，给一截儿劈柴夹着，就在门口。

车老板一言不发，拔下斧头，将豆饼垫在我家门槛儿上嘿嘿几下，砍得豆饼碎屑纷落，砍为两半儿。

他一手拿起一半儿，双手同时掂了掂，递给母亲一半儿，慷慨地说："大姐，这一半儿你收下！"

"那怎么行，是你的干粮啊！"

母亲婉拒。老板子硬给。母亲婉拒不过，只好收了，进屋去，拿出两个窝窝头和一个咸菜疙瘩给那车老板。又轮到那车老板拒而不收。最后呢？见母亲一片真心实意，终于收了。从头上抹下单帽，连豆饼一块儿兜着，连说："真是的，真是的，倒反过来占了你们个大便宜，怪不像话的！"

他在围困着我们家的地基壕堑、沙堆、废墟和石料场之间择路而去，插在后腰带上的长杆儿鞭子，似"天牛"的一条触角，晃晃的……

"你呀，今天好好想想吧！"

直至吃晚饭前，母亲就对我说了这么一句话。不理睬我，也不吩咐我干什么活儿。而这是比打我骂我，更使我悲伤的。

端起饭碗时，我低了头，嗫嗫地说："妈，我错了……"

"抬头。"

我罪人一般抬起头，不敢迎视母亲的目光。

"看着妈。"

母亲脸上，庄严多于谴责。

"你们都记住，讨饭的人可怜，但不可耻。走投无路的时候，低三下四也没什么。偷和抢，就让人恨了！别人多么恨你们，妈就多么恨你们！除了这一层脸面，妈什么尊贵都没有！你们谁想丢尽妈的脸，就去偷，就去抢……"

母亲落泪了。

我们都哭了……

夏天和秋天扯着手过去了。冬天咄咄地来了。我爱过冬天。大雪使我家周围的一切肮脏都变得洁白一片了。我怕过冬天，寒冷使我家孤零零的低矮的小破屋变成了冰窖。

那一年冬天我们有了一个伴儿——一条小狗。我在放学回家的路上发现了它，被大雪埋住，只从雪中露出双耳。它绊了我一跤。我以为是条死狗,用脚拨开雪才看出它还活着,快冻僵了。它引起了我的怜悯。于是它有了一个家。我们有了一个伴儿。一条漂亮的小狗,白色,黑花,波兰奶牛似的。 脖子上套着皮圈儿,皮圈儿上缀着一个小铜牌儿,小铜牌儿上压印出个"3"。它站立不稳,常趴着,走起来踉踉跄跄。 前足抬得高高的,不顾一切地一踏,于是下巴也狠狠触地。 幸亏下巴触地,否则便一头栽倒了。 喂它米汤喝,竟不能好好喝。 嘴在破盆四周乱点一通,五六遭儿方能喝到一口米汤。起初我以为它是只瞎狗,试它眼睛,却不瞎。 而那双怯怯的狗眼,流露着无限的人性,哀哀地乞怜着。 我便怀疑它不过是被冻坏的。 它漂亮而笨拙,如同一个患羊痫风的漂亮的小女孩,它那双褐色的狗眼,仿佛是通人性的。 我并未因其笨拙而产生厌恶。 弟弟妹妹们也是。

我们那么需要一个小朋友。

而它可以被当成一个小朋友。

就是这样。

母亲下班回到家里,呆呆地瞅着那狗吃和走的古怪样子,愣了半晌儿,惊问:"这是什么?"

我回答:"狗。"

"扔出去!"母亲怒道,"快给我扔出去!"

我说:"不!"

弟弟妹妹们也齐声嚷:"不扔!不扔!"

"都不听话啦?"母亲一把抓起了笤帚,高举着首先威胁我,"看我挨个儿打你们!"

我赶紧护住头:"就不许我们喜欢个什么东西吗?"

弟弟妹妹们也齐声表示抗议:

"就不许我们养条喜欢的狗吗?"

"就不许我们有个捡来的伴儿吗?"

母亲吼道:"不许!"笤帚却高举着,没即刻落到我头上。

我大胆争辩："你说过的，对人要心善！"

"可它不是人！"母亲举着的手臂放下了，"人都吃糠咽菜的年月，喂它什么？还是这么条狗！"

我说："我那份饭分给它吃。"

弟弟妹妹们也说："还有我们！"

母亲长长叹了口气，逐个儿瞧我们，垂下了手臂。

在一中住读的哥哥那天晚上也回家了，望着那条狗说："我知道了，这是条被医院里做过实验的狗，跑出来了！老师带我们到医院参观过，那些狗脖子挂的都是这种编了号码的小铜牌儿。肯定做的是小脑实验，所以它失去平衡机能了。生物课本上讲到这一点。不养它，它只有死路一条……"

可怜的我们的小朋友！

母亲又长长地叹了一口气。不知是因狗，还是因她的儿女们集体的发难。

宽容的我们的母亲……

那么样条狗，却也是可以和我们在雪地上玩耍的。感谢上帝，它的大脑里的狗性是没被人做过什么实验的。它那种古怪的滑稽的笨拙的动态，使我们发出一串串笑声，足以慰藉我们幼小的孤独的心灵。

雪地上留下一片片生动的足迹。我们的和狗的……

一天上午，趴在窗前朝外望的三弟突然不安地叫我："二哥你快看！"

外面，几个大汉在指点雪地上的足迹。

他们朝我家走来。

"是想抢我们的狗吧？"

我也不安了，惶惶地将"三号"藏入破箱子内，将小妹抱到箱子盖上坐着。

大汉们在敲门了，高叫："我们是打狗队的！"

"我们家没养狗！"

然而他们闯入家中。

"没养狗？狗脚印一直跑到你家门口！"

"它死了。"

"死了？死了的我们也要！"

"我们留着死狗干什么？早埋了。"

"埋了？埋哪儿？领我们去挖出来看看！"

"房前屋后坑坑洼洼的，埋哪儿我们忘了。"

他们不相信，却不敢放肆搜查，这儿瞧瞧，那儿瞅瞅，大扫其兴地走了。

"他们既然是打狗队的，既然没相信你们的话，就绝不会放过它的……"晚上，母亲为我们的"小朋友"表现出了极大的担心。

我说："妈，你想办法救它一命吧！"

母亲问："你们不愿失去它？"

我和弟弟妹妹们点头。

母亲又问："你们更不愿它死？"

我和弟弟妹妹们仍点头。

"要么，你们失去它。要么，你们将会看到打狗队的人，当着你们的面儿活活打死它。你们都说话呀！"

我们都不说话。

母亲从我们的沉默中明白了我们的选择。

母亲默默地将一个破箱子腾空，铺一些烂棉絮，放进两个掺了谷糠的窝窝头，最后抱起"三号"，放入箱内。我注意到，母亲抚摩了一下小狗。

我将一张纸贴在箱盖里面儿，歪歪扭扭写的是——别害它命，它曾是我们的小朋友。

我和母亲将箱子搬出了家，拴根绳子，我拖着破箱子在冰雪上走。

月光将我和母亲的身影映在冰雪上。我和母亲的身影一直走在我们前边，不是在我们身后或在我们身旁。一会儿走在我们身后一会儿走在我们身旁的是那一轮白晃晃的大月亮。不知道为什么那一个晚上月亮始终跟随着我和我的母亲。

半路我捡了一块冰坨子放入破箱子里。我想，"三号"它若渴了就舔舔冰吧！

我和母亲将破箱子遗弃在离我家很远的一个地方……

第二天是星期日。母亲难得休息一个星期日，近中午了母亲还睡得很实。我们难得有和母亲一块儿睡懒觉的时候，虽早醒了也都不起。失去了我们的"小朋友"，我们觉得起早也是个没意思。

"堵住它！别让它往那人家跑！"

"打死它！打呀！"

"用不着逮活的！给它一锹！"

……

男人们兴奋的声音乱喊乱叫。

"妈！妈！"

"妈妈！"

我们焦急万分地推醒了母亲。

母亲率领衣帽不齐的我们奔出家门，见冬季停止施工的大楼角那儿，围着一群备料工人。

母亲率领我们跑过去一看，看见了吊在脚手架上的一条狗，皮已被剥下了一半儿。一个工人还正剥着。

母亲一下子转过身，将我们的头拢在一起，搂紧，并用身体挡住我们的视线。

"不是你们的狗！孩子们，别看，那不是你们的狗……"

然而我们都看清了——那是"三号"。是我们的"小朋友"。白黑杂色的漂亮小狗，剥了皮的身躯比饥饿的我们更显得瘦。小女孩般通人性的眼睛死不瞑目……

母亲抱起小妹，扯着我的手，我的手和两个弟弟的手扯在一起。我们和母亲匆匆往家走。不回头。不忍回头。

我们的"小朋友"的足迹在离我家不远处中断了。一摊血仿佛是一个句号。

自称打狗队的那几个大汉，原来是工地上的备料工人。

不一会儿，他们中的一个来到了我家里，将用报纸包着的什么东西放在桌上。

母亲狠狠地瞪他。

他低声说："我们是饿急眼了……两条后腿……"

母亲说："滚！"

他垂了头往外便走。

母亲喝道："带走你拿来的东西！"

他头垂得更低，转身匆匆拿起了送来的东西……

雨仍在下，似要停了，却又不停。窗前瑟缩的瘦叶是被洗得绿生生的了。偶尔还闻一声寂寞的蝉吟。我知道的，今天准会有客来敲我的家门——熟悉的，还是陌生的呢？我早已是有家之人了。弟弟妹妹们也都早是有家之人了。当年贫寒的家像一只手张开了，再也攥不到一起。母亲自然便失落了家，栖身在她儿女们的家里。在她儿女们的家里有着她极为熟悉的东西——那就是依然的贫寒。受着居住条件的限制，一年中的大部分日子，母亲和父亲两地分居。

那杨树的眼睛隔窗瞅我，愣愣地呆呆地瞅我。古希腊和古罗马雕塑神祇们的眼睛，大抵都是那样子的，冷静而漠然。

但愿谁也别来敲我的家门，但愿。

在这一个孤独的日子让我想念我的老母亲，深深地想念……

我忘不了我的小说第一次被印成铅字那份儿喜悦。我日夜祈祷的是这回事儿。真是了，我想我该喜悦，却没怎么喜悦。避开人我躲在个地方哭了，那一时刻我最想我的母亲……

我的家搬到光仁街，已经是一九六三年了。那地方，一条条小胡同仿佛烟鬼的黑牙缝。一片片低矮的破房子仿佛是一片片疥疮。饥饿对于普通的人们的严重威胁毕竟开始缓解。我是小学五年级的学生了。我已经有三十多本小人书。

"妈，剩的钱给你。"

"多少？"

"五毛二。"

"你留着吧。"

买粮、煤、劈柴回来，我总能得到几毛钱。母亲给我，因为知道我不会乱花，只会买小人书。每个月都要买粮买煤买劈柴，加上母亲平日给我的一些钢镚儿，渐渐积攒起来就很可观。积攒到一元多，就去买小人书。当年小人书便宜。厚的三毛几一本，薄的才一毛几一本。母亲从不反对我买小人书。

我还经常去出租小人书，在电影院门口、公园里、火车站。有一次火车站派出所一位年轻的警察，没收了我全部的小人书，说我影响了站内的秩序。

我一回到家就号啕大哭。我用头撞墙。我的小人书是我巨大的财富。我觉得我破产了。从绰绰富翁变成了一贫如洗的穷光蛋。我绝望得不想活。想死。我那种可怜的样子，使母亲为之动容。于是她带我去讨还我的小人书。

"不给！出去出去！"

车站派出所年轻的警察，大檐帽微微歪戴着，上唇留两撇小胡子，一副"葛列高利"[1]那种桀骜不驯的样子。母亲代我向他承认错误，

---

[1] 葛列高利，苏联作家米哈依尔·亚历山大维奇·肖洛霍夫创作的长篇小说《静静的顿河》主人公。

代我向他保证以后绝不再到火车站出租小人书。话说了许多，他烦了，粗鲁地将母亲和我从派出所推出来。

母亲对他说："不给，我们就坐台阶上不走。"

他说："谁管你！"砰地将门关上了。

"妈，咱们走吧，我不要了……"

我仰起脸望着母亲，心里一阵难过。亲眼见母亲因自己而被人呵斥，还有什么事儿比这更令一个儿子内疚的？

"不走。妈一定给你要回来！"

母亲说着，就在台阶上坐了下去。并且扯我坐在她身旁，一条手臂搂着我。另外几位警察出出进进，连看也不看我们。

"葛列高利"也出来一次。

"还坐这儿？"

母亲不说话，不理他。

"嘿，静坐示威……"

他冷笑着又进去了……

天渐黑了。派出所门外的红灯亮了，像一只充血的独眼，自上而下虎视眈眈地瞪着我们。我和母亲相依相偎的身影被台阶斜折为三折，怪诞地延长到水泥方砖广场，淹在一汪红晕里。我和母亲坐在那儿已经近四个小时。母亲始终用一条手臂搂着我。我觉得母亲似乎一动也没动过，仿佛被一种持久的意念定在那儿了。

我想不能再对母亲说——"妈，我们回家吧！"

那意味着我失去的只是三十几本小人书，而母亲失去的是被极端轻蔑了的尊严。一个自尊的女人的尊严。

我不能够那样说……

几位警察走出来了，依然没看见我们似的，纷纷骑上自行车回家去了。

终于"葛列高利"又走出来了。

"嗨，我说你们想睡在这儿呀？"

母亲仍不看他，不回答。望着远处的什么。

"给你们吧！"

"葛列高利"将我的小人书连同书包扔在我怀里。

母亲低声对我说："数数。"语调很平静。

我数了一遍，告诉母亲："缺三本《水浒》。"

母亲这才抬起头来，仰望着"葛列高利"，清清楚楚地说："缺三本《水浒》。"

他笑了，从衣兜里掏出三本小人书扔给我，嘟哝道："哟哈，还跟我来这一套……"

母亲终于拉着我起身，昂然走下台阶。

"站住！"

"葛列高利"跑下了台阶，向我们走来。他走到母亲跟前，用一根手指将大檐帽往上捅了一下，接着抹他的一撇小胡子。

我不由得将我的"精神食粮"紧抱在怀中。

母亲则将我扯近她身旁，像刚才坐在台阶上一样，又用一条手臂搂着我。

"葛列高利"以将军命令两个士兵那种不容违抗的语气说："等在这儿，没有我的允许不准离开！"

我惴惴地仰起脸望着母亲。

"葛列高利"转身就走。

他却是去拦截了一辆小汽车，对司机大声说："把那个女人和孩子送回家去。要一直送到家门口！"

……

我买的第一本长篇小说是《红旗谱》。一元多钱。母亲还从来没有一次给过我这么多钱。

我还从来没向母亲一次要过这么多钱。

我的同代人们，当你们也像我一样，还是一个小学五年级学生的时候，如果你们也像我一样，生活在一个穷困的普通劳动者家庭的话，你们为我作证，有谁曾在决定开口向母亲要一元多钱的时候，内心里不缺少勇气？

当年的我们，视父母一天的工资是多么非同小可呵！

但我想有一本《红旗谱》想得整天失魂落魄，无精打采。

我从同学家的收音机里听到过几次《红旗谱》长篇小说连续广播。那时我家的破收音机已经卖了，被我和弟弟妹妹们吃进肚子里了。

直接吃进肚子里的东西当然不能取代"精神食粮"。

我那时还不知道什么叫"维他命"，更没从谁的口中听说过"卡路里"，但头脑却喜欢吞"革命英雄主义"。一如今天的女孩子们喜欢嚼泡泡糖。

在自己对自己的怂恿之下，我去到母亲的工厂向母亲要钱。母亲那一年被铁路工厂辞退了，为了每月十七元的收入，又在一个街道小厂上班。一个加工棉胶鞋帮的中世纪奴隶作坊式的街道小厂。

一排破窗，至少有三分之一埋在地下了。门也是。所以只能朝里开。窗玻璃脏得失去了透明度，乌玻璃一样。我不是迈进而是跌进门去的。我没想到门里的地面比门外的地面低半米。一张踏脚的小条凳权作门里台阶。我踏翻了它，跌进门的情形如同掉进一个深坑。

那是我第一次到母亲为我们挣钱的那个地方。

空间非常低矮。低矮得使人感到心里压抑。不足二百平方米的厂房，四壁潮湿颓败。七八十台破缝纫机一行行排列着，七八十个都不算年轻的女人忙碌在自己的缝纫机后。因为光线阴暗，每个女人的头上方都吊着一只灯泡。正是酷暑炎夏，窗不能开，七八十个女人的身体和七八十只灯泡所散发的热量，使我感到犹如身在蒸笼。那些女人们热得只穿背心。有的背心肥大，有的背心瘦小，有的穿的还是男人的背心，暴露出相当一部分丰厚或者干瘪的胸脯。毡絮如同褐色的重雾，如同漫漫的雪花，在女人们在母亲们之间纷纷扬扬地飘荡。而她们不得不一个个戴着口罩。女人们母亲们的口罩上，都有三个实心的褐色的圆。那是因为她们的鼻孔和嘴的呼吸将口罩濡湿了，毡絮附着上面。女人们母亲们的头发、臂膀和背心也差不多都变成了褐色的。毛茸茸的褐色。我觉得自己恍如置身在山顶洞人时期的女人们母亲们之间。

我呆呆地将那些女人们母亲们扫视一遍，却发现不了我的母亲。

七八十台破缝纫机发出的噪声震耳欲聋。

"你找谁？"

一个用竹篾子拍打毡絮的老头儿对我大声嚷，却没停止拍打。

毛茸茸的褐色的那老头儿像一只老雄猿。

"找我妈！"

"你妈是谁？"

我大声说出了母亲的名字。

"那儿！"

老头儿朝最里边的一个角落一指。

我穿过一排排缝纫机，走到那个角落，看见一个极其瘦弱的毛茸茸的褐色的脊背弯曲着，头凑近在缝纫机板上。周围几只灯泡热烤着我的脸。

"妈……"

"……"

"妈……"

背直起来了，我的母亲。转过身来了，我的母亲。肮脏的毛茸茸的褐色的口罩上方，一双疲惫的眼睛吃惊地望着我，我的母亲的眼睛……

母亲大声问："你来干什么？"

"我……"

"有事快说，别耽误妈干活儿！"

"我……要钱……"

我本已不想说出"要钱"两字，可是竟说出来了！

"要钱干什么？"

"买书……"

"多少钱？"

"一元五角就行……"

"……"

母亲掏衣兜，掏出一卷毛票，用指尖龟裂的手指点着。

旁边一个女人停止踏缝纫机，向母亲探过身，喊："大姐，别给！没你这么当妈的！供他们吃，供他们穿，供他们上学，还供他们看闲书哇！"又对我喊："你看你妈这是在怎么挣钱？你忍心朝你妈要钱买书哇！"

母亲却已将钱塞在我手心里了，大声回答那个女人："谁叫我们是当妈的啊！我挺高兴他爱看书的！"

母亲说完，立刻又坐了下去，立刻又弯曲了背，立刻又将头俯在缝纫机板上了，立刻又陷入手脚并用的机械的忙碌状态……

那一天我第一次发现，我的母亲原来是那么瘦小，竟快是一个老女人了！那时刻我努力要回忆起一个年轻的母亲的形象，竟回忆不起母亲她何时年轻过。

那一天我第一次觉得我长大了，应该是一个大人了。并因自己十五岁了才意识到自己应该是一个大人了而感到羞愧难当，无地自容。

我鼻子一酸，攥着钱跑了出去……

那天我用那一元五角钱给母亲买了一听水果罐头。

"你这孩子，谁叫你给我买水果罐头的？！不是你说买书，妈才舍得给你钱的嘛！"

那一天母亲数落了我一顿。数落完了我，又给我凑足了够买《红旗谱》的钱……

我想我没有权利用那钱再买任何别的东西，无论为我自己还是为母亲。

从此我有了第一本长篇小说……

后来我有了第二本、第三本、第四本、第五本……《钢铁是怎样炼成的》《牛虻》《勇敢》《幸福》《青年近卫军》……

我再也没因想买书而开口向母亲要过钱。

我是大人了。

我开始挣钱了——拉小套。在火车站货运场、济虹桥坡下、市郊公路上……

用自己辛辛苦苦挣的钱买书时，你尤其会觉得你买的乃是世界上最值得花钱最好的东西。

于是我有了三十几本长篇小说。十五岁的我爱书如同女人之爱美。向别人炫耀我的书是我当年最大的虚荣。

三年后几乎一切书都成"毒草"。

学校在烧书。图书馆在烧书。一切有书的家庭在烧书。自己不烧，别人会到你家里查抄，结果还是免不了被烧。普通的家庭只剩下了一个人的书，并且要摆在最显眼的地方。

街道也成立了"无产阶级文化大革命执行委员会"——使命之一也是挨家挨户查抄"毒草"焚烧之。

"老梁家的，听说你们这个院儿里，顶数你们孩子买的书多啦，统统交出来吧！"

"我儿子的书，我已经烧了，烧光了。现时我家只有那几本红宝书啦。"

母亲指给他们看。

他们怀疑。

母亲便端出一盆纸灰："怕你们不信，所以保留着纸灰给你们验证。若从我家搜出一本书，你们批判我。"

"听说你儿子几十本书哪，就烧成这么一盆纸灰？"

"都保留着？十来盆呢。我不过只保留了一盆给你们看。"

母亲分外虔诚老实的样子。

他们信了。

他们走时，母亲问："那么这一盆纸灰我也可以倒了吧？"

他们善意地说："别倒哇！留着，好好保留着。我们信了，兴许我们走后再来查一遍的人们还不信呀。保留着是有必要的！"

纸灰是预先烧的旧报纸。

我的书，早已在母亲的帮助下，糊在顶棚上了。

我下乡前，撕开糊棚纸，将书从顶棚取下，放在一只箱子里，锁了，藏在床底下最里头。

我将钥匙交给母亲时说："妈，你千万别让任何人打开那箱子。"

母亲郑重地接过钥匙："你放心下乡去吧！若是咱家失火了，我也吩咐你弟弟妹妹们先抢救那箱子。"

我信任母亲。

但我离开城市时，心怀着深深的忧郁。我的书我的一个世界上了锁，并且由我的母亲像忠仆一样替我保管，我可没有什么不放心的。然而谁来替我分担母亲的愁苦呢？即使是能够分担一点点？

我知道，不久三弟也是要下乡的。

接着将会轮到四弟。

那么家中只剩下挑不动水的妹妹、疯了的哥哥和我瘦小的憔悴的积劳成疾的母亲了！

我们将只能和父亲一样，从相反的两个方向，大东北和大西北遥遥地关注我们日益破败的家了……

母亲越是刚强地隐藏着愁苦，我越是深深地怜悯母亲。

上帝保佑，我的家并没失过火。却因房屋深陷地下，如同母亲挣钱的那个小厂一样，夏季里不知被雨水淹了多少次。

一九七九年，时隔五载，我第一次从北京回去探家，帮助母亲从家中清除破烂东西，打床底下拖出了那一只挺沉的箱子。它布满了滑溜溜的霉苔。

我问母亲："妈，这箱子里装的什么呀？"

母亲看着，回忆着，和我一样想不起来。

"妈，把打开这锁的钥匙给我……"

"妈也记不清楚哪把钥匙是开这把锁的了，你试吧！"

母亲从兜里掏出一串钥匙给我。

锁已锈死。哪一把钥匙也打不开。最后被我用砖头砸开了。

掀开箱盖，一股霉味直冲鼻腔。一箱子书成了一箱子发黄的碎纸。

碎纸中有几个粉红色的小小生命在蠕动，像刚刚被剁下来的保养得极润的女人手指。

我砰地关上了那箱子盖，并用双手使劲儿按住，仿佛箱子内有一个面目狰狞的魔鬼。

即使将世界装在那样一口箱子里也是会发霉的。

"箱子里到底是什么啊？"

母亲困惑地又问了一句……

父亲带着一颗受了伤害的心离开北京回四弟家中去住了。我致信三弟希望母亲能到北京来住。这是一九八五年的事。算起来我又六年未见母亲了。父亲的走，使我更加想念母亲。我心中常被一种潜在的恐慌滋扰，我总觉得一个不可避免的事实伏在距离我很近的日子里，当它突然跃到我跟前时，我不知我如何承受那悲哀、内疚和惭愧。

母亲便很快来到了北京。

母亲是感知到了我的心情吗？

我和妻每夜宿在办公室，将我们十三平方米的小小居室让给了母亲和安徽小阿姨秀华以及我们三岁半的儿子。一老一少两个女人和一个孩子夜夜挤在一张并不宽大的硬床上。

母亲满口全是假牙了。

母亲的眼病更严重了。

"你是她什么人？"

在积水潭医院眼科，医生对母亲的双眼仔细检查了一番后，冷冷地问我。

"儿子。"

"为什么到了这种地步才来看？"

我无言以对。我知道弟弟妹妹们为了治好母亲的眼睛，已是付出了许多儿女的义务和孝心。我也听出了医生话中谴责的意味。

"眼翳是难以去除了，太厚，手术效果不会理想的。而且也极可能伤到瞳仁……"

"那……至少，是应该植假睫毛的吧？"

可怜的母亲，双眼连一根睫毛也没有了！失去了保护的眼睛常为炎症所苦。

"应该想到的事，你不认为你想到的有些晚了吗？眼皮已经这么松弛了，植了假睫毛还是会向内翻，更增加痛苦。"

"那……"

"多大年纪了？"

"六十七岁了。"

"哦，这么大年纪了……开几瓶常用药水吧，每天给你母亲点几次，保持眼睛卫生……这更现实些……"

我搀扶着母亲，兜里揣着几瓶眼药水，缓慢地往医院外面走。

默默地我不知对母亲说什么话好。十五岁那一年，我去到母亲为养活我们而挣钱的那个地方的一幕幕情形，从此以后更经常地浮现在我脑际，竟至使我对类似踏板缝纫机的一切声音和一切近于褐色的颜色产生极度的敏感。

"儿，你替妈难过了？别难过，医生说得对，妈这么大年纪了，治好治不好的又怎么样呢？"

八岁的儿子，有着比我在十五岁时数量多得多的"书"——卡通连环画册、《看图识字》《幼儿英语》《智力训练》什么什么的。妻的工资并不高，甚至可以说是"低收入阶层"，却很相信智力投资一类宣传。如是等样的书，妻也看，儿子也看。因为妻得对儿子进行启蒙式教育。倘我在写作，照例需要相对的安静，则必得将全部的书摊在床上或地下，任儿子"作践"，以摆脱他片刻的纠缠。结果更值得同情的不是我，而是那些"书"。

触目皆是儿子的"书"，将儿子的爸爸的"读物"从随手可取排挤到无可置处，我觉得愤愤不平，看着心乱。既要将自己的书进行"坚壁清野"，又要对儿子的"书"采取"三光政策"。定期对儿子那些被他"作践"得很惨的"书"加以扫荡，毫不吝惜。

这时候，母亲每每跟着我踱出家门，站于门口望我将那些"书"扔到哪儿去了。随后捡回，而我不知觉。

一天，我跨入家门，又见满床满桌全是幼儿读物的杂乱情形，正在摆布的却不是儿子，而是母亲。糨糊、剪刀、纸条，一应俱全。母亲正在粘那些"书"。那些曾被儿子"作践"得很惨被我扔掉过的"书"。

母亲唯恐我心烦，慌慌地立刻就要收起来。

我拿起一册翻看，母亲粘得那么细致。

我说："妈，别粘了。粘得再好，梁爽也是不看的。这些书早对他失去吸引力了！"

母亲说："我寻思着，扔了怪让人心疼的不是……要不让我都粘好，送给别人家孩子吧！这也比扔了强呀！"

我说："破旧的，怎么送得出手？没谁要。妈你瞧，你也不是按着页码粘的，隔三岔五，你再瞧这几页，粘倒了啊！"

母亲说："唉，我这眼啊，要不寄给你弟弟妹妹们的孩子，或者托人捎给他们？"

我说："千里迢迢，给弟弟妹妹们的孩子寄回去捎回去一些破的旧的画册？弟弟妹妹们心里不想什么，弟媳和妹夫还不取笑我？"

母亲说："那……我真是白粘了吗？就非扔了不可了吗？粘好保存起来，过几年，梁爽他长大了几岁，再给他看，兴许他又像没看过一样了吧？"

我说："也可能。妈你愿粘，就粘吧。粘成什么样都没关系，我不心烦。"

于是我和母亲一块儿粘。收音机里在播着一支歌：

旧鞋子穿破了不扔做啥？

老太太老爷子他们实在啰唆。

……

我想像我这样的一个儿子，是没有任何权力嘲弄和调侃穷困在我的母亲身上造成的深痕的。在如今的消费心理和消费方式的对比之下，这一点并不太使我这个儿子感到可笑，却使我感到它在现实中的格格不入的投影是那么凄凉而又咄咄逼人。

我必庄重。

对于我的母亲所做的这一切似乎没有意义的事情，我必庄重。

我认为那是母亲的一种权力。

一种特权。

我必服从。

我必虔诚。

我不能连母亲这一点点权力都缺乏理解地剥夺了！

我知道床下、柜下，还藏着一些饮料筒儿、饼干盒儿、杂七杂八的好看的小瓶儿什么的，对于十三平方米的居室，它们完全是多余之物，毫无用处。

我装作不知。

是的，我必庄重。

它没什么值得嘲弄和调侃的。倘发自于我，是我的丑陋。尽管我也不得不定期加以清除。但绝不当着母亲的面，并且不忍彻底，总要给母亲留下些她也许很看重的东西……

一天，我嘱咐小阿姨秀华带母亲到厂内的浴室洗澡。母亲被烫伤了，是两个邻居架回来的。

我问邻居："秀华呢？"

他们说她仍在洗。

我从没对小阿姨表情严厉地说过话。但那一天我生气了。待她高高兴兴地踏进家门之后，我板起脸问她："奶奶烫伤了你知道不知道？"

"知道呀！"

"知道你还继续洗？"

"我以为……不严重……"

"你以为……你以为！那么你当时都没走到奶奶身边去看看？我怎么嘱咐你的！"

母亲见我吼起来，连说："是不严重，是不严重，你就别埋怨她了……"

半个多月内，母亲默默忍受着伤痛，没说过一句抱怨话。

母亲又失去了假牙。一天母亲取下假牙泡在漱口杯里，被粗心大意的小阿姨连水泼掉了。

母亲没法儿吃东西了，每顿只能喝粥。

我正要带母亲去配牙那一天，妹妹拍来了电报。

我看过之后，撕了。

母亲问："什么事儿？"

我说："没什么事儿。"

"没什么事儿哪会拍电报？"

母亲再三追问。

尽管我不愿意，但终于不得不告诉母亲——长住精神病院的大哥又出院了……

母亲许久未说话。

我也许久未说话。

到办公室去睡觉之前，我低声问母亲："妈，给你订哪天的火车票？"

母亲说："越早越好，越早越好。我不早早回去，你四弟又不能上班了！"

母亲分明更是对她自己说。

我求人给母亲买到了两天后的火车票。

走时，母亲嘱咐我："别忘了把那瓶獾油和那卷药布给我带上。"

我说："妈，你的烫伤还没好？"

母亲说："好了。"

我说："好了还用带？"

母亲说："就快好了。"

我说："妈，我得看看。"

母亲说："别看了。"

我坚持要看。母亲只好解开了衣襟——母亲干瘪的胸脯上有一大片未愈的烫伤的溃面！

我的心疼得抽搐了。

我不忍视，转过脸说："妈，我不能让你这样走！"

母亲说："你也得为你四弟的难处想想啊！"

……

母亲走了。带着一身烫伤。失落了她的假牙。留下的，是母亲的临时挂号证，上面草率的字写着眼科医生的诊断——已无手术价值。

今年春季，大舅患癌症去世了。早在一九六四年，老舅已经去世了。母亲的家族，如今只活着母亲一个女人，老而多病，如同一段枯朽的树根。 且仍担负着一位老母亲对子女们的种种的责任感。 那将是母亲至死也无法摆脱的了。

我想我一定要在母亲悲痛的时候回到母亲身旁去。 我想如果我不去就简直太浑蛋了！

于是我回到了哈尔滨。

母亲更瘦更老更憔悴了。 真正的就好似根雕一个样子！

母亲面容之上仿佛并无悲痛。 那一副漠漠然的神态令我内心酸楚。母亲其实已没有了丝毫能力担负她的责任和使命了呀！ 母亲好比是一只老猫，命在旦夕，只有关注着她的亲人和儿女们，然后从这个世界上平平常常地死去的份儿了！ 母亲她苍老的生命大概已完全丧失了体现她内心悲痛和怜悯之情的活力了吧？

在四弟的家里，只有我和母亲两个人的时候，母亲强打起她最后的尊严，语调缓慢地对我说："听着，妈和你爸从来没指望你当什么作家。你既然已经是了，就要好好儿地当。 妈和你爸都这么大年纪了，别在我们活着的时候，给我们丢脸……"

那一时刻，我真想给母亲跪下，告诉母亲，我会永远记住她的话……

母亲对我已无他求。

"不会干别的才写小说"——这一句话恰恰应了我的情况。

在这大千世界上我已别无选择，没了退路！

母亲，放心吧。 我记住了你的话，一辈子！

……

若有人问我最大的愿望是什么？我会毫不犹豫地回答：将我的老母亲老父亲接到我的身边来，让我为他们尽一点儿拳拳人子的孝心。 然而我知道，这愿望几乎等于是一种幻想、一个泡影。 在我的老母亲和老父亲活着的时候，大致是可以这样认为的。

我最最衷心地虔诚地感激哈尔滨市政府为我的老父亲和老母亲解决了晚年老有所居的问题，使他们还能和我的四弟住在一起。 若无这一恩德降临，在我家原先那被四个家庭三代人和一个精神病患者分居的二十六平方米的低矮残破的生存空间，我的老母亲老父亲岂不是只有被挤到天棚上去住吗？像两只野猫一样！而父亲作为我们共和国的第一代建筑工人，为我们的共和国付出了三十余年汗水和力气。

我的哈尔滨我的母亲城，身为一个作家，我却没有也不能够为你做些什么实际的贡献！

这一内疚是为终身的疚惭。

对于那些读了我的小说《溃疡》给我写来由衷的信的，愿真诚地将他们的住房让出一间半间暂借我老母亲老父亲栖身的人们，我也永远地对你们怀着深深的感激。这类事情的重要的意义是，表明我们的生活中毕竟还存在着善良。

我们北影一幢新楼拔地而起。分房条例规定：副处以上干部，可加八分。得一次全国奖之艺术人员，可加二分。我只得过三次全国中短篇小说奖。填表前向文学部参加分房小组的同志核实，他同情地说："那是指茅盾文学奖而言，普通的全国奖不算。"我自忖得过三次普通的全国中短篇奖已属文坛幸运儿，从不敢做得三次茅盾文学奖的美梦。而命运之神即便偏心地只拥抱我一个人吧，三次茅盾文学奖之总分也还是比一位副处长少二分，而我们共和国的副处长该是作家人数的几百倍呢？

母亲呵，您也要好好儿地活着呀！您可要等啊！您千万要等啊！

求求您，母亲！

母亲呵，在您那忧愁的凝聚满了苦涩的内心里，除了希望您的儿子"好好儿地"当一个作家，再就真的别无所求了吗？

……

淫雨是停歇了。瘦叶是静止了。这一个孤独的日子，我想念我的母亲。有三只眼睛隔窗瞅我，都是那杨树的眼睛。愣愣地呆呆地瞅我，瞅着想念母亲的我。

邻家的孩子在唱着一首流行的歌：

　　杨树，杨树，生生不息的杨树，
　　就像妈妈一样，
　　谁说赤条条无牵挂？
　　……

　　由我的老母亲联想到千千万万的几乎一整代人的母亲中，那些平凡的甚至可以认为是平庸的在社会最底层喘息着苍老了生命的女人们，对于她们的儿女，该都是些高贵的母亲吧？一个个写来，都是些充满了苦涩的温馨和坚忍之精神的故事吧？

　　我之愀然是为心作。

　　娘！

　　遥远地，我像山东汉子一样呼喊您一声，您可听到……

# 黑纽扣

今年五月，我完全是被长久萦绕心间的乡思所驱使，回到了哈尔滨。七年没回去了。七年没见老母亲了。

弟弟、妹妹、弟媳和妹夫们都还未下班，家中只母亲一人。母亲正做晚饭。狭小的厨房没窗子，一盏度数很低的灯卑微地忽闪着——电压不稳。灶烟和锅汽形成厚重的昏暗。昏暗中，母亲双手抖抖地端着米盆，像锅汽中的一个虚影，木然地望着我。显然，母亲一时看不清我的脸。

我大声说："妈，是我回来了！"心中竟很激动。

"是……绍生吗？"母亲从来只叫我小学时的名，这名是户籍警在我诞生的时候按照氏族辈字给我起的。母亲从来也没叫过我上中学后自己改的名——晓声。仿佛她不喜欢这个名，不认可她的儿子叫这个名。我不知这是为什么。也没诘问过。

"妈，是我！"一回到家中，自己说话的语调就很自然地归复了东北口音，连我自己都感到奇怪。

"哦，哦……"母亲转过身去，想找个放盆的地方。

我走进屋，刚搁下提包，母亲便跟入了，双手仍端着米盆。厨房极乱,母亲大概是没处放盆。

我赶紧从母亲手中接过米盆。里屋并不比厨房大多少,也不比厨房光明多少。只有一张桌子可放东西,桌子上同样杂乱地堆放了许多杯、碗、小孩儿的玩具。三对夫妻,三辈人,十一口,生活在仅二十余平方米的低矮而阴暗的空间里,有条不紊和清洁就只能成为一种奢望了。我原地转了三百六十度,最后将米盆暂放在床上。

"你……怎么也不预先来封信,我们也好把家收拾干净点……"母亲歉疚地说,目不转睛地端详着我。

母亲是更瘦小、更憔悴、更苍老了,脸色很不好,蜡黄里泛着青灰。眼病分明没治愈过,眼边红红的。衣服也挺肮脏,衣襟上一片锅底灰。整个看去母亲像一截儿枯槁的树根,从泥土中抠出来不久。

我又叫了一声"妈",心内倏然泛起难过,喉间像被什么东西哽住,说不出话。母亲一共养育了我们五个子女,我算是有点出息的——成了作家,我是母亲精神世界中的一豆烛光,是母亲心灵的安慰。可我身在北京,又是对母亲尽孝最少的一个儿子。甚至可以说,自从我到北京后,就没有对母亲尽过一个儿子的孝道。只不过隔几个月往家中寄点钱。

"孩子,你瘦多了……别那么拼命写,妈不指望你出名,只愿你身体好,没病没灾的……"母亲说着,侧过身,撩起肮脏的衣襟拭她那发红的眼角。

"妈,我不过就是瘦一点儿,可没什么大病……"我用谎话欺骗母亲。

我努力克制着,不使自己在母亲面前落下泪来。

"真的?"母亲转身再次注目端详着我。她长长叹了一口气,然后低声说:"你这次回来,一定要去看看你小姨。"

我说:"过三五天我就去看她。"

母亲说:"不,你明天就要去看她。她……怕是没多少日子可活了……"

我不禁呆住了。

母亲又说："你弟弟妹妹都去看过她了。连你妹夫也去看过她了。可她最想念的还是你，每次来信都提你……苦命女人，妈的命够苦了，你小姨比妈的命还苦……"

"小姨……她得了什么重病……"小姨才四十多岁，我简直有些怀疑母亲的话，讷讷地问。

"三月份你弟弟妹妹们把她接来家中住了一个时期，轮流陪她到医院去检查过，也没查出什么大病来。可她就是一天比一天瘦，不想吃也不想喝的，人瘦得快剩把骨头了……人啊，就怕是苦在心里啊！同学老师的，你都不要先去看，明天一定要先去看你小姨。"母亲异常忧郁地说。

我轻轻"嗯"了一声。

可怜的小姨！可怜的女人啊！

一种凄凉一种悲怆，在我内心里弥漫开来。

我装作疲乏的样子，倒在床上，眼眶竟有些湿润了。近几年来，还没有一件事儿，比这件事儿更令我感到难过。

我本来没有姨。小姨不是亲姨。

我七岁时，母亲在铁路上做临时工。挑挑抬抬，搬石运铁，卸煤扬沙。哪儿的活顶脏顶累，临时工们就被指派到哪儿去干，男女平等。母亲每天下班都很晚，常常是黑着一张脸，带着一身尘土回到家里。

那时我们家还没有搬到"偏脸子"这一带，住在安平街。房子，比现在住的还小，还破，还缺少光明。屋里的地面，要比外面的地面低一尺。为了防止下雨天雨水灌进屋来，门槛儿上面横钉了一块木板，进屋的人得高抬脚。门槛儿内叠了两层碎砖，算是踏脚的台阶。第一次来我家的人，不是头被上门框撞起了包，便是踩空"台阶"，吓一大跳。虽然有窗子，但一半埋入了地下。窗框被下沉的房子扯得不成形状，无法打开。碎了的玻璃因为窗框无形，也就镶不上，用牛皮纸糊着。这是私人房产，房东并不因它完全不像个房子样儿就将房钱压得便宜些。里外两间，外间夏天做厨房。冬天为了取暖，再将铁炉子搬进里屋去，我们五个孩子和母亲挤在里屋一铺炕上，外间便放大白菜、土豆、萝卜、水缸、粮食箱子、劈柴和煤桶，也就没余地了。

记得是冬季的一天，从白天到黑天，一直下着很大的雪。母亲那一天下班特别晚，带回来一个陌生人。

母亲的脸，照例是黑的。"低头，高抬脚，慢点落脚，再慢落一脚……"母亲先进得屋来，引着这人的一只手，提醒着，将这人引进屋来。亏得母亲心细，这人没被碰了头，也没被吓一跳。那人的脸比母亲的脸更黑，因而看不出年龄。从脸黑这一点却不难得出肯定的结论，那人是和母亲同样做临时工的，和母亲一块儿卸过煤。头戴和母亲同样的狗皮帽子，身套和母亲同样长过膝盖的大棉坎肩儿。脚穿和母亲同样的棉胶鞋。

母亲从炕上拿起笤帚，一边扫落那人身上的雪花，一边说："你瞧，我家就是这么个破烂样子，这几个都是我的孩子……绍生，快给我们倒洗脸水……"

那人的黑脸上唯独一双眼睛是干净的，眼神有点怅惘，有点拘谨。他一动也不动地站在门口，分明因为我家比他想象的还不如，一时有些不知所措。

我舀了大半盆凉水，轻轻放在他脚旁。

他见屋里没个能从容洗脸的地方，就一声不响地端起盆儿，转身走到外屋去了。

母亲便也摘下帽子，脱掉坎肩儿，跟到外屋去洗脸。

母亲又进屋来舀了两次水。

我们几个孩子，则在里屋面面相觑，彼此交换着惊奇的目光。

终于，母亲和那人又走进屋来了。

我们的惊奇顿增十倍。"他"竟是女的，一个大姑娘！

我们家住的那地方，当时被铁丝工厂占了，新盖起一幢三层楼房。邻居们都迁走了。因为房东想多要钱，在斤斤计较地和厂方耍赖皮，高楼下仅剩我们家东倒西歪的破房子，四周被还没有清除的建筑垃圾包围着。邻居们迁走后，已经好长时间没有外人迈进我们家的门槛儿了。没有人串门儿的家，对孩子们来说，是异常冷清寂寞的家。我们家在哈尔滨市又没有任何亲戚互相走动，生活的冷清寂寞就更令我们难耐。我们幼小的心灵里是早都在巴望着，随便有个什么人，能够知道在这座城市里，在这幢高楼后面，在一堆堆建筑垃圾的包围之中，有我们一家人生活着。只要这个人看得起我们，我们就会将我们全家真挚的、充满敬爱感激的情意奉献给这个人。这大姑娘那一天变戏法似的突然出现在我们面前，不但令我们惊奇，而且令我们非常高兴。

她长得很俊美呢！起码我们是这么认为的。她将那件脏而笨重的棉坎肩儿脱在外屋了，也脱去了工作服，向我们展出一件半新的红底儿黑花的紧身小袄。她比母亲高半头，这在女人们来说，是很值得羡慕的所谓"适中"身材了。虽然穿着棉袄棉裤，还是看得出，她的身材很苗条，不胖也不瘦。也许是刚用凉水洗过脸的缘故吧，她的脸色看上去那么红润。眼边的煤灰却是未洗尽，一双温良的眼睛仿佛描了眼圈儿似的，显得又大又有神。

在我和弟弟妹妹眼里，她完完全全是个大人。而她这个大人，看上去也不过十七八岁。弟弟妹妹们一溜儿趴在炕上，傻呆呆地瞪眼瞧着她。

在我们不懂礼貌的盯视下，她有些发窘地侧着身，双手攥着搭在胸前的一条粗辫子，轻声问母亲："大姐，有木梳吗？"

"有，有……"母亲应着，赶紧拉开破桌子的抽屉，寻找出我家中唯一一把断了好多齿的木梳递给她。

她接过木梳，就拆散了辫子，梳起头发来。

"里边趴着去！就这么一张炕，都让你们趴满了！"母亲对着弟弟妹妹们吆喝。于是弟弟妹妹们就一堆儿缩到炕角儿去了。

"坐炕沿上梳吧。"母亲轻轻地将她推坐在炕沿上。

我低声问："妈，我给你们热饭吃吧？我和弟弟妹妹们都吃过了。"

母亲说："我自己热吧。挑两棵白菜，洗一个萝卜，我做汤……"

母亲看了那大姑娘一眼，挨着她坐在炕沿上，推推她的肩膀，问："你怎么不说话？"

她只是一下一下地梳着长发，也不抬头！

母亲又说："如果，你是嫌弃我这个家，今晚我就只留你住一宿，明天我再替你想想办法，看能不能找个好住处安身……如果，你还肯将就我这个家，你就长久地住下来，住多久我也不会撵你搬走。有我吃的，就有你吃的。有我盖的，就有你盖的……"

她还是不吭声，还是不抬头。木梳，在乌黑的长发上缓缓地梳理着，将她那长发梳得顺溜极了。

我们见她这样子，都觉得大大地失望，猜想她准是不愿在我们这样一个家里长久住下。

我一边扒白菜洗萝卜，一边偷眼瞧那大姑娘，真希望她说一句"我住下"，或者点一下头。

她却像个哑巴，头垂得更低了。

母亲见她始终不回答，表情就有些尴尬，便缓缓地站起身，去切菜。

"大姐，你每月收我多少房钱？"她忽然抬起头，用极小的声音向母亲发问。

"瞧你问的，什么房钱不房钱？"母亲停止了切菜，转脸瞧着她说，"房子不是我的，我能做二道房东吗？你要愿住下，我一分钱也不收你的！"

那张我认为非常之俊美的脸上，花朵绽放般地呈现出一种心喜意悦的微笑，她复低下头说："那……我愿长久住下……"仍继续梳头。

母亲乐了，说："不过，孩子们面前，总得有个叫法。你叫我大姐，你年纪跟我的小妹子一般大，可惜我那小妹子死了。今后，就让孩子们叫你小姨吧？行吗？"

"嗯。"像个表示今后愿意听大人话的孩子的声调。她放下了梳子，开始编辫子。

母亲又对我们说："都听见了吗？今后要叫小姨！"

"小姨！"弟弟妹妹们迫不及待异口同声地叫起来。几只猫崽子似的爬到她身旁，一迭声地叫"小姨"。

她半转过身，瞧着我们，又那么可爱地笑了。

我仿佛觉得我们家那小破屋子顿时满室生辉。在一片"小姨"的叫嚷声中，我那颗七岁的男孩子的心，竟充满了莫名其妙的激动和兴奋！从今往后我将有一个小姨了！并且是一个多么让我喜欢看着的小姨啊！我那把木头做的、涂了墨的驳壳枪，我那一小箱子小人书，我那十几颗花瓣玻璃球，我那只养在一个桌子抽屉里的小麻雀，所有我一切的宝贝东西，都抵不上这个小姨！我们与家庭成员之外的一个人建立了某种亲近的关系，这简直是生活对我们的赐予！

以往，母亲下班后，若是我们已经吃过了饭，她是绝不再动手做饭的，只胡乱吃几口我们给她留的饭就算了。那一天，虽然母亲下班很晚，虽然我们都看出她很疲劳，但她还是撑着精神，将两棵白菜细细地切了，拌了一盘。将萝卜同样细细地切了，做了小半锅汤。还抖尽了面口袋里的白面，放许多油煎了几张饼。母亲是从来舍不得一次用掉那么多油的。看得出，小姨和母亲一样，是个干起活儿来不藏奸不披懒的。要不，她们为什么会把那一大盘拌白菜吃得干干净净，将那半锅汤喝得精光呢？

母亲和小姨吃罢饭，我默默收拾了碗筷去刷洗。我心里高兴，便会主动去做我不情愿做的事。小姨要抢着刷洗。母亲拦住她，说："往后有你插手的时候，今天还不能劳大驾！"

小姨无声地笑了。我真是看不够小姨的笑脸！她笑起来真叫别人感到快乐！

母亲又说："你今晚就和我挤一宿吧，明天把外屋收拾收拾，给你搭个铺。"

小姨微微点头。在我们眼中，她是个大姑娘，是个大人。在母亲眼中，她分明还是个小妹子，是个孩子，她在母亲面前显得那么乖顺。

母亲开始铺被窝儿，弟弟妹妹们都自觉地往一块儿挤，给我们的小姨腾出倒身之处。家里的被子都很旧了。白被头也都很脏了。母亲很勤劳，几乎每隔一个月就拆一次被褥，但仍不能使全家的被褥显得干净些。因为炕是脏的。炕脏因为三面炕墙是脏的，每天不知要往下掉多少墙皮。还因为我们的小身体一个个都是脏的。夏天，我们身上还能干净些，母亲常常将大盆放在外面，倒一大盆水给我们脱光了衣服洗澡。而整个冬季，我们是谈不上洗澡的。弟弟妹妹们毕竟都很幼小，一个个完全沉浸在意外获得了一个好看的小姨的幸福之中，并不为脏被褥感到羞耻。已经七岁了的我，却感到自己的脸发起烧来。羞耻感第一次在我的自尊心上打下了烙印，它不深也不浅。

我兑了半脸盆温水，放在小姨脚边，很礼貌地对小姨说："小姨，请你洗脚吧！"

"呀！"小姨仿佛吃了一惊地看着我，又看着母亲。

母亲也说："你洗脚吧。"

小姨几乎是在恳求地说："我哪能成个小姐似的，都让孩子把洗脚水端到眼皮底下呢！大姐你一定得跟孩子讲，往后千万别这么样恭敬我啊！"

母亲平淡地一笑，说："谈得上什么恭敬呀，孩子不过是得了你这么个姨，从心里往外亲爱着你罢了。你看不出来？"

小姨说："大姐我又不是木头人，哪能看不出来呢！"又端详着我问："上学了吗？"

我回答："上了。"

"几年级？"

"刚上一年级。"

"那小姨往后可以帮助你学习了，小姨是高小毕业呢！"那美好的微笑中洋溢着几许自豪。

我也不禁笑了，说："行。"

母亲接言道："我们绍生学习可用功啦，是两道杠呢，考试还得了奖状呢。"

"你是该好好读书啊，你爸爸在外地工作，你妈妈一边干临时工，还要拉扯你们长大，不好好学习可对不起你妈呀！"

我默默地点了一下头。

小姨又对母亲说："大姐，你可真不容易啊！"

母亲长长地叹了口气："可不，真不容易啊！有时候我心里都觉得活得疲倦了呢！"

我一声不响地退到炕角儿，从书包里拿出课本，脱了鞋，默默地贴墙躺下，朝墙转过身去，捧着课本看。

母亲催促小姨："洗脚吧，今天整整卸了一天煤，可是够累了啊！"

小姨说什么也不肯先用那盆洗脚水，到底还是母亲先洗过了，她才洗。洗完，却仍垂着赤脚坐在炕沿上，迟迟不上炕脱衣。

母亲又催促。

小姨说："我侄子看书呢！"

"我不看了。"我说着，将课本塞到枕下。

若是往常，我和弟弟妹妹们一钻进被窝儿，顷刻便会进入梦乡。但那一天，我们却毫无睡意。我竟也和弟弟妹妹们一样，趴在被窝儿里，目不转睛地盯着小姨看。看也看不够。

母亲再次催促小姨睡觉。

小姨低下头去，悄悄地说："大姐，等孩子们睡着了我再……当着这么多小侄子的面儿……怪羞人的……"

母亲逐个儿拍着我们的脑袋，大声命令："闭上眼睛，闭上眼睛！都给我闭上眼睛睡觉！"

我们这个闭上了眼睛，那个又睁开了眼睛，对这个小姨所感到的新奇，简直就使我们兴奋得无法入睡。仿佛生怕睡一觉醒来，小姨就不存在了。

"这些孩子，真不听话！"母亲佯装生气，看了小姨一眼，忍不住扑哧乐了，顺手拉灭了灯。屋里顿时伸手不见五指。黑暗中，只听到小姨窸窸窣窣地缓慢脱衣服的声音。

沉静了片刻，又听小姨和母亲悄悄说话："大姐，和咱们一块儿干活儿的那几个男人忒坏，总拿些入不得耳的话挑逗我。"

"你别理他们就是了。你越当真，他们越开心！没一个好东西！"

"我也不敢生气，怕得罪了他们，他们今后欺负我。"

"别怕他们，谁敢欺负你，大姐饶不了他！别看大姐是个老实人，但不受人欺。你是我妹子，欺负你就是欺负了我……"

就这样，小姨在我们家中住下了。就这样，我们有了一个不是亲的，可比亲的还亲的小姨。

往后我才从母亲口中断断续续知道，小姨不但是个高小毕业生，还是个共青团员。她是离哈尔滨一百多里的双城县农民，家里生活也挺困难的。听别人说哈尔滨在招青壮临时工，就独自一人到哈尔滨来了。在搬到我们家之前，她每晚都在火车站过夜。

我们因为有了这个小姨，都有了许多明显的改变。首先是，我们不再房前屋后乱拉粑粑了。小姨帮我们在附近搭了一个简陋的茅厕。我们也变得爱清洁了，因为小姨很爱清洁。我们将两只破箱子从里屋的铺底下拖出来，搬到外屋，一头一只，当作床腿。黑夜我和母亲从外面拖回来两块建筑工地上抛弃的跳板，截断后，为小姨在外屋搭了一张很牢靠的"床"。白菜萝卜堆到了"床"底下。外屋四处透风，墙上挂着厚厚的霜。我和弟弟妹妹用锅铲将霜刮下来，又用破棉团儿塞进透风的缝隙。我们怕小姨晚上睡觉冷，还得将火炉从里屋搬到外屋。在间壁墙上凿了个洞，增加了两节烟筒，穿到里屋去。这样一来，里屋不但同样暖和，而且显得宽敞了。小姨没住到我家时，母亲想不到也没心思做这些事儿。我这个孩子更想不到。小姨住到我家后，我并未经母亲吩咐，却想到了应该做许多事儿。这一类事情做过后，我们的家也像我们一样有了些微改变。

春节前一个月，母亲忽然变得好像有什么心事。一天，母亲背着小姨偷偷对我说，她是怕爸爸春节回家探亲，会因为家里住了一个陌生女人而不高兴。明白了母亲的心事，我也暗暗为此忧愁。父亲是绝不需要一个小姨的，他不发脾气才怪呢！

母亲让我给父亲写了一封信。信中告诉父亲家中一切都很安好，并且希望父亲春节不要回来探家，夏天再回来。讲了好几条夏天探家比春节探家好的理由。

小姨自然不知，几乎天天都问母亲："大姐夫什么时候回来呀？"

母亲就说："今年春节回不回来探家还不一定呢。"

"大姐，你快写封信，催我大姐夫回来探家吧！大姐夫不是两年多没探家了吗？你就不想？"

母亲淡淡地说："不想。"

小姨笑道："大姐骗人。就算你不想，孩子们也不想？"

母亲说："也许孩子们早把他忘了呢！"

弟弟妹妹们一听，抗议地嚷起来："没忘，没忘，我们早就盼着爸爸回来探家呢！"

母亲便不再说什么。

父亲果然回信说他春节不探家了，我念完信，弟弟妹妹们都哭闹起来。我和母亲互相望着，默默无语。我的心情和母亲是一样的，既觉得心中安定了，又觉得很内疚。

小姨则谴责起父亲来："哪有这样的人，两年多没探家了，孩子老婆一大堆，说不回来，就不回来了！大姐，我替你写封信问问他，他心里到底还有没有这个家啊！"

母亲则装作生气地说："才不给他写信！他心里没这个家了，我们心里从此没他！"

小姨的父亲，一位老实厚道的庄稼人，从农村到城市来找小姨，想带小姨回去过春节。小姨不回去，她对父亲说："这个春节是我和大姐认识后的第一个春节，大姐夫又不探家了，撇闪得大姐和孩子们多冷清啊！这个春节我一定要跟大姐和孩子们一块儿过。"

小姨的父亲在我家住了两天，不好勉强小姨跟他回去，失望地走了。他临走，对母亲说他把小姨托付给母亲了。

我们的父亲虽然没回来探家，我们却过了一个很快乐的春节。快乐是小姨给予我们的。

我们也送灶王了，也供祖宗了，也吃年宵饺子了，也放鞭炮了。小姨还帮母亲炒了好几样菜，买了一瓶价钱便宜的色酒。

吃年宵饺子的时候，母亲在桌上多摆了一只小盘、一双筷子。

我说："妈，多了一个人的。"

母亲说："不多，那是你爸爸的。你爸爸已经好几年没和全家在一起过春节了，就当这个春节是他和我们一起过的吧！"

小姨看了母亲一眼，就斟满了两盅酒，一盅递给母亲，另一盅双手端起，对母亲郑郑重重地说："大姐，你替我大姐夫喝这一盅。大姐夫，我敬你一盅了！"说罢，一口喝干。顷刻，脸红得桃花似的。

母亲也一口喝干……

春节一过，天气渐渐暖了。转眼到了四月份，我们的日子不好过了。与我们一家共同生活的，除了小姨，还有一个无法计数的庞大家族——臭虫家族。它们是靠喝我们的血繁衍子孙后代的。我和弟弟妹妹被咬得夜夜在炕上翻滚，身上被咬起了一排排一片片的大疙瘩。小妹被咬得夜夜哭闹难眠。我苦中寻乐，编了个谜让小姨猜：

> 日落西山黑了天，
>
> 红孩妖精上了山，
>
> 有心想吃唐僧肉，
>
> 猪八戒的耙子挠得欢。

小姨显然是猜着了的，但并不说破。只像个医生似的，用棉花团儿蘸着盐水，给弟弟妹妹们擦身上的疙瘩。

小姨叹了口气，对母亲说："大姐呀，孩子们被咬得太可怜了，得想个法子呀！"

母亲用心疼的目光望着我们，说："想了许多法子，就是治不住啊！"

第二天，小姨托病没去上班。母亲走后，小姨对我说："跟我走，去办点事儿。"

我也不多问，就跟小姨离家了。

小姨先领我到储蓄所，从她的存折上取钱。

储蓄员奇怪地说："昨天刚存，今天就取！"

小姨说："有急用。"

"二十元都取了？"

"都取了。"

……

接着小姨又领我去租了一辆手推车，然后我推着车跟她到了杂货市场上，买了两个草垫子。

回到家里之后，她又亲自到工地上去要了一桶电石灰。然后，小姨指挥我们，将破烂家具都从屋里搬出，她就动手泡电石灰，并在电石灰中掺了好几包"六六"粉。我要帮她忙儿，她不许，怕烧坏了我的手。

小姨独自用块旧布缠了一柄"刷子"，将里外墙壁细致地刷了一遍。

又烧了几大壶开水，往破家具的缝隙里浇。

母亲下班之前，我们已将家又收拾好了，炕上也换了新草垫子。由于墙壁潮湿，许多处刷过之后，不是变白了，而是变黄了，像一块块难看的黄斑。小姨真有主意，又跑到商店去买了好几张画，贴在那些地方。母亲下班后，一进家门，竟呆住了，半晌儿说不出话。

小姨的双手都被烧起了许多大泡，她瞧着母亲抿嘴笑。

母亲要给小姨买草垫子的钱。小姨说什么也不收。

母亲说："你积攒点钱不容易，家中还有老父母的，你得收下！"

小姨生气了，说："大姐你要逼我收下，我就搬走了！"

母亲只好作罢。

母亲擎着小姨烧伤的双手，簌簌地落下了眼泪。

那一夜，我们睡得十分香甜……

房东向街道告了母亲一状。说母亲财迷心窍，私自往家里招房客，做起"二道房东"来了。街道干部们听信了，就来到家质问母亲，母亲作了解释，然而他们不信。"哪有这么好心的人，非亲非故的，白将房子给人家住！"他们当着母亲的面儿表示怀疑。

母亲火了，顶撞道："你们不相信，就随你们的便好了！"

后来他们又当小姨在家时，来向小姨"调查了解"。

小姨回答他们："要说我大姐收留我是做了'二道房东'，那才是财迷心窍的人胡思乱想出来的呢！"

他们还不相信，毫无理由地认为肯定是母亲和小姨串通一气，预先商量好了的对词，于是便怂恿房东向法院起诉。

不久，母亲接到了法院的传讯。那是母亲生平第一次被迫跟法律打交道。

小姨毕竟是个农村姑娘，没经历过什么事儿，很不安，对母亲说："大姐，我还是搬走吧！"

母亲问："你有地方去？"

小姨说:"还睡火车站。"我和弟弟妹妹们一听小姨说她还要去睡火车站,都急了,乱嚷嚷:

"小姨,你千万别搬走啊!"

"妈,无论如何别让小姨离开咱家呀!"

母亲看着小姨说:"听见孩子们的话啦?不许你搬走!你一搬走,没影的事儿也成真事儿了!有理走遍天下,我才不怕法院!你要去睡火车站,就再别叫我大姐!"

母亲从法院回来时,一副胜利归来的骄傲姿态。

小姨问:"大姐,赢了?"

母亲说:"有理嘛,还能输了不成?"

小姨说:"谢天谢地,你走后,我心里七上八下的……"

母亲说:"没见过世面的!"

小姨又问:"大姐,法院怎么问的?你都怎么回答的?"

母亲淡淡地说:"学这些干啥,没意思的!法院的同志当着我的面告诉房东:第一,他起诉是毫无根据的。第二,不许他为难我们,更不许赶我们搬家,除非我们主动想搬。还批评他只收房费,不修房子……"

小姨佩服地说:"大姐,你还真行!"

母亲说:"行什么,我是憋着口气上法院的啊!要不是人家告了咱们,我宁可忍气吞声。"

小姨反倒张扬起来了,愤愤地说:"大姐,我陪你找房东去,当面儿损他一顿,替你出出气!"

母亲说:"得理让三分,算啦!咱们再给房东加两元房钱吧,省得他往后再找麻烦,惹是生非的。"

小姨听了,瞧着母亲,半晌儿没言语……

过了"五一",天气更暖和了。一冬天泼的脏水,在房前屋后的垃圾堆上结了一层层的脏冰。白天,被太阳晒化了,从垃圾堆上淌下来,不但泥泞了道路，还散着难闻的气味。

一天晚上，小姨背着双手，对母亲说："大姐，你猜家里给我寄啥来了？"

母亲问："是鞋吧？"

小姨摇头。

母亲想了想，又问："衣服？"

小姨说："大姐你要总往穿的上想，永远也猜不着的！"

母亲笑了："那是吃的东西？"

"也算是吃的，可马上吃不成啊！"小姨笑着将双手伸向母亲，"是菜籽，还有花籽呢！"就将手中的小布袋朝炕上倒，一小纸包一小纸包地排开，一边说，"瞧，这是小白菜籽，这是菠菜籽，这是油菜籽，呀，还有黄瓜籽和豆角籽呢。大姐你再看这些是花籽，扫帚梅、月季香、指甲花……十多种呢！"

母亲问："你们家怎么想起给你寄菜籽花籽来了！往哪儿种哇？"

小姨回答："我写信叫家里寄来的。我要和侄子们改造那些垃圾堆！"

母亲说："亏你还有这份心思，到底是个姑娘的心！"

小姨说："人活着嘛，就得想着法儿让自己活得舒畅！"

第二天是星期天。小姨就带领我们，平整了那几座垃圾堆，一畦畦一垄垄地种菜种花。

过了不久，那几座垃圾堆都变成绿色的山冈啦。

到了七八月时，豆角黄瓜已爬架了，花也开了。我们家那小破土屋的前后左右呀，就像座小花园似的了，红是红，绿是绿，紫是紫，黄是黄，五彩缤纷，赏心悦目极了，美丽极了。招引来了蝴蝶和蜻蜓，也招引来了铁丝厂里的女工们。她们三五成伙地在午休时和下班后来看花，要花。小姨很慷慨，对谁都满足，博得了那些女工们的好感。

怎么两个女人，带着几个孩子，仿佛与城市隔离了似的，在高楼后边，在小小的破土屋里，竟会生活得这么有情有趣的呢？

那些女工们常常面对我们的花园发出这一类感叹。

每天晚上，我和弟弟妹妹们再也不囿在屋里了。垫块木板什么的，围坐在母亲和小姨身旁，听两个我们在这世界上最亲最亲的女人说话。欣赏着我们的绿，我们的花，我们的美丽，我们的"大观园"。我们几乎都没有享受过什么美好。而我们面对的美好，是一个农村姑娘，是我们的小姨带给我们的。在沁人心脾的馥香中，在生机勃勃的五彩缤纷中，我们稚嫩的灵魂体会着某种悟性，进行着幼稚而严肃的思考，思考着什么是人世间的美好，什么是感激，为什么需要感激……

在那种时刻，我更加认定，小姨是我所见过的最美的女人。

小姨和母亲谈得最多的话题，是"转正"两个字。还会有什么别的话题，会比"转正"更使两个做临时工的女人入迷呢？小姨和母亲几乎无时无刻不在向往转正。这种向往常使小姨喜形于色，常使母亲脸上洋溢出少见的对生活满怀信心的光彩。我知道——转正，这是小姨和母亲共同的幸福。

有天傍晚，我坐在小姨身边，伏在小姨膝上，摆弄着小姨的长辫子，拆开，编好，编好，拆开，觉着怪好玩儿的。

母亲望望我，又望望小姨，叹了口气，说："我长这么大也没捡过什么，想不到如今捡到的比金子还贵重。"

小姨孩子般天真地问："大姐你捡啥好东西了？快告诉我！"

母亲说："我给自己捡了一个妹子，给孩子捡了一个小姨啊！"

小姨注视了母亲良久，忽然偎依着母亲，低声说："大姐，我保你捡到了，就再也丢不了啦？"

母亲低声道："你嘴上这么说呗，你还能在我家住一辈子？今后就不结婚，不成家了？"

母亲又训斥我："真不懂事，老大不小了，还装孩子，一边玩去，别赖在你小姨身边！"

小姨光是笑。

我脸红了，不好意思起来。小姨却用一条手臂轻轻搂住我的脖子，不放我离去，说："绍生，你长大了，考上大学，将来当了干部什么的，不会不认小姨吧？"

我大声回答："我要不认小姨，天打五雷轰！"

小姨咯咯大笑起来。母亲也忍俊不禁。

我觉得小姨的手臂是那么柔软，我心里默默地说："小姨，小姨，我有多爱母亲，就有多爱你！"不由得将脸贴在了小姨的手臂上……

一天，母亲和小姨下班后，都闷闷不乐。原来，小姨转正了。而母亲，却因为精简临时工，被打发回家，第二天就不准上班了。看得出，母亲心中很难过，很失望，自尊心也受到了很大的挫伤。我心中也很难过，很忧郁。穷困的生活使我懂事早，知道母亲失去了工作对家庭的生活意味着什么。

小姨对母亲说："大姐，你太老实了！你哪天干活比别人干得少了？那么多藏奸掖猾的人都转正了，为什么偏偏一句话就把你打发回家了？这不是明摆着欺负人吗？我明天替你找他们讲理去！不让你转正，我也不干了！"

"我不许你为我去抱这个不平！"母亲很严厉地说。母亲还是头一次用那么严厉的语气对小姨说话。

小姨呆住了，怔怔地瞧着母亲。

母亲缓和了语气，又说："傻妹子，你从农村到城市来，好不容易找到个工作，如今又转正了，你父母该多为你高兴啊！你可千万不能为我抱这种不平，那样做兴许你也会被解雇了呀！你能转正，大姐我心里替你高兴啊……"母亲说不下去了。

"大姐……"小姨忽然扑在母亲怀中，嘤嘤地哭了……

小姨转正后不久，便搬到厂内的职工集体宿舍去住了。对小姨的走，我们和母亲都依依不舍。但想到小姨毕竟是搬到一个比我们家更好的去处，就都不说挽留的话了。

小姨也对我们和母亲依依不舍。搬走那天，她又孩子似的哭了一通……

小姨虽然从我们家搬走了，却并没有忘记我们。几乎每个星期天，都必定到我家来。小姨仍是我们比亲姨还要亲的小姨。

父亲信中说那一年夏天探家，却一直到国庆节的前两天才回来。回来后，自然从我们口中听了许多"小姨"长"小姨"短的话，免不了就盘问母亲："你打哪儿认这么个妹子？怎么就成了孩子们的小姨了？"

母亲回答："这又不花你的费你的，也得受你管吗？"

父亲正色说："当然要管，我可不许什么不相干的女人到我家里来影响我的孩子！"

母亲也正色说："往好的影响也不许吗？"

父亲说："只要我看她不顺眼，就不许她来！"

母亲说："若来了，你还真将她撵出去不成？"

父亲说："那是当然！"

母亲说："你问孩子们答应不？"

父亲说："哪个孩子还敢拦着我吗？"

母亲"哼"了一声，不再同父亲拌嘴。私下里吩咐我："今晚去你小姨那儿看看她，告诉她这个月内别来，等你爸回西北去了再来。"

吃罢晚饭，我躲过父亲的眼睛，离开了家。

"为什么不让小姨见你们的爸爸？他三头六臂怪吓人的吗？"

小姨听我说明来意，奇怪地瞧着我问。

我诚实地回答："妈妈怕爸爸不喜欢你，你去了，把你撵出来。"

"这么回事儿啊……"小姨想了想，说，"那你回去告诉你妈妈，我不去就是了。"

小姨还要留我玩。我怕回去太晚，父亲盘问，匆匆走了。

没想到第二天一大早，小姨穿了件非常漂亮的花布衫，一条绿色的裙子，笑盈盈地出现在我家门口。

母亲正要出屋，一脚门里，一脚门外，瞧见小姨，不禁一怔，意外地说道："哟！你怎么来了呀！"

"我大姐夫千里迢迢地探家了，我来看看他呀！"小姨说着，就迈进了屋。

母亲也赶紧随后跟进了屋。

弟弟妹妹一见小姨，亲亲热热地乱嚷着："小姨！小姨……"将小姨团团围住了。

父亲正在对着破镜子刮脸，从镜子里瞧见了小姨，也不转身，也不理睬，仍继续刮脸。

母亲说："他爸，孩子们小姨来了。"

爸爸不得不"唔"了一声，还是不朝小姨看一眼。

母亲只好以自己的热情冲淡父亲的冷漠，将小姨轻轻按坐在炕上，接过她手中的提兜放在一旁，责备地说："又给孩子们买东西！你挣多少钱啊？一次次地破费！"

小姨笑道："大姐，这次可不是给孩子们买的，是给我大姐夫买的。"

父亲已刮完了脸，收起刮脸刀，还是一句话也不对小姨说，端着脸盆到外屋洗脸去了。

母亲又赶紧跟在父亲身后到外屋去了。

我们都不安地瞧着小姨。

小姨却快乐地和我们逗着笑着。

一会儿，我瞧见母亲在外屋推了父亲一下，将父亲推进屋来。

父亲被推进屋后，坐在炕沿上，不情愿地搭讪着对小姨说了一句："今天休息？"

"嗯。"小姨停止了和我们逗闹，瞧着父亲，微微一笑，说，"大姐夫，我看你也不像个脾气厉害的人呀！"

父亲说："谁讲我是个厉害人了？"

小姨说："大姐呗，她担心我来了，你会把我撵出去。"

父亲说："没影儿的事儿！"

小姨说："我寻思大姐夫也不会这么对待我嘛！"

小姨又问："大姐夫，你从西北回东北，坐几天火车呀？"

父亲说："三天三夜。"

"西北风沙大吧？"

"大得很，能把人刮跑了！"

"冬天也下雪吗？"

"下雪。"

"听说西北缺水？"

"再也没有比西北缺水的地方了！我们运水的汽车前边走，老牛跟在后边，用舌头舔水箱。一跟跟出去十几里。渴得老牛见了水直淌眼泪。有的老牛活活渴死了，因为身体里没水分，牛皮都扒不下来……"

说起大西北，父亲的话匣子打开了，谁想拦也拦不住，滔滔不绝。

小姨就瞪大着眼睛，像听什么新奇故事似的，聚精会神地听着……

那一天，父亲并没有把小姨从家里撵走。

那一天，小姨在我们家吃了午饭，又吃晚饭，一直待到天黑才回去……

小姨走后，父亲对母亲说："她小姨人还不错，挺实在个农村姑娘。"

母亲没好气地说："实在不实在，用不着你夸！"

父亲低下头，嘿嘿地笑了……

父亲回大西北去时，还将自己戴的一块旧手表送给了小姨。

小姨来到城里一年多后，脸儿变得白了、眼睛变得亮了、更爱笑了、性情更温柔了、身材更窈窕了、变得更漂亮了。

铁丝工厂的一些小伙子，常常拦住我嬉皮笑脸地问："哎，小家伙，经常到你家来的那个大辫子是你什么人呀？"

我不无骄傲地回答他们："是我小姨呗！"

"你问问她，让我做你的姨夫行不行？"

我听不出是不是好话，就骂他们。他们倒不恼火，反而哈哈笑。

铁丝厂的几百名年轻女工，在我看来，哪个也比不上小姨好看。我认为，我当然有充分的理由在别人面前骄傲骄傲了。

记得那是第二年初夏的一个星期天，小姨又到我家来。穿了一件崭新的府绸衫，一条咔叽布裤子，一双新皮鞋。那天她显得尤其漂亮。小姨从不过分打扮，即使花衣服穿在她身上，也显得朴朴素素的。

母亲一声不响，若有所思地看了她许久。

小姨被母亲看得有些难为情起来，勾下头低声问："大姐，你这么呆呆看我干啥呀？"

母亲说："我瞧你是越来越好看了。"

小姨缓缓抬起头，说："以前别人说我好看，我不信。现如今我自己也觉得我是好看些了！"

母亲说："自己夸自己，羞不羞？"

小姨说："本来嘛，城里洗脸，用温水、使香皂，人还能不变得白白净净的？"

母亲笑道："可也是呗！"忽然又问："你前次回家，莫不是回去定亲的吧？"

小姨倏地红了脸，大声说："才不是呢！才不是呢！"

母亲说："是不是的，我也管不着你！"

小姨说："怎么管不着？你是我大姐，我是你妹子嘛！"

母亲说："那我问你，你是想在农村找婆家，还是想在城里找婆家呀？"

小姨见母亲问得认真，低头沉思默想了一会儿，反问母亲："大姐你说呢？"

母亲说："当然是该在城里找了。你如今是城里人了嘛！工厂不是也替你将户口落下了吗？"

小姨点点头。

母亲说："那就更该在城里找了！"

小姨说："大姐我听你的。"

母亲又说："只是我希望你若看中了什么人，能领来让大姐见一面，帮你参谋参谋。大姐毕竟比你多吃了几年咸盐，什么样的男人，打眼一看，就能看出人品好坏来的。"

小姨低下头，许久不作声。

母亲问："你信不过大姐？"

小姨又沉默了一会儿，低声说："大姐你说，一个男人对一个女人真好假好，怎么才能知道呢？"

母亲思索了片刻，问："你八成是看中哪个男人了吧？"

小姨抬起头，连连分辩："没有，没有。"

母亲说："一个男人对一个女人真好假好，别人是没法儿看出来的，只有这个女人心里最清楚啊！"

小姨又低下头不说话，出起神来。

……

到了秋季，连日暴雨，松花江水位猛涨，高出城市地面几米。那一年的水患，是一九三六年后的又一次严重水患。幸亏防洪工作做得早，大水没有灌入市区。全市的成年人，不分男女，都被紧急动员起来，昼夜分批奋战在各处防洪大坝上。有许多日子，小姨没到我家来，母亲说，她必定是参加抗洪了。

中秋之夜，许许多多的人是在防洪大坝上度过的。

江洪终于被战胜了。

母亲说，小姨过几天就会来了。

我们和母亲都在殷切地盼望着。一个多月没见小姨，我别提有多想她。

江洪虽然被战胜了，秋雨却没有停止。

一天深夜，外面风雨交加，雷声不断。闪电透过低矮倾斜的窗格子，在我们的破屋子里闪耀出一瞬瞬的光亮。我们和母亲都已躺下了，但还没有入睡。忽然，我似乎听到了轻轻的敲门声。

我说："妈，有人敲门。"

母亲说："深更半夜的，哪会有人来！"

我肯定地说："妈，是敲门声，你听！"

母亲侧耳倾听了一会儿，果然是敲门声。

母亲却不敢下地去开门。

敲门声又响起了。

"大姐……"

我们都听出了是小姨的声音。

"快……"母亲一下子坐了起来。

我已迫不及待地跳下地去开了门。

果然是小姨，她没撑雨伞，也没穿雨衣，浑身上下淋得湿漉漉的。她的脸色那么苍白，衣服裤子沾满泥浆，显然是滑倒过的。

母亲也披着衣服下地了。

弟弟妹妹都醒了，我们和母亲愣怔地瞧着小姨。

"你……你怎么突然……"母亲吃惊极了。

小姨直挺挺地站在母亲面前，手中拎的包袱，像刚从水里捞出来的一样，沉重地坠着她的手臂。雨水顺着发缕，顺着苍白的脸颊，顺着贴住胸脯的衣襟往下淌，顷刻在她那双泥鞋旁淌了一片。她那双眼睛，仿佛也被雨雾罩住了，目光迷惘地定定地看着母亲。

"大姐，你……还收我……住下，行吗……"从她那两片冻得发紫的嘴唇之间，滞涩地输送出这么一句话。

"有什么不行的！快先把湿衣服换下来……"母亲立刻拉着她的一只手，将她引到了外屋。接着，母亲又走回里屋，打开破箱子，挑拣了几件自己的衣服，抱着被褥枕头，又到外屋去了。

"跟同宿舍的人吵架了？"我们在里屋听到母亲低声问。

"大姐……"随后听到了小姨的哭泣。

"受欺负了？都二十多岁的大姑娘啦，住集体宿舍不同于住在自己家里，事事要宽宏大量嘛！"

小姨的哭声很低很低，却令我听了心碎……

那一夜，母亲便陪小姨睡在外屋。

第二天，小姨病了。高烧中偶尔说一句我们听不清楚也无法理解的呓语。

第三天，雨停了。来了两个小姨厂里的领导，说是要向母亲了解一些有关小姨的情况。母亲将我们一个个从里屋赶出来，关上门，在里屋和他们说了半天。

母亲送他们走时，脸色很阴沉。从外面进屋，先站在小姨铺前，怔怔地瞧了一会儿熟睡中的小姨，慢慢转过身又独自发呆。接着抓起块抹布，心不在焉地抹抹这儿擦擦那儿。忽然对我说："绍生，你好好在家照看你小姨，我去请街头私人诊所的王老中医来。"

不大一会儿工夫，母亲将王老中医请来了，见我们守在小姨铺前，无缘无故冲我发起火来，大声训斥："还不出去！"

我看得出母亲心里极烦，乖乖地退了出去。

王老中医走后，我和弟弟妹妹们还不敢进屋，就从土埋半截儿的窗子外面偷偷朝屋里窥视，见母亲正一手扶着小姨的肩，一手端着水杯，几乎是用命令的语调说："红糖水，喝下去。"

小姨喝了那杯红糖水，母亲扶她躺下，坐在铺边，瞧着她的脸，冷冷地问："刚才你们厂里的领导来过了，你知道？"

小姨的头在枕上微微摆了一下。她好像接受审问的人一样，目光又诚恳又羞愧地望着母亲。

"几个月了？"

"三个多月了。"

"你竟骗了我！"

"……"

"你瞒过了我的眼睛，能瞒得过别人的眼睛吗？能瞒多久哇？！"

"……"

"说，是什么人的？"

"……"

"说话呀！"

"……"

"你哑巴啦？"

"大姐，我不能告诉你。我谁也不能告诉。"

"你……"母亲生气了，倏地站了起来。随即忍气坐下，又问："好，我也不想知道这个人的尊姓大名，那你们事到如今，为什么不结婚？"

"……"

"他……要撇了你？"

小姨的头又在枕上轻轻动了一下。

"那么难道……是你不愿意？！"

"……"

"你给我说话！"

"大姐，我不能和他结婚了……"

"什么？你肚子里怀上了孩子，你倒说不能和他结婚了！"

"大姐，你别追问了！"小姨闭上了眼睛，两颗很大的泪珠，从她脸上滚落下来。

"我要问，问个一清二楚！你爹当初是如何把你托付给我的？难道你忘了吗？"母亲又动气了，"你要不说，你就离开我家！我不能让人指我的脊梁骨，说我收留了个大姑娘，在我家生下个不明不白的孩子！"

小姨又睁开眼睛，噙泪望着母亲，说："大姐，你放心，我病好点，就走……绝不连累你的名誉。"

"走？你往哪走？"

"没有去路，还有死路！"

小姨轻轻往上扯被子蒙住了头。我看见被子在微微耸动着。

"唉……"母亲长长地叹了口气，又是怜又是恨地说，"你呀你，你这都是为了什么呀！"轻轻掀开被角，用手掌心去擦小姨脸上的眼泪。

……

小姨始终不肯说出那个男人是谁。

小姨被厂里开除了。

母亲却并未因此而把小姨赶走。

小姨在我们家里生下一个小女孩儿。

女孩儿刚刚满月，小姨的父亲就从农村来了，将小姨和孩子一块儿接走回农村去了。

母亲那一天怀着无比的内疚对小姨的父亲说："大伯，我对不起你……"

小姨怀中抱着孩子，一步步走至母亲面前，双膝同时一屈，给母亲跪下了。她仰起头望着母亲，泪流满面，想说什么话，嘴唇抖抖的，却一个字也没说出来。

母亲扶起她，也想对她说什么，也是嘴唇抖抖的，一个字也没说出来。

母亲一转身走入屋里，再没出来。

是我将小姨父女送到了火车站。火车开走后，我望着远去的火车，感到我心中最美好的东西也被火车带走了。

回到家里，我发现母亲的眼睛哭红了……

不久，小姨来信，说她可能做村里的小学教师，我和母亲都为此减少了一些替她感到的忧郁。

几个月后，小姨又来了一封信，说是当小学教师的事不成了……

往后，小姨和我们家也就只有书信来往了。

我升初中那年，小姨又从农村来我家住了半个多月，带着孩子。

那女孩儿已经五岁了，一张小嘴很甜却面黄肌瘦的。母亲很疼爱这没父亲的孩子，有口好吃的，总要留给她吃。那正是三年自然灾害时期，家中也谈不上有什么好吃的。两掺面的馒头，就是很馋人的东西了。

小姨却明显地老了，仿佛有三十多岁了。穿的也是打补丁的旧衣服，满面愁容。半个多月内，几乎就没见她露过笑脸儿。

母亲曾私下里劝小姨再找个男人。

小姨瞧着她的孩子，凄然地说："大姐，我眼下没心思，等把孩子拉扯成人再考虑吧。"

母亲说："傻话，那时哪个像样的男人还会讨你？趁现在还算年轻，赶快找个男人吧，也能帮你把孩子拉扯大。"

小姨沉默许久后，低声说："只怕找个不通人情的后爹，会给孩子气受。"

母亲急躁了："哪个又是孩子的亲爹呀！但凡是个有良心的男人，能把你们母子俩撇下了不管吗？"

"大姐，你别那么说这个人吧……"小姨几乎是在请求。

母亲便忍住许多要说的话不说了。

我们家的日子也很艰难，小姨不忍心分我们全家的口粮吃，半个月后就带着孩子回农村去了……

从那一年至今，已整整二十三年了。我下乡，上大学，落户北京，就再也没见到过小姨了……

回想起这些往事，我对小姨充满了深深的同情。并且对那个造成小姨一生如此悲凉命运的，仿佛只一度存活在小姨心灵中的男人，充满了强烈的憎恨。我从哈尔滨到北大荒，从北大荒到上海，从上海到北京，在生活的道路上匆匆地奔来赴往，几乎就将小姨忘却了。只有弟弟妹妹们在来信中提及小姨，才使我想起这个与我们的家庭虽没有任何血缘关系，却是除了母亲外唯一使我们感到最亲近的女人。即使想起她，

065

也是想起了那个抱着刚满月的孩子，双膝跪在母亲面前的，脸色苍白，两目盈泪的小姨。当时的离别情形，给我留下的印象是太深了。如今听母亲讲，小姨已是不久于人世之人了，我对小姨的思念，油然而增强起来。

第二天，我本想就到双城去看小姨，却来了两个中学时期最要好的同学。他们是到家里来请人去帮忙安装土暖气的，意外地见到我，自然就聊了起来，误了火车时刻。

第三天，我生怕再被什么人耽搁在家中，一清早便离家，赶上了去双城郊区的火车。

小姨家所在的村子竟是个大村，有百户人家以上。新盖的砖房不少，有些人家连院落围墙也是砖的。足见农民们的生活是比过去富裕多了。

我向几个村人询问小姨家住哪儿，都摇头说不知道有这么个人。我只好又说出"表妹"的名字，他们才恍然大悟，纷纷说："原来你要找秀秀她妈呀！"一个姑娘便主动引领我。

路上，她问我："你从天津来？"

我反问："为什么你以为我从天津来？"

"秀秀在天津读大学嘛！你和她是同学？"她用一种猜测的目光看我。

我说："我从哈尔滨来，秀秀是我表妹，她妈是我姨。"

"是吗？这我可从来不知道……"她那猜测的目光，就转而变成了研究的目光，上下打量我，要把我"研究"透彻似的。

姑娘引我走入一个破败的院落，说："就住这儿！"那房子，很久未修缮了，与周围的变化极不协调。

我犹豫了一下，走了进去。

一位中年女人在炕间熬药，惊奇地扭身看着我，问："你找谁？"

我说："我从哈尔滨来，看我小姨。"

她"啊"了一声，说："快进屋吧，我知道你是谁了，她天天念叨你呢！"

走入里屋，见小姨躺在炕上，一副气息奄奄的样子。她怔怔地瞧着我。

"小姨！"我情不自禁地叫道。

"是……绍生？！……"小姨便要挣扎起身，却是挣扎不起。

我立即走到炕边，轻轻按住被子，不使她动。

小姨拽住我的一只手，眼中落下泪来，说："想不到我还能活着见你一面……"

那女人，是小姨家的邻居，受村人们的委托，天天来照料小姨的。我向她道过了谢，她就走了。

她走后，小姨用手轻轻拍着床边。她那只手很枯瘦，皮肤也很粗糙，呈鱀黑色。她已病得连抬手的气力都几乎没有了，手臂像死肢似的贴在炕上，连手腕也看不出在动，只有僵曲的手指抬起，落下……这双手曾多么温柔地爱抚过我啊！

也许只有我才能明白她的意思，我轻轻走到炕边，坐了下去。

她那只手抓住了我的手，抓得那么紧，仿佛她全身最后的力量，都集中在她那只手上了，就像一个唯恐被单独留在家里的孩子，紧紧抓住母亲的手不放一样。

我心中一阵酸楚。

我注视着她的脸，想要在这张脸上寻找到我童年和少年时期的记忆，想要重见昔日的美。哪怕是一点点美的余韵，小姨她不过才四十多岁啊！这张脸曾在我还是一个男孩子的时候，使我初次懂得了什么叫羞愧，也使我初次懂得了什么叫美好。然而这张脸如今苍老得使我根本认不出来了，浮肿，灰黄，目光无神，头发稀少得可怜。

"我的样子……是不是……很……难看？……"小姨用微弱的声音问，无神的目光，凝视在我脸上。

"不，小姨，你别这么说。你……会好起来的……"我转过脸去，不忍再望着她。

"我会好起来？……也许……我想，我也不会就这么……就死了……"她微笑了一下，像阳光在枯叶上的一抹闪耀。

几只母鸡气宇轩昂地逛进屋里，仿佛它们才是这间屋子的主人似的，目中无人地东刨一下，西啄一口。

小姨又开口说："你……替我……喂喂鸡……外屋粮箱里……有米……"

我便起身将鸡唤到院子里，一边机械地撒米，一边又想到了那个仿佛隐藏在小姨可悲命运的阴影之中的男人，并为自己也是一个男人感到罪孽深重。

突然听到屋里一阵响动，我慌忙走进屋去，见小姨倒在地上，地上一片水，毛巾和香皂浸在水中，脸盆却滚到了墙角。

我慌忙将小姨扶起来，抱在炕上。她的身体竟瘦得那么轻！衣服也湿了，一手还抓着湿毛巾。

"我的样子……一定……很难看……我……想洗洗脸……洗洗……头……"小姨那苍灰的脸上竟因羞愧出现了红晕。一个女人的自尊心，无比强烈地震动了我的灵魂。啊！我的小姨啊！

我不知说什么好，任何语言都不能准确表达我当时复杂的情感和思想。我默默捡起脸盆，捡起了香皂和小镜子。镜子，已经碎了。

我重新兑了一盆温水，放在炕边。我坐在炕边，将小姨的头枕在我的膝上，一声不响地给这个我小时候曾非常敬爱过的女人洗了脸，洗了头。我这样做，觉得我仿佛是在向这个女人偿还什么。可这又是多么微不足道的偿还！泪水，从小姨的眼角溢了出来，也从我的眼角溢了出来……

当我重新坐在床边，注视着小姨的时候，她又轻轻抓住了我的手，说："想……听我告诉你吗？"

我低声问："小姨，你要告诉我什么？"

"告诉你……当年……那件事……"

我一时不知如何回答，只微微点了一下头。

"我爱过。"小姨说。那声音里，有一种满足，一种我简直无法理解的幸福之情。

"我爱过。"她重复地说，"我……知道，你，你母亲，你们全家，包括秀秀，我的女儿，都恨他，恨我爱过的那个男人……可是，我不恨他。我一点儿也不恨他。他是爱我的。我多爱他，他多爱我……"小姨的话，竟说得连贯起来。

"他那样真心实意地爱过我，我死了也知足了。你已经是个大人了，你懂得，一个男人如果真心实意喜欢一个女人，会爱这个女人到什么程度……他是一个复员军人，参加过抗美援朝，还立过……一次二等功。当年，是个预备党员，是我们那批转正女工的领队。大家都说他人品好……你母亲要是见过他，也一定会说他是个好男人的。我和他当年真……孩子气啊！我们有意瞒着你母亲，一是怕她为我们的婚事操心，二是想使你母亲意想不到。所以我们决定，结了婚再双双去看你母亲，想让她光为我们高兴，半点儿也不必费心替我们张罗。我们真像两个孩子啊！我们不但瞒着你的母亲，还瞒着所有的人，偷偷相会，偷偷相爱……"

"后来，他参加了抗洪。中秋节那一天，同宿舍的其他女工，都回家和家人们团圆去了。我一个人留在宿舍里，很孤单。他来了，我高兴得什么似的。我希望他陪我度过那一天，他却说不行，他得参加抗洪。我说：'你不是已经参加过了吗？这一批没有你呀！'他说：'你别忘了，我是预备党员呀！'我怪不高兴的，说他心里压根儿没有我。他呢，就光是憨厚地笑，笑得我也不忍心再生他的气了。他这个人话不多，从来也没对我说过他有多么多么爱我的话。但我知道，我感觉得到，他是非常爱我的。他整个心里只装着我一个女人。你母亲说得对，一个男人爱不爱一个女人，只有这个女人心里最清楚。我心里清楚，他是一片心地爱我。我见他衣服上缺了一颗扣子，就翻出一颗，要给他钉上。他不让我钉，我偏要给他钉上……你不知道他有多高大呢，我在他面前，就像一个孩子似的。当时我真是幸福哪！刚钉了两三针，外面就敲起了锣，有人喊：'抗洪的马上出发了！车一刻不等啊！'他一听，就急急忙忙站起来，从衣服上揪下那颗没钉牢的扣子，塞在我手里，要往外闯。我一把扯住他的袖子，拿出两块月饼，揣进他的两个衣兜里。他临出门，亲了我一下……世界上如果有一个人能真心实意地爱我，和我白头到老，那一定就是他了，在我和他相好以前，我从没接近过别的男人。我一辈子就只爱过一个男人，就只爱他。当时我已经把自己给了他，因为我就要是他的女人了，他就要成为我的丈夫了，所以我一点也不觉得在人前心中有什么羞愧。可是……他为了堵坝，淹死了……听人说，两块月饼死后还在他衣兜里，一口也没吃……"

"他成了人人敬仰的烈士，被追认为共产党员，厂里为他开了追悼会，许许多多的人都痛哭了。许许多多的人都表示要向他学习。他的照片还登在了报上，他的事迹也登报了。防洪纪念塔落成的那一天，市长还在讲话中提到他的名字，说他的名字将永远活在全市人民心中。我当时哭得眼睛都肿了，可是没有一个人知道，我已经怀孕三个多月了，那孩子就是他的，因为许多别的人，凡是认识他的，不论男人女人，也都和我一样，在流泪，在哭……我站在人们中间，暗暗发誓，我要永远永远不对人们说出我肚子里的孩子是谁的……"

小姨讲述到这里，缄口了。她凝眸望着屋顶。她的脸像雕塑，毫无表情。而她的话语，却讲得一句连一句。仿佛这些话语，她已在心中对自己讲了不下几百遍了。这个女人用极低的声音说的这些话，充满了人世间最圣洁最真挚的情感！也许正是这种情感的作用，才能使她在气息奄奄的情况下，如此连贯地讲了这么许多话！

我和小姨都陷入了沉思默想。我的心灵像一条鱼，在这沉默之中，一忽儿潜入幽暗冰冷的渊底，不知自己身在现实还是身在幻境；一忽儿浮升起来，感受着阳光透过水波的温暖和辉照……

一种类似参加最亲爱的人的丧事的悲凉，在我心灵中弥漫！

小姨终于又开口说："要是在今天，我还是当年的我，我也许，不会向人们隐瞒这件事。可是当初，我不能够，我怎么能够……他那么爱我，我那么爱他，我不能对不起他……你，把那个箱子打开……"

我起身打开了炕角儿的一个旧箱子。

"把箱里那个小铁盒……拿来。"

那是一个车床工们装工具的小铁盒。我将它捧到了小姨跟前儿。

小姨从手腕上捋下钥匙，打开了它。

"你看吧……"她说。那目光仿佛在告诉我——我没骗你，没讲一句假话，真的！……

小盒里，放着一张叠起来的已发黄的报纸，上面，是一颗黑纽扣，带着一条线……

小姨又说："多少年来，各种各样的人，总想从我口中问出这件事，我一个字也没吐露过。如今，再没人问我了，可我……可我……我倒非常想对人说，只对一个人说，让这个人明白。为什么呢？都隐瞒了那么多年了……我也不知道自己是怎么了……"

我说："小姨，我明天就带你回哈尔滨！我妈妈非常非常想你啊！弟弟妹妹们都非常非常想你啊！"

"哈尔滨……"小姨脸上闪耀出一种光彩，她说，"我也想你们全家的人。明天吗？……"

我点点头，大声说："是的，明天……"

"好……"她又笑了，喃喃地说，"我的病情，是瞒着秀秀的。这孩子正在准备考研究生，我怕……分了她的心……耽误了孩子……以后的前程。北京……离天津近……我……将秀秀托付给你了……"

我真想哭。可是我已经许久许久没有哭过了。这并不意味着我的心麻木了。不，人的种种心愿还在这心中深深隐藏。只是，我已经似乎不会再哭了。

可是我当时多想哭啊！

天黑后，我在小姨身旁守到很晚，才去外屋睡下。我守在她身旁时，她似乎是知道的，却再也没有对我说什么，只是用她的手，轻轻抓住我的手，闭着眼睛，脸上呈现着那么一种获得极大安慰的表情……

第二天上午，小姨死了。她脸上仍保持着那种获得极大满足的表情，一种幸福的、安宁的、无憾无怨的表情……

我将那颗黑纽扣带回了北京，放在妻子装耳环的一个精巧的小盒里，摆在书架上。为了使自己能经常看见它，想起小姨。我知道，我将永远珍存它，却不会再打开那小盒，更不会将它出示给任何人看——那颗黑纽扣……

# 白发卡

没姐姐，对男孩儿来说，是一大缺憾。这如同先天的色盲，世界在他眼里，少了某种颜色。当然，她须是一位好姐姐。

如今年轻的母亲们，其实在同时扮演她那一个男孩儿的大姐姐的角色。如今的男孩儿们，在对他们年轻的母亲撒娇任性之时，何尝不包含着稚弟长姐之间尔嗔我谑的亲情呢？人在自己的情感领域内，缺少什么，便会代补什么，这是本能。

我是有一个姐姐的。不过我无缘见她一面，只见过她的照片。在我九岁时见过她九岁的照片。照片已发黄。发黄的照片上，清丽的女孩儿注视着我，目光中有缕缕淡淡的感伤。母亲告诉我，姐一出生体质便弱。我出生不久她就死了。

她死前对母亲说："妈，让我看一眼小弟……"

母亲抱我给她看。

"长大是什么样儿的男人呢？"

她喜爱地望着我笑。

那笑凝固在她脸上……

母亲像讲一件很久很久以前的事。从此我再看那发黄的照片，仿佛像被夹扁的枯花。

"你呀！"母亲叹了口气，指点着我，"你命里就不该有姐。要不怎么你一生下来，她便死了呢！"

从此我不敢再看姐那张遗照，觉得我的出生是一种罪过……

从此我对死以及有关的联想异常敏感。一听教堂的钟声不禁肃然而且恍惶……

我的"母亲城"是当年俄式教堂最多的城市。在我们那条街，在我们那个几户人家合居的院子旁，就有一所教堂。不算大，可也不算小。每逢举行宗教仪式的日子，俄国移民从四面八方云集而至。教堂里住着一位神父和一名中国老花工、一名干杂役的"玛达姆"[1]。有一时期还住过一位主教。据说是位真正的主教，大个子、大胡子。教堂院子有半个足球场那么大。临街是绿栅栏。栅栏由一块块锯成同样拼花的木板组成。因是木板的，我们北方人又叫作"板障子"。院内有葡萄架。它旁边有一口压水井。常可望见穿黑袍的神父在葡萄架下持卷而坐，大概是默诵《圣经》。有时可望见老花工汲水浇花，"玛达姆"在井旁洗碗。院子里的花多极了，但并无什么娇嫩名贵的品种。无非"扫帚梅""夜来香""指甲花""鸡冠花""菊花"之类。一到夏季，散紫翻红，争奇斗艳，续色至秋，将偌大个院子装点得五彩缤纷。除了这些花，满院子种的全是向日葵。花盘盛开之际，黄灿灿一片，令人陶醉……

院子正面，是一排居室。左侧，是做祷告的地方。右侧，"板障子"那边，就是我们的院子了。爬山虎爬过"板障子"，将千百朵紫色的"喇叭花"赏心悦目地赠予我们……

教堂还养了一头奶牛。"玛达姆"每天推着两桶奶走街入院。当然，最先欢迎她的是我们院子的人。没有零钱时，"玛达姆"便在小本上

---

[1] 俄语"мадам"的音译，即夫人、太太。

记笔账。她从不催账，以表示对邻居们的友好。

我在教堂的钟声里不知不觉长大。我们和他们只发生过一次冲突。那一年全市展开消灭麻雀的"人民战争"。从大人至孩子，敲锣、击鼓、放鞭炮，站立在房顶上、树丫上，挥舞绑了布的竹竿，惊得麻雀们满天空乱飞，不敢栖落。飞着飞着掉下来，累死了。教堂成了麻雀们的"巴黎圣母院"。院子里房顶上落了许多许多。于是街道委员们与神父进行交涉，反反复复强调麻雀乃"四害"之一，每年吃多少多少稻谷以及消灭它们的伟大意义。神父和"玛达姆"阻挡在院门口，无论如何不让人们入院，用生硬的中国话固执地说："不行，不行，上帝会不高兴的……"但是那些小伙子们，哪管上帝什么态度，翻过"板障子"跳入院内，各显神通，纷纷爬上教堂顶……神父和"玛达姆"只有妥协的份儿，唯有遁入教堂，跪在耶稣像前，替麻雀们的灵魂祈祷。那一次被大人们称作"歼灭战"的战绩并不辉煌，全市也就消灭了一百多只麻雀而已。麻雀比鹰隼小，猫在一个地方不飞出来，便可逃过劫难。"歼灭"它们又谈何容易呢？倒是教堂院子里的花，被我们折走了一大半，还没成熟的向日葵的葵盘，被拧去了不少，一株株如同被砍掉头颅，身躯不甘倒下的士兵。教堂的铁皮脊顶，也被踩陷多处……

一天早晨，我没听见教堂的钟声。

我很奇怪，因为那钟声，乃是我对家以外的世界最初的感知，最初的了解。它伴随着我一年年长大，对我来说，早已成了生活的一部分。

我问母亲："妈，今天怎么没敲钟啊？"

母亲回答："'玛达姆'病了。"

我接连几天没听见教堂的钟声。

那院子里从早到晚静悄悄的，再也望不见一个人影儿。

同学们说，那院子里已没人住了。一天深夜，神父和"玛达姆"坐着一辆有斗篷的马车走了，还带走了那条鬈毛的老狗。奶牛则送给了老花工。 老花工也走了。 不知到哪里去了……

同学们都说，是因为"歼灭"麻雀那一天，人们硬闯入他们的院子，使他们感到被欺负了，含怨而去的。

我觉得他们气量太小。 就因为那么一件事儿，便值得撇下他们的上帝吗？相信上帝的人不是都气量很大、善于原谅人的吗？相信上帝的人怎么能够和不相信上帝的人一般见识呢？何况不就那么一次嘛！何况我们院子的大人孩子，都没有闯入他们的院子啊！无论如何，走时也该向老邻居们告别呀！

我对母亲说："妈，不是'玛达姆'病了，是那院子里没人住了。 所以没人再敲钟了！"

"是吗？"

母亲停止针线活儿，抬起头，似乎颇有几分诧异地瞅了我一眼。 我看得出来，关于"他们"离去真正的原因，母亲心中是一清二楚的，只是不愿让我知道罢了。

"妈，他们究竟为什么啊？真为了歼灭麻雀的事儿吗？"

"也许……是吧……"

"不是！"

母亲又停止针线活儿，又瞅了我一眼。 母亲目光变得严厉了，语气也相当严厉："做作业去！一个小孩子，别凡事儿刨根问底的！跟你有什么关系？也不许再向别人去问！"

不久，所有的苏联人，包括那些已经和中国人结了婚的苏联人，已经做了中国孩子的爸爸或妈妈的苏联人，一批批地离开我们这座城市，回国去了。 火车站天天有依依惜别乃至抱头痛哭的人们。 苏联人开的杂货铺、药店、卖乳品的小亭子，几天内全都关了门……

连我们这些半懂事的孩子，也开始明白，真正的原因，显然与歼灭麻雀无关。 大家好像都曾被大人们严厉地叮嘱或告诫过，在一起玩儿的时候，从不谈论此事。

九月以后，教堂的院子荒芜了。一片凋零，一片萧瑟，一片枯黄。只有掩蔽了甬路的杂草，顽强地体现着生机。

　　那一年冬天来得特别早。一场大雪后，连院子里的杂草也被雪压倒覆盖了。旧雪蒙新雪，一层又一层。整个冬季，院内雪积两尺余厚。雪面无踪无迹，平洁如毡。但见这儿那儿，有杂草的一簇簇尖叶戳透。一群群肥胖的麻雀啄食草籽，证明它们活得还挺惬意。雪厚得几乎与房屋和教堂的窗台水平了。房屋和教堂仿佛沉陷下去了，显得矮了许多。久旷无人的那个院子，仿佛是一处隔世纪的遗迹。在我看来，尤其神秘。我觉得那里依然有人住着。至少有一个人——上帝本人。一到天黑，院子一片死寂，令人感到鬼气森森……

　　大人们开始谈论那个院子，说它闹鬼。有人说半夜听到过女人的哭声，也有人说那不是女人的哭声，而是婴孩的哭声等。于是我们一些住在附近的孩子，都被家长们提醒，无论白天晚上，都不许靠近那院子。春节后，街上有一户人家的男孩儿失踪了。有一天，院子的大门被撞开，几名荷枪的警察，踏着没膝的深雪，进入那一排房子和教堂搜查。他们出来时都很沮丧，因为什么线索也没有。几天后那失踪的小男孩儿出现在我们面前，跟我们一块儿在冰上抽"嘎儿"玩。我们问他怎么失踪了好几天？他说他根本没失踪过——因为他爸爸狠狠打了他一顿，他一赌气，谁也没告诉，跑到他姨家去了。他发誓说他爸爸若再打他，他就真的"失踪"……

　　雪化了，天气一天比一天转暖了。春天翩翩漫漫地来到了，也来到了那久旷无人据说闹过鬼的院子。倒伏的枯蒿底下，钻出了翠绿的新草的嫩芽儿。一场连绵春雨润过大地，满院里最先开放的是"扫帚梅"。预先无人规划地垄，它们开得很野，轰轰烈烈开一大片。惹得我们一些孩子，隔"板障子"望着，总想采撷一大把。但却仅只是想而已，没人敢涉足院内。尽管院门半敞着……

　　转眼到了七月。"夜来香"也开了。晚上，习风送爽，在我们的院子里，都闻得到馥郁的香气。

于是大人们说，也不知那院子该归哪方管，要是能搬来户人家住多好！走动熟了，讨把花儿必定是可以的。眼见那些花儿开放在院子里，无人侍弄，怪可惜的……

仿佛上帝要遂大人们的心愿似的，几天后，真的搬来了一户人家。

那一户人家东西不多。几件漆色很深、样式很古很沉重的家具，还有书架和书，书很多。

傍晚，又开来两辆小汽车。从没见过小汽车开到过我们那条老街上。半条街的人聚拢了瞧稀罕。男人们，甚至端着饭碗，边吃边瞧。女人们则交头接耳，窃窃私语。

第一辆小汽车里钻出三个孩子。两个男孩儿一个女孩儿。两个男孩儿看上去六七岁，长得一模一样，可能是双胞胎。那女孩儿十四五岁，穿一件粉红色"布拉基"[1]。一头乌黑柔发披散着。左耳上方，别一枚白发卡。我还从未见过那么美丽的女孩儿。不，也许该说我从未见过那么高傲的女孩儿。不知是因为美丽而显得高傲，还是因为高傲而显得美丽，反正当时我自惭形秽到了极点，不由自主地往大人们身后缩，虽然她并未向人们望一眼，更没注意到我的存在……

三个孩子穿得都非常整洁、非常体面。我们那条街上所有的男孩儿、女孩儿，就是在节日里，也不可能穿得那么整洁那么体面。

两个男孩儿一推开院门，便朝他们的新家奔去。那一位美丽且神情高傲的女孩儿，那一位宛如从童话故事里走到现实中来的小公主，怀抱着一只雪白雪白的长毛的大猫，矜持地、从容不迫地也往院内走。

"别跑！小心摔倒啦！"她喊，嗓音甜极了。

第二辆小汽车里，也下来三个人。两个年纪相仿的女人，和一个六十多岁的男人。两个女人，年龄都在四十五六岁左右，都穿旗袍，

---

[1] 俄语"платье"的音译，一种俄罗斯风格的连衣裙。

一个穿玄紫色旗袍，一个穿藕荷色旗袍。穿藕荷色旗袍的，比穿玄紫色旗袍的，体态丰腴些，肌肤也白皙些。而穿玄紫色旗袍的，身材却略高些。两个女人，一个显得神情肃穆、不苟言笑的样子，一个显得品性和善、心慧德贤的样子。神情肃穆的是穿玄紫色旗袍的女人。心慧德贤的是穿藕荷色旗袍的女人。看得出她们年轻时候准很漂亮。

那个六十多岁的男人，头发剪得极短。剪得极短的头发，全白了。长得很瘦，瘦得形销骨立，但精神矍铄。他穿一套灰中山装，尽管已是七月暑天了，领钩却扣着。黑布鞋，白袜子，是个朴素之中透着尊严的气宇轩昂的瘦男人。

两个女人先下车。穿藕荷色旗袍的女人挽着穿玄紫色旗袍的女人。她们像那个高傲的少女似的，仿佛对街两旁的观望者们视而不见。几乎没停顿地便往院子里走。六十多岁的全白了头发的瘦男人后下车，跟随着她们。观望者们使他困惑，也使他不自在。走了几步，忽然觉着不对人们有所表示，说几句什么，是很不得体似的，迟豫地站住，转身向街道左边的人们恭恭敬敬地鞠了一个九十度的大躬。

"街坊邻里们！"如同江湖义士，他一抱拳，不卑不亢地说，"今后，我们就在此住上了！欢迎诸位来舍下做客。街道上有什么应尽的居民责任或义务，倘我们一时意识不到，不够自觉，希望大家给予提醒、督促、批评。我们保证会虚心接受，坚决改正的……"

虽然他的话说得很庄重，虽然他的表情看去很诚恳，但是他那种抱拳的姿势，和他整个人很不对劲儿，很别扭。

人们却都没笑，也许都不忍笑他。六十多岁了，头发全白了，话又说得那么庄重，表情看去又那么诚恳，何况我们那条街上住的都是些本性善良的老百姓，怎忍心笑他呢？

跑前跑后的孩子们停止了骚动，端着饭碗的男人们停止了咀嚼，交头接耳的女人们停止了窃窃私语，评头论足的老太太们停止了指指点点。所有大人和孩子已看出他们是一户不寻常的人家，而他是一位身份和地位不寻常的人物。大家都显出在注意倾听的样子，认为是一位不寻常的人物"发表讲话"。

人们的静默使他不知所措。

"就这样吧！我的意思是……千万别把我们当成……当成一户特殊的人家……其实……其实……"他语无伦次。他想再说什么，却又不知应该继续说些什么好。那一时刻，他仿佛是一名在课堂上自己举手争得了发言机会的小学生，而一旦被老师叫起来，其实又并没有回答问题的必要的思考和精神准备，显得很尴尬。

这时两辆小汽车开走了。

两个女人一听他开口说话，同时站住了，放下彼此挽着的手臂，一齐转过身，站在院子里听。听他自己将自己弄到语无伦次的境地，穿藕荷色旗袍的女人急急走回来，走到他身边，挽住他的手臂，迫使他跟随她走入院子。她的目光，始终不看人们，看他一人，如同在她眼中，只有他一人存在。穿玄紫色旗袍的女人，将院门掩上了，并且支了顶门杠。他在院子里频频向人们回头，脸上歉意地、无可奈何地、企望获得宽宥地笑着。

晚上，那葳蕤的院子，在旷久的昼凄夜森之后，终于有了灯光。灯光虽被树影遮蔽，仍隐约可见。那一排神父们住过的房顶上高高的砖砌的烟囱，冒烟了。

纳凉的、爱扯闲话的男人和女人们，聚在街对面路灯下，望着院子，继续对那一户人家作种种猜测、判断、评论。这条街很久没发生一件值得人们聚在一起说说的事儿了。老百姓总是希望隔些日子便有一件值得他们说说的事儿发生的。那一户人家在好几天内一直成为人们的话题。而好几天内，竟没有谁见到那一户人家的大人或孩子走出深广的院子，甚至也没有谁发现他们在院子里活动过。这更值得成为话题了。

一天，母亲吩咐我到小杂货铺子去买火柴。我刚一走进，立刻退出。呆站门外，没勇气再走进。因为那时铺子里只有一个人买东西。因为那个人就是那一位骄傲的"公主"！她还穿着粉红色的"布拉基"。她发上还别着那枚白发卡。我一眼看到的只是她的背影儿。但我肯定是她！除了她，我们这条街上，哪个十四五岁的女孩儿，会有那么美丽的背影儿呢？她们站立着的时候，不是偏着头，就是屈着一条腿，将鞋跟儿踮起。而她，站立得笔直，笔直得接近标准的立正姿势。从背后看尤其显得那样。如果她穿的不是"布拉基"，是军服，从背后看简直是一位时时刻刻不忘军容的女军官、专门操练女兵们的女军官。她怎么会是这样的呢？难道她从小在军营长大的吗？难道她从几岁起就开始接受严格的军体操练了吗？

她让我感到敬畏。此前我从未对我们那条街的任何一位比我年龄大的少女产生过哪怕稍微一点儿的敬畏心理。我和男孩子们，经常学她们爸爸或者妈妈的腔调，在她们背后喊她们的小名。或者，搞些恶作剧，将一段像毛虫的草莓扔在她们身上，将带刺儿的草籽揉进她们的头发，使她们吓得尖叫气得跺着脚骂我们，这是我们最开心的事。不知为什么，我觉得我对她永远不敢，永远！我觉得她吸引我，犹如一朵芳香奇异的花，吸引住了一只小蜜蜂。我渴望接近她，渴望引起她的注意，渴望获得她对我的好感，从而喜欢我。这一种渴望怂恿我，对我说一切都是可能的，我抗拒不了它。我因此而羞耻。

我的背心两天没洗了，很脏。我的短裤也脏。我的旧布鞋，被脚趾顶破了。所以我一发现她，立刻退出小铺子。我躲在小铺子门后，迅速脱下背心，翻过来穿上，并且将后面穿在前面。也以同样的方法重穿了一次短裤。我还将一双鞋换了脚。换脚后就看不到钻出鞋外的脚趾了。但每只鞋上都有一个洞，像一只圆圆的眼睛。我认为这总比脚趾钻出鞋外雅观得多。经过这一番"推陈出新"，我才觉得我可以"展现"在她面前了，不再会被她视为一个小丐儿了。我鼓起十二分的勇气，努力抑制住内心的激动，装出一副若无其事的样子，悄没声儿地进入了小铺子。

卖货的胖女人，大声问我："你买什么呀？"

我们那条街的孩子，没有不认识她的，背后都叫她"河马大婶"。她也差不多全认得我们。有时我们帮她卸货，她一高兴，会赏给我们每人一块糖。

我礼礼貌貌地说："大婶我不急，您先卖给她吧！"

她看我一眼，不经意地看我一眼，目光继续瞧向货架子。她一手拿着精致小巧的钢笔，一手拿着小本儿，瞧一阵，往小本儿上记几笔。忽然我明白了我自己是怎么回事儿。明白了我为什么渴望接近她，渴望引起她的注意，渴望获得她的好感。当她看我而我也正看着她时我明白的。她的脸型和她的眼睛很像照片上我那死去的姐姐！于是我不再因自己心里的念头感到羞耻。我开始觉得一切不但可能而且合情合理。

"哟，这孩子，什么时候学得这么礼貌了呀？还'您您'的啦！""河马大婶"似褒似贬地说，"你买什么就快买吧，人家也是不着急的！"

"我妈叫我买……"我翻起眼睛做思索状，"我忘了。我得想想……"

买完火柴，我不就得离开了吗？我可不想很快离开。

"河马大婶"看出我明明在装相儿，却无法看透我心里那些异常活跃的念头。她将胖身体伏在柜台上，一只手臂伸出柜台外，抓住我的胳膊，将我扯向她，低声说："你这个小家伙究竟想干什么？想偷点儿东西吧？"

她又看我一眼。这一次，分明地，我有几分引起她注意了。

我脸火辣辣的发烧。我感到受了奇耻大辱，挣脱"河马大婶"的手，抗议地说："你血口喷人！我什么时候偷过东西了？"

"哟，哟，一句话就担载不了啦？也值得发这么大脾气？大婶不过跟你开开玩笑嘛！今天没货卸，喏！"她抓了几颗糖撒在柜台上，"给你。不买什么东西，快走吧！省我还得时不时地留心着点儿你！"

我觉得她最后那句话，仍然包含有侮辱我的意思。我更生气了，愤慨地说："我才不吃你那破糖呢！我买一包火柴！"

"这孩子，不识好歹！早说买火柴，我也不至于跟你这小家伙磨牙费口呀……破糖？破糖你没馋巴巴地向我讨过？"

"河马大婶"嘟哝着，一只肥厚的大手在柜台上一撸，将那几块糖收了起来。她也有些生气了，脸不是脸鼻子不是鼻子地接了我的钱，抛给我一包火柴。

和"上帝"住在一个院子里的"公主"，没再看我，也没再看"河马大婶"，似乎根本没听到我们之间的唇枪舌剑，依然那么笔直地站立着，但她的一条腿，居然也弯曲了。她穿双红色的半新的皮鞋。我们那条街，没谁家的女孩子穿得起皮鞋。在学校里，我也没见过穿皮鞋的女生。我见过的女孩子，认识的或不认识的，有一个算一个，穿的都是那种千篇一律的、带扣襻的女便鞋。我觉得女孩子穿皮鞋，不神气也显得几分神气，不高傲也显得几分高傲。我暗想我的姐姐要是活着，我到处捡破烂儿卖，也要为她攒钱买一双皮鞋！也要买红色的，和她脚上穿的一个样式的。使我感到惊讶的，当然主要不是她穿的皮鞋，而是，她的一条腿，不但也弯曲了，她的一只脚，居然也将鞋跟儿跷起，鞋尖着地。这一种姿态，是我所司空见惯的女孩儿们的姿态啊！我们这条街的女孩儿，大抵都这么站立过的啊！"公主"，原来你也不过是个普通的女孩儿呀！就凭这一点，我忽然觉得她和其他十三四岁的女孩儿，也许并没什么两样。我忽然觉得我对她的敬畏是很自卑的了，我忽然觉得她在我心目之中非但不再那么神圣也不再那么神秘了，尽管她和她的全家，都跟"上帝"住在一个院子里……

然而这并没有抵消我渴望接近她，渴望引起她的注意，渴望获得她好感的念头。恰恰相反，那念头竟更强烈了，也更使我暗自激动了。虽然我似乎明白了我自己是怎么回事儿了，但我却对自己无可奈何。

一个九岁的男孩儿要将自己内心里的念头隐藏得很深很深是十分困难的事儿。更多的时候，他们无所顾忌地暴露自己内心念头的冲动，以及那一种冲动带给他们的情绪方面的愉悦，远比深藏它隐蔽它的自得要巨大。

我接了火柴，不走，"河马大婶"不拿好眼色瞪我；走，又很不甘心。我觉得我挺依恋这个小小的弥漫着酱醋味儿的杂货铺子。

这时，她向我转过了身，不，并不是向我，是向"河马大婶"转过了身。因为她的目光并没望向我，连眼角的一点儿余光也没恩赐给我，而是望向"河马大婶"。只望向"河马大婶"。她全家似乎有一个共同的毛病：望着谁的时候，眼里只有谁，仿佛别人全都不存在似的。那个穿藕荷色旗袍的女人，她家刚搬来那一天，不就是眼里只有她的父亲，仿佛街两旁的人们根本不存在吗？那位六十多岁的全白了头发的瘦男人，是她的父亲吗？那么，那个穿藕荷色旗袍的女人是她的母亲啰？穿玄紫色旗袍的女人又是她的什么人呢？那一对儿双胞胎男孩儿是她的弟弟们吗？又为什么和她长得毫无相像之处呢？她的家有着这些确实足以使人犯猜想的地方，也就难怪我们这条街上的人们议论他们了！

她两眼只望着"河马大婶"，走到这边柜台来，问："酱油多少钱一斤？"

不待"河马大婶"开口，我抢先回答："有一毛四一斤的，有两毛六一斤的，一毛四一斤的是普通酱油，两毛六一斤的是高级酱油。炒菜你买一毛四一斤的就行，拌凉菜你最好买高级酱油，高级酱油里有维生素！"

她望了我足有两秒钟，显出很惊诧的样子。她显出很惊诧的样子时，她那双明澈极了的眼睛，不是睁大，而是微微眯起来，使她的脸上呈现出一种又像是怀疑又像是刮目相看的表情。这一种表情使她的脸更加动人亦更加迷人。

那两秒钟对我来说真正是一段幸福又美妙的时光！我觉得我的心就如快乐的蝴蝶，围绕着她上下翻飞。我真想大声喊叫释放我的满足。

她的目光从我脸上缓缓移开。而我的目光中肯定包含有某种乞求，乞求她不要那么快地将目光转向别处。我想这一种乞求直接从我的心里输送到眼睛里，然后全部地投射给她了。我想我那时的模样一定很特别。也许还很古怪。故此才会使她的目光缓缓从我脸上移开后，又不禁再次眯着眼睛看了看我，接着质疑地望着"河马大婶"。

"河马大婶"向我伸长了肉嘟嘟的短脖子，瞪了我片刻，指着我对她说："你看他倒替我告诉你了！比我想告诉你的还详细！这孩子，怎么今天在这儿……在这儿……"她仿佛不知应该夸奖我几句，还是应该挖苦我几句。她有些困惑不解。

"那么咸盐呢？"

"面儿盐三毛五一袋儿，大粒儿盐一毛七一斤。熬汤用大盐就行，用面儿盐太费了！炒菜当然用面儿盐方便，那多省事啊！"

她又微眯着眼睛望了我足有两秒钟。

"河马大婶"从旁连连说："对，对！他说得对！"

她朝我点点头，笑了。我觉得眼前顿时一亮。整个光线阴暗的小铺子一刹那辉煌如宫殿！

她将她那支精巧的钢笔用细长的手指夹着，就用那只手摸了摸我的头，随即在小本儿上记些什么。

我差一点儿要抓住她的手，使它长久地按抚在我头上。我觉得她已经开始喜欢我了。而这一切居然如此简单……

"小孩儿，那么你知道醋的价钱吗？"

"零打的醋一毛九一斤。瓶醋三毛六。"

"你……你怎么全知道哇？"

"在我们家，买油盐酱醋什么的，我包了！能不知道吗？"

她笑了笑，又摸了一下我的头："在我们家，从今天起，我也包了！"

"别摸我头！再说我也不是小孩儿！"我一拨棱脑袋，"你还想知道哪些东西的价钱？"

"你别生气。那么，你知道那几样咸菜的价钱吗？"

"咸萝卜一毛三一斤，是最便宜的。萝卜丝贵五分，一毛八一斤，有辣的和不辣的两种。咸黄瓜二毛四一斤……"

我说着，她记着。

"喏，拿去！""河马大婶"对我套起近乎来，给我两支铅笔，好像第一次认识我似的，端详着我说，"毕业了，就到大婶的铺子里来当名小伙计吧！啊？愿意吗？"

我心想，毕业了，我还要考中学，考大学，将来当工程师呢！谁稀罕到你这小小的杂货铺子里来当伙计！但已不由自主伸手接了她给的铅笔，没好意思说出口。

有几样咸菜因为贵，我从没买过，不知道价钱，就跃上柜台，向货架探身子细瞧。

"河马大婶"忽然拍着巴掌大笑，笑得我莫名其妙。

"你呀你呀，你怎么把背心穿倒了？还穿反了呢！短裤也穿反了呀！"

她的肉嘟嘟软绵绵的手，摩挲着我的脊背。摩挲得我怪痒的。将背心穿倒了的我，像小人书上画的那些外国贵夫人一样，脊背袒露一大片，我刚走入铺子里时，留心到了这一点，一遍遍提醒自己，千万别让她们看到我的后身。此刻我得意忘形，结果"乐极生悲"。

和"上帝"住在一个院子里的高傲的"公主"也笑起来。笑得非常开心。"河马大婶"的笑是那种具有不可抗拒的感染力的笑，看着她笑，听着她笑，本不想笑的人，往往也忍不住非笑不可。某些女人大笑的时候，尤其某些胖女人大笑的时候，仿佛是向别人施魔法似的。高傲的"公主"中上"河马大婶"的魔法，笑得咯咯嘎嘎的，笑得弯了腰，最后竟笑得淌出眼泪，蹲了下去。

她们笑得我周身灼热。我默默地从柜台上蹦下来。我默默地瞪着她们。我觉得，因她的存在，因她先前那种无声的妩媚的微笑，而使小铺子里所后发的奇异的辉煌，立刻暗灭了。她们的笑声，使我窘得快要哭了。在我听来，她大笑的声音很难听，比"河马大婶"那种响亮的鹅鸣般的笑声还难听！

我一转身跑了出去。

我垂头丧气地往家走，心里比考试得了个零分还难过。她们的笑声仿佛一直追随着我。我感到路上我遇到的孩子们在笑我，大人们在笑我，所有人都笑我。

在所有人的笑谑声中，我觉得我像一只穿衣服的猴子。

"哎，那个小孩儿！你慢点走，等等我！"

她在背后叫我。

她胆敢还叫我小孩儿！

我加快了脚步。

"公主"，你在我眼里今天算是彻底完了！其实你没丝毫特别之处！其实你不穿一件那么漂亮的粉红色的"布拉基"，不穿那么一双红色的皮鞋，不别那么一枚白发卡，你一定丑得很！比这条街的哪一个十三四岁的女孩儿都丑！如果我姐没死，如果我姐仍活着，她比你可爱得多，而且绝不会像你那么咯咯嘎嘎地笑，也绝不会装出副高傲的样子，我才不愿搭理你呢！

我一边加快脚步，一边暗暗诅咒她鞋跟儿掉了，脚崴了，刮起一阵大风迷了她的双眼，使她栽入路旁的水沟里弄得一身泥水等等。

"小孩儿，你不要你的火柴啦？"

我这才想起我那包火柴，只好站住等她。"公主"，让你笑个够吧！我坚定地站着，不惜"牺牲"我袒露的脊梁，不向她转过身去。

"你干吗生那么大气呀？"

她左手拎着一个兜子，装着许多从铺子里买的东西，右手提着一个大酱油瓶子。她打了三四斤酱油。她先把瓶子小心地放下，腾出手从兜子里掏出我那包火柴给了我之后，用请求的口吻说："小孩儿，帮我提着酱油瓶子行不行呀？"

嗬，你还有求得着我的时候哇！

我说："那你得谢谢我！"

她说："你还没表示愿意帮我哪。"

我说："先谢！"

她沉吟片刻，轻声说："谢谢你啦！"

我替她拎起酱油瓶子，咬牙切齿地说："你敢再叫我小孩儿。我揍你！"

她愣了愣，什么都没敢再说。大概因为我的表情告诉她，倘她说出半句我不高兴的话，我会把她的酱油瓶子摔碎。

我和她一路闷走。她不时怯怯瞥我一眼。她瞥我时，我则狠狠瞪她。我瞪她，她目光赶紧避开。

走了二三十步，她鼓起勇气，惴惴不安地说："要是你实在不愿帮我，你就放下吧。我自己也能提回家的，就是腕子没劲儿，多歇几回呗。"

显然，她以为，即使她什么话都不说，我还是可能随时无端地把她的酱油瓶子摔碎。

我说："你们丫头片子全都是这毛病！求人家帮忙，又不放心人家。"

我的语调很友好。在我自己听来，说得那么温柔。其实我心里已不生她气了。人也不能老生别人的气啊！

她又瞥我一眼，又微笑了。这一次我没瞪她，却脸红了。觉得脸上比在小杂货铺子里被她和"河马大婶"所笑时更灼热。我相信我注视她的目光也是友好的、温柔的。

她又说："不过叫你小孩儿，你就要揍我。那你为什么可以骂我呢？"

我说："我没骂你呀！"

她说:"骂了就骂了,还不承认。难道丫头片子不是骂人的话?"

听起来她仿佛是在和我理论,实际上她的口吻低声下气的,再加上她那一副忍气吞声、似乎不敢得罪我的模样儿,使我感到,在我面前她仿佛是个弱者!

于是我心里不安起来。我才不愿她在我面前显出那般模样儿哪!她一显出那般模样儿,我就不知该怎么办才好了。我倒宁愿她维护着她那股高傲劲儿。

我解释说:"丫头片子怎么是骂人的话呢?那不是骂人的话。对女孩儿家是完全可以这么叫的!我们这条街都这么叫!"

为了证明我没骗她,我问一个在路旁独自跳格子玩儿的五六岁的小女孩儿:"哎,你说,你是不是丫头片子?"

小女孩儿懵懂地瞅着我,不吭声儿。

我蹲在她跟前,悄悄地说:"你要说是,我给你两个玻璃球儿。"

那女孩儿眨眨眼睛,无所谓地大声说:"是。是丫头片子,咋了?"说完,也不在乎我兑不兑现许诺,继续跳格子玩儿。

我走回她身旁,得意扬扬地问:"你听见了吗?"

她默默点了一下头。

我又问:"从来没人叫过你丫头片子吗?"

她默默摇了一下头。

我一时没什么话可说,憋了半天,终于憋出一句话:"那可就怪啦!"

走着走着,她忍不住似的,又开口道:"你把我当成一个女孩儿家?"

我说:"你不是女孩儿家,是男的吗?"

她说:"我不是这个意思。再过两个月,我满十四岁了!从今天起,我妈妈要求我替她当一半儿家了!"

我说:"那有什么,我早就替我妈当一半儿家了!"

她说:"你几岁了?"

我吞吞吐吐地说:"再过两个月,我满十五岁了!"

她不由得站住了，注视着我的脸，几乎是愤愤地说："你撒谎！"

　　我悲哀地叹了口气："九岁……"

　　"我比你大五岁，你倒把我当成女孩儿家！"轮到她得意起来，追问道，"你说，你是不是个小孩儿？"

　　我低下了头。

　　"你说，你该不该叫我姐？"

　　这是我巴不得的事。

　　我立刻抬起头，心甘情愿地愉愉快快地叫了一声："姐！"

　　她的脸倏地红了。

　　她左右瞧瞧，见我们身前身后没人，低声说："我并不是让你叫我姐！我的意思是，我可以是你的姐！我不是这个意思……"

　　我似乎有点儿明白，但是我宁愿自己一点儿都不明白，于是我就装出一点儿都不明白的样子，一个劲儿摇头。

　　"好啦好啦，别摇头了！"她郑重地说，"反正不管你明白没明白，不许当着别人的面儿叫我姐！"

　　我堪受信赖地回答："行！"

　　我兴冲冲率先往前走。我觉得我和她之间已经有一个秘密存在着了。我觉得她已经给予了我一种特权。这使我内心充满了骄傲。

　　突然，我一步没走稳，扑倒了。酱油瓶子脱手而出，在路上滚，碰到路旁的石沿，碎了……

　　我爬起来，转身望她，见她僵立在离我几步远的地方，呆呆地瞧着碎了的酱油瓶子。

　　我觉得我一下子变成了世界上最不幸的人，如同一个百万富翁一下子变成了一个穷光蛋！

　　绝望之际，我仿佛感到阳光骤然消失，黑暗一刹那降临。

　　我撒腿便往家里跑。她叫喊些什么，我一句也没听清……

　　从此我上学总是朝相反的方向绕道而行，轻易不经过她家院门口。

不得不经过时则迅速跑过。

后来临街的"板障子"锯矮了。锯得只有一米高了。从街上就可以无遮无掩地望见院子里的情形了。好像她家的人有意要向我们这条街的人证明，他们是没什么秘密需要遮蔽的。院门也改造了，原先包了铁皮的严严实实的大门不见了，变成了和"板障子"一般高的一扇小门，只不过门的上边是锯成月牙形的。

后来那个六十多岁的全白了头发的瘦男人，开始出现在院子里拔草，修剪葡萄架，挖排水沟，将各种各样茂茂盛盛地拥挤着开野了的花儿移栽成行。

于是院子里的花草树木重新生长得井井有条值得驻足观赏了。

后来我用"拉小套"挣的钱和卖碎玻璃所获得的钱，买了一瓶酱油。而且是那种一瓶含有维生素的大瓶的高级酱油。我双手捧抱着瓶子走入她家院，非常谨慎地往前走，唯恐再不小心摔一跤，一番苦心全白搭。那个瘦男人坐在葡萄架下抽烟斗，发现我，站了起来，随即向我走来。

他刚走到我跟前，我抢先开口说："这是还给你家的！"

他奇怪地打量着我，那目光却是和善的。

不待他问什么，我放下瓶子便跑。

"哎，小孩儿，你搞错了吧？"

"没错！问问你女儿就明白啦！"

我边跑边回答，头也不回。

傍晚，我正在家门口劈柴，一抬头，发现粉红色的"布拉基"出现在我们院里，正跟赵家的大娘说什么。赵家的大娘朝我家指了指，她向我家走来。

我躲入煤桦棚，从板隙窥视着越走越近的她。这也太过分了！我都还你家酱油了，再说事情也过去那么多天了，你还至于非找我家来告一状不可吗？我们这条街没有第二个像她这么耿耿于怀牢记细碎之仇的女孩儿家！别看长得有模有样，为人竟这么刁！小狐狸！

她在我家门口站住了。我家门开着。窗也开着。

她敲我家开着的门，静静地等了一会儿，又敲我家开着的窗。

这是在装礼貌吗？虚伪的东西！

"屋里有人吗？"

早问一声不就免得你敲门敲窗的了吗？

"谁呀？"

正在往锅里贴饼子的母亲，粘着两手苞谷面，从厨房走到窗口，疑惑地瞧着她。

"大妈，真对不起，我不知道您在做饭。您先忙吧，我过会儿再来。"

她显得有些局促了。大妈？——什么话！我们这条街都叫张大娘、李大婶、王大嫂，从来没听到过谁管谁叫大妈的！看来她和她一家，以前根本就不是我们这座城市的人家！

母亲说："我已经完事儿了，盖上锅盖了。姑娘，你打听人家？"

"大妈，我不打听人家。我是隔壁那个院子里的。我们刚搬来。我们是近邻呀！我姥爷说，远亲不如近邻……"

这小狐狸，嘴可真甜！真会说话！一口一个"大妈"。

我母亲已经用喜爱的目光瞧着她了。

"是啊是啊，远亲就是不如近邻嘛！姑娘，你多大了？"

"再过两个月十四了。"

"还不到十四？真是个好姑娘。说起话来像位大姑娘似的。大娘就喜欢你这样稳稳重重的姑娘！快屋里来坐会儿！你们家要是有什么需要大娘帮忙的事儿，你只管开口就是，千万别不好意思……"

母亲走出来，想拉她过屋。无奈两手粘着苞谷面，向她伸了几次手只好作罢。

"大妈，我不进屋了。改天我一定来您家玩儿。我姥爷让我问问您……"她指指她家的院子和我们的院子相隔的一排"板障子"，"这挺高的，是不是挡了您家阳光？如果你们愿意，我们可以把它锯矮些。还有那些爬山虎，都爬到你们这边来了，我姥爷发现招毛虫了，怪讨厌的，想把它们拔了。锯矮了以后，你们喜欢什么花儿，我们那边儿就种什么花儿。我姥爷还说，也可以开个小门，两边儿来往方便……"

"好呀，好呀，好呀！"母亲一迭声说好。

"大妈，我还想问问您，您家有一个九岁的小男孩儿吗？"

"有哇，怎么……"

"有个小男孩儿，把我的酱油瓶子摔碎了……"

"我叫来你认！"

我屏息敛气，心想小狐狸哇，你到底还是打算告刁状！

"这孩子，刚才还在，哪儿去了呢？等他回来，大娘一定问他！"

"大妈，我不是告状。"她急了，"其实一点儿也不怨他。他好心好意帮我提酱油瓶子，自己还摔了一大跤，怎么能怨他呢？可他，他今天上午还给了我家一大瓶酱油。我姥爷问明白情况，批评了我一通，让我一定要找到那孩子，把那瓶酱油退给他，还要谢谢他。我们全家都为这件事儿挺不安的。我姥爷说，如果不找到那个男孩儿，不把酱油退给他，我们可就太不对了。"

我真希望母亲说那男孩儿一定是我儿子！

母亲却摇着头说："那就不是我儿子了。一大瓶酱油一元多呢，他想还，不向我要，也不可能有一元多钱呀！姑娘，告诉你家大人，大妈替你们全院儿都问问。"

母亲居然不知不觉地接受了她的叫法，由"大娘"而自称起"大妈"来了。

"大妈，那就给您添麻烦了。我走了。大妈再见！"

"再见，姑娘，有空儿一定来玩儿啊！"

"哎！大妈您快进屋去看着锅吧！"

母亲随了几步，满面慈祥地目送着。

我缓缓坐在煤桦棚子里的木柴堆上陷入了思考。拿不定主意是否应该告诉母亲，那个孩子正是我。而且，她家的院子里种什么花儿才好呢？既然她家给了我家这种权力，这种权力似乎主要应归属于我。母亲对此是不会太认真的。而这一权力对我却很重要。相当重要。

　　星期天，我家吃过早饭不久，她和她的姥爷，还有她的两个弟弟，带着锤子、锯子、钉子盒什么的来了。

　　我从窗口一看见他们，赶快将门插上。

　　迎出屋的母亲大声唤我出来给他们当帮手，我不答应。

　　母亲敲门，我不开。

　　"这孩子，聋啦！你在屋里搞什么名堂哪？！"

　　母亲生气了。

　　我终于出现，母亲瞠目而视，仿佛不认识我了。

　　我上下穿得很整齐：白小褂，蓝裤子，白胶鞋。我将平时舍不得穿，甚至连过节也舍不得穿的全套少先队队服换上了，并且系了红领巾。我是学校里的队鼓手，只有学校举行隆重活动或什么庆典仪式的时候，我才如此这般。我早晨当然洗过脸了，可不知为什么，我觉得根本没洗干净，又用香皂洗了一遍脸。一年三百六十五天，我洗脸很少用香皂。手太脏时，也不过用肥皂。我还照着镜子梳了半天头发。我头发硬，平时不梳。蓬乱得太不像样子，就用手指拢拢。那一天怎么梳也梳不倒，用毛巾沾着水揉湿了，才总算勉勉强强梳平。

　　不但母亲对我瞠目而视，他们也一样。尤其她。

　　"怎么，你……你今天有队日活动？你预先可没跟妈说一声。"母亲大出所料地嘟哝道。

　　"不过队日就不能穿这身衣服了？"

　　我振振有词地回答。装出非常自然的样子。其实，在母亲和他们的瞠目而视之下，我的感觉，比那天反穿背心引起她和"河马大婶"大笑不止时强不了多少。

她当然一眼认出了我。

她的姥爷也是。

母亲说："没有队日活动，你穿上队服干什么？快脱了去，换身破衣服，帮着干活！"

我执拗地说："不，我今天就想穿队服嘛！"

她的姥爷指着我，刚想说什么，被她及时扯了一把，以一种高深莫测的目光制止了。

母亲更生气了："这孩子，今天抽的什么风！"举手似要打我。

她急忙说："大妈，弟弟要穿，就让他穿吧！弄脏了我替他洗。"

她一边说，一边向她的姥爷直丢求援的眼色。

他明白了她的意思，也说："哪个孩子不喜欢穿得体面些呢？让孩子穿吧！我们小晶不是愿意替他洗吗？我这外孙女，是说话算话的！"

他看了他的外孙女一眼，挺郑重地问："是不是？"

她笑了。笑得又大方又愉悦，还朝我眨了眼睛。既不像有些女孩儿家受到几句夸奖就扬扬得意，也未显出丝毫害羞的样子。

母亲望望她，望望她的姥爷，望望我，不再说什么了。然而母亲的表情告诉我，过后是一定要对我追究个为什么的。

她看着我说："小弟弟，这不等于我完全支持你。大妈的话毕竟是有道理的。你也得向大妈表示一点儿妥协呀，起码把红领巾摘下来行不行？"

我觉得母亲对她的评价是对的。她说话真像位大姑娘，尤其她跟大人说话的时候。我第一次听一个十四岁的女孩儿家说话用"毕竟"和"妥协"这样高等的词儿。何况她两个月后才十四岁。我觉得听她说话，仿佛是在听语文成绩优秀的学生造句子，并且不得不承认她造了些好句子。

我默默地顺从地解下了红领巾。

母亲用一根手指戳我的额角说："哼，你要天天都能把自己弄得像个孩子样子，我倒省心了！"

母亲是街道居民小组长，负责我们这条街上居民义务方面的一切事儿，具有等同于"甲长"的地位和权力。当时她正急着去开居民小组长会议。

母亲匆匆走后，我们立刻开始拆除那排经历了许多风蚀雨淋的"板障子"。而首先要做的，是斩断那瀑布一般泻过这边来的爬山虎。那面的院子荒芜已久，这种生命力极强的植物，已经像一张乱毛蓬蓬的皮，和木板长在了一起。花儿依然开得很烂漫，但毛虫隐蔽在茂密的叶子底下。

她说她怕毛虫。

她的两个弟弟说也怕。

她的姥爷倒没说怕。但说看见毛虫就皮肤过敏。

我也怕。我怕毛虫甚于怕任何可怕的东西。但是我毫无惧色地声明我一点儿也不怕毛虫。我说小小毛虫有什么可怕的？我自告奋勇地承担了一这项"特殊任务"。

他们负责将我斩断的爬山虎用木棍挑到预先挖好的坑里，埋得严严实实，踩得平平坦坦。

我们合力推倒了"板障子"。

当她的两个弟弟协助她的姥爷锯木板时，她悄悄对我说："挽起你的裤筒儿。"

我说："干这种活儿，用不着挽裤筒儿。"

她说："让我看看你腿，那天摔破了没有？"

我说："没有。真的没有。"

她说："听话。我一定要看。"

她的表情，她的口吻，好像是如果我不听她的话，我在她眼里就不是一个好孩子了。

我听话地将两条裤筒儿都挽了起来。

我两腿那天都摔破了，结了两块厚厚的痂。

"当时流了很多血吧？"

"嗯。"

"当时很疼吧？"

"嗯。"

"当时你哭了吧？"

"嗯。"

"一边跑一边哭？"

"嗯。"

"你为什么要跑呢？"

"我也不知道。"

"你为什么要还一瓶酱油呢？"

"我也不知道。"

"你哪儿来的钱呢？"

"拉小套儿挣的。还有，捡些碎玻璃卖。"

"拉小套儿？那是怎么回事儿？"

"火车站、大桥前，拉车的人上不去坡，我帮着拉。你见过两匹马拉的车吗？有一匹马是驾辕的，另一匹马是拉边套儿的。拉小套儿就像拉边套儿的马，帮着拉上一个小坡五分钱，帮着拉上一个大坡有时能挣一毛钱呢！"

"你为什么非要这样呢？"

我真的不知为什么。我只有不好意思地憨笑。

"碎玻璃也能卖钱？"

"能呀，一斤碎玻璃能卖四分钱呢！"

"那，上哪儿去捡呀？"

"垃圾站啊，建筑工地啊，有时能捡到，有时捡不到。我常捡碎玻璃卖。卖两斤就能买一本作业本。"

"你为买那瓶酱油，捡了很多吧？"

她用她细长而娇嫩的手指轻轻触摸我腿上的伤痂。我看得出并且相信她那绝对是情不自禁。她似乎想要通过她的触摸使它消失。

"我得帮着干活儿了！"我难为情地放下了裤筒儿。

"你真是个古怪的小孩儿。你觉得你自己古怪吗？"她低声问，显得严肃。

我摇摇头，拿起锤，钉"板障子"去了。男孩儿天生是男孩儿的朋友。她的两个弟弟没用谁吩咐，便主动成了我的助手。她则成了她姥爷的助手。他锯，她压住木板。

"你几年级？"双胞胎中的一个问我。

"二年级。你们呢？"

"才一年级。"另一个回答，瞧着我那种目光，似乎对我这个比他们高一年级的小学生不无恭敬。

"那，你是二年级入的队吗？"

"二年级？那也太晚了！"

"你一年级就入队了？"

"当然！"

"那，你是几道杠？"

我想回答是"三道杠"，可担心谎话说过了头，反而被怀疑。"一道杠"呢，又觉得太渺小，有些说不出口。犹豫了一下，谦虚地说："我本来被推选当'三道杠'来着。可我认为自己还没那么好，就接受了个'二道杠'……"

我轮番回答他们的话。他们对我也愈发显出恭敬的样子。我戴红领巾，并非为了别的，而是为了向他们的姐姐表明：我可不是这条街的野孩子。我是少先队员！

"我姐姐是一年级入的队！"

"我姐姐以前是'三道杠'！"

"她还当过全校的大队长呢！"

"她以前每年都是三好生！"

他们开始向我赞扬他们的姐姐。仿佛她是他们的重型武器，一展示出来，就足以从心理上彻底将我打败。

我"半道杠"也不是！我还没入队呢！校队鼓手中，有好几个不是少先队员的。红领巾是学校特批给我们的，只许我们在需要的时候戴，平时是没资格戴的。我当然是被他们从心理上打败得稀里哗啦了！

我故作镇定，问："那她现在呢？"

"现在……现在……"

"现在我们不是搬到这儿来了吗？"

"对，现在我们不是搬到这儿来了嘛！她就得在新的学校从头开始争取了。"

我不由回头看了她一眼，很怀疑是她的弟弟们说的那样，认为肯定另有原因。

她的目光接触到我的目光，迅速避开了。她那样子很不自然，甚至有几分愠怒。她大声训斥两个弟弟："多嘴多舌的，别人会把你们当哑巴吗？"

她们的姥爷，好像根本就没听我们几个孩子在说些什么，头也不抬，专心致志地锯木板。

她的两个弟弟，都一声不吭了。显然，他们的姐姐，在他们心目中，是具有特殊位置的。一旦严厉起来，他们是有些惧怕的。

我觉得锯条被腐朽的木板夹住所发出的紧滞刺耳的声音，似乎更响了。

一排新的"板障子"终于竖起在我们眼前，和她家临街的"板障子"一样矮。一扇小门的上端，也锯成了美观的月牙形。这么一来，站在我家门口，不，就是站在屋里，也可以从窗口望见她家院子里的情形。在我们全院，除了我家，谁家也不可能和她家举步相通。因为别人家与她家院子相隔的，是他们房屋的后墙。只有我家这儿，相隔的是一排"板障子"。

她姥爷的衣服，已被汗湿透了。他掏出手绢擦擦脸上的汗，问他的外孙女和两个外孙："这样好吧？"

她默默无言地微微点了一下头。

而她的两个弟弟齐声回答："好！"

他又问我："你说呢？"

我也回答："好！"

他说："你们都觉得好，我就更认为好了。"沉思片刻，他念念有词起来："满园芳菲着人意，栽情篱下不羡山。"

我完全不懂他的之乎者也。而她，分明是懂的。起码懂一部分。不知为什么，她显得忧郁了。

他又自言自语："种什么花儿好呢？"

我抢先说："种蝴蝶花吧！蝴蝶花顶好看啦！"

她的两个弟弟紧接着说："种百合！种百合！姥爷您不是说过，百合的根又好吃又能治病吗？"

他的目光转向他的外孙女，目光中尽是深蕴的慈爱。似乎，还有些别的。我觉得好像是一种无奈的歉疚。他能有什么对不住他的外孙女呢？

"你说呢小晶？"

她凝眸思考了几秒钟后回答："姥爷，栽菊花吧。您不是很喜欢菊花的吗？而且，您也不必像陶渊明似的采菊东篱下了，您每天望菊东篱下，不是更好吗？"

他点点头："是啊。季节迟了，想种别的花儿也来不及了。只有从院子西边移些菊花栽过来，不过……"他又一次将脸转向我："这一定要征求一下你妈妈的意见，啊？咱们刚才的意见，都算个人意见，你妈妈的意见，应该是最后的意见。因为她是居民小组长嘛！咱们都在她的领导之下嘛！这就叫民主集中啊！"

他说得十分郑重，郑重得都有点儿使我感动了。我从来也没有认为我的母亲这么值得尊重。从来也没人对母亲表示过如此郑重又非常真诚的尊重。一个孩子，感到自己的母亲被人尊重，这孩子能对那个人不产生好感吗？我觉得我一下子喜欢起这个头发全白的瘦老头了。我想母亲也肯定会认为自己实在不值得任何人这么尊重她。她能当上居民小组长，纯粹由于她的热心肠。我从来也没有觉得她"领导"过谁。我们这条街的男人、女人、老人和孩子，绝对不会有谁承认受过我母亲"领导"的。如果他们听了他的话，准会哈哈大笑的。如果他们一旦感觉到我母亲居然是"领导"他们的，母亲肯定再也当不成居民小组长了。

我的队服为我做出了从未做出过的"牺牲"。白胶鞋面目全非，变成了黑胶鞋。我的奉献是巨大的。这奉献完全是为了她。我觉得她心里是明白的。我一点儿也不后悔，相反我很愉快，甚至对她充满感激，感激她明白我……

她的姥爷收拾起工具，第一个从那扇小门通过，走到她家的院子里去了。他回望了一眼那扇小门。那种样子，如同一个刚刚学会穿墙术的人，念着咒诀不知不觉地穿过了一堵墙壁，但又不相信是真的，于是回望那堵墙是否存在似的。

"孩子们，过来呀！我不是已经过来了吗？"他朗声说，看样子对那扇小门很满意。说罢，大步向当初神父住的屋子走去。仿佛那一向就是他住的屋子。

接着他的两个外孙走过去了。

她也走过去了。

只有我留在锯矮了的"板障子"这一边，一动没动，呆呆地望着那边。"板障子"锯矮了仍是"板障子"，我仍觉得我要通过那扇小门必须获得她家人的允许，觉得它是为了她家人到这边来方便，而不是为了我到那边去方便。尽管她的姥爷已经说了"孩子们，过来呀"，但我认为他那是对她和她的两个弟弟说的，并没包括我。我也为那扇小门付出了劳动。一刹那间我内心充满委屈，眼泪汪汪。

她见我没跟过去，走回来了。她站在"板障子"那边，替我打开小门，瞧着我笑。

"先生，请！"

她做了一个优美的邀请的姿势。

我也噙泪而笑了。通过那扇小门后，我也忍不住回望一眼。倏忽觉得我是通过了一扇奇异的门，觉得自己顿时长大了好几岁似的。我再看她时，连自己都觉得，已不可能是一分钟前的目光了。我自己对这一种变化有点儿慌乱和不知所措。我脸又红了。

她脸也红了。

大概是因为我的目光。还因为我的样子。

井旁晒了几大盆水。

她家那个穿玄紫色旗袍的女人从屋里走出来。捧着一捧衣服，走到葡萄架前，放在木椅上。她穿的还是玄紫色旗袍，还是那种神情肃穆、不苟言笑的样子。她看了我一眼，一句话也没说，威严地转身向房屋走去。一眼，仅仅一眼，我觉得那女人已将我掰开了揉碎了认认真真地研究了一番。

"她是你什么人呀？"

"小姑。"

"她不太欢迎我是不是？"

"你怕她？"

"有点儿。"

"我和弟弟们也怕她。不过她是个好人。除了爸爸妈妈和姥爷，她就是我们最亲最信赖的人了！"

她说完，命令两个弟弟将两大盆水端到葡萄架内。

"我得给他俩洗洗澡。你要是闲得慌，就替我浇花吧！"

她从葡萄架内探出身对我说。

于是我拿起喷壶浇花。

一会儿，她的两个弟弟洗得清清爽爽的，换上了干净整洁的衣服，离开葡萄架也走向了房屋。

"你看，他俩用了两盆水，还剩下两盆水。一盆是为我晒的，一盆当然是为你晒的啰！我小姑并没有只想到了我们，也想到了你呀！你承认不承认她是好人？"

她浑身湿漉漉地站在我面前，十分认真地问我。

我说："承认。"

"帮帮我。"

于是我和她共同将一大盆水移入葡萄架内。

"该你了！"她说。

"我……我……我回家洗。"

我想逃。

她揪住了我的后衣领。

"水都为你晒了，你却回家洗！用凉水洗呀？激出病来，我们全家又会感到对不住你了！你这小孩儿，怎么能这样对待别人的好意呢？快脱衣服！"

她揪住我不放。

我说："我自己洗……"

她说："你得让我替你彻底搓搓泥呢！"

我只好脱。但是没脱裤衩儿。

她说："小小孩儿，你还害羞吗？"

我说："我不害羞呀。"

她说："真的？"

我说："真的！"

她就一下子将我的裤衩儿扯到了脚腕儿。

我简直害羞得没法儿，恨不能遁入地下。

"转过身去。"

我乖乖地转过身。

"双手撑着柱子。"

我乖乖地双手撑着柱子。

"你还说你回家洗！你还说自己洗！瞧瞧，瞧瞧，你自己能搓到后背吗？你真是个脏孩子，不搓，能算洗了一次吗？"

她从我身上搓下了"成绩"。

"转过身来。"

我乖乖地服从命令。

"站稳。"

"……"

"抬起胳膊……双手放在我肩上。"

我乖乖地将双手放在她肩上。

那一时刻她的神情忽然变得比她的小姑还肃穆。

而我感到自己变得像一具石头人一样全身僵硬。

我闭上了眼睛。

我只能闭上眼睛。

如果不，我不知自己的目光该看哪儿。看哪儿我都觉得不对。也许只有看着她的脸是最自然的。但她的脸是我当时感到最不该看的。我真的想逃……

她用毛巾包住的手，搓我的肩胛窝儿，搓我的胸，搓我的肋。她搓的都是我怕痒的地方。我强忍着，忍着，终于忍不住，哈哈笑着跳开了。

"你！"

"你搓痒我了嘛！"

她也忍俊不禁了。

她将毛巾往我肩上一搭，嗔道："我又不真是你姐，我不干了！吃力不讨好儿。你自己搓吧，要冲的时候叫我一声儿。"

她背对我，坐到栏杆上去了。

我也转身，背对她。尽管完全多此一举。

一只蜜蜂飞入葡萄架，寻找不到出口，嗡嗡地着急。

"姐，我搓好了！"

话一出口，我后悔莫及。我惊讶于自己把一个"姐"字叫得那么自然，仿佛我每日里叫过无数遍。

她缓缓地缓缓地回首一顾。

我赶紧用毛巾遮我最害羞的部位。

我看出她的惊讶一点儿也不逊于我。

"我……我本想叫你……叫你小晶姐姐来着……"

我讷讷地说。

依我童稚的逻辑想来，叫"小晶姐姐"，是礼貌，是亲近，是任何一个女孩儿家不论乐意或不乐意，都满不在乎地认可的。而叫"姐"，只叫一个"姐"字，则是郑重得多的一件事儿了。如果她们不乐意不认可，她们是有正当的理由发脾气的。

对我的嗫嚅之词，她的表情毫无反应。

她只是开始默默地用木瓢舀水从头到脚地浇我。

最后她开口说："闭上眼睛闭上嘴。"

她端起盆，将剩下的水都浇在我身上。

"好了，你自己擦吧。"

她说着，从地上捡起我的湿裤衩儿，连同我脏了的队服卷在一块儿，离开了。

我问："那我穿什么呀？"

她一指栏杆，上面搭着一套衣服。

我只好穿上。那是一套从未被穿过的新衣服。肯定是她哪一个弟弟的。我穿着很合身。

她站在一簇"扫帚梅"前，见我怯怯地走过去，盯着我，问："你刚才叫我什么？"

　　我说："我叫错了。我再也不那么叫了。"

　　她说："我没问你对错。我只问你刚才叫我什么？"

　　我说："叫你'姐'了……"

　　"你喜欢叫我'姐'？"

　　"喜欢。"

　　"要是有一天，你听了别人的什么话，不这么叫我了，我该怎么惩罚你呢？"

　　"那……你就恨我！"

　　"只恨你就行了？"

　　"我也恨我！"

　　"还不行。"

　　她摇摇头。

　　"可是我不会因为听了别人的什么话就……"

　　"你会的！你肯定会的！"

　　不知为什么，她显得那么不信任我。

　　"我不会！"

　　我嚷了起来。

　　"那，你以后就叫吧。"

　　"姐！"

　　她笑了。但那分明是一种苦笑。看见一个女孩儿家苦笑，一个像我这样年龄的男孩子也准会为之伤感的。苦笑有时比哭泣还能触痛人的心灵。

　　"没有谁高兴和我们家的人主动来往。没有哪一个男孩儿高兴叫我'姐'，除了我的两个弟弟。你会对我，也对我们家的人变心的。反正你会的。"

　　"我不会。我发誓我不会。我……"

　　我抽泣了。

我从未被人如此不信任过。而这样一种固执的不信任，竟又是当面表示的。我受不了这个。我觉得被严重伤害了。

"得啦得啦，别哭哇。这也值得哭？你还总不承认你是小孩儿！我也没说你什么呀！"

她开始哄我。像哄一个受了委屈的小弟弟一样。并且，用手心轻轻替我抹去脸颊上的泪。

"帮姐把这一盆水抬过去。"

我破涕为笑。

"现在该轮到姐洗了。你替姐当个哨兵，不许人走过来。我那两个弟弟也不许！"

于是，我就忠实地当哨兵。

葡萄肥大的叶片很密，将葡萄架遮挡得像童话里一幢绿色的小房子。

我倾听着那"小房子"里哗哗的濯水声，觉得宛如有一条小山泉在流淌。我抬头仰望天空，觉得天空从来没有那么高远、那么蔚蓝。我举目观览满院子的花儿，觉得一切花儿都美丽无比。我想母亲她是说错了，原来我命中注定必有一个姐姐！我觉得我是一个幸运的男孩儿。我的命运简直值得我为它歌唱！我的目光望向那一排锯矮了的"板障子"，望向"板障子"那边我的家，甚至觉得连贫穷也不那么令人沮丧了。

教堂钟楼内悬着的大钟静止着，似乎期待有人去敲，又似乎在向打算敲它的人声明：请别滋扰我。我更喜欢不被敲响的时候。

镀铂的铁十字架，在日照之下熠熠生辉。

我仿佛觉得银色比金色更加辉煌夺目，并且具有金色所不具有的圣洁感。十字架宛若一个大的加号，要将天和地加在一起，而那结果该等于什么呢？

葡萄架内的濯水声终于停止了。

我看见从那童话般的绿色的小房子里姗姗踱出一位全身发着清丽气息的天使。

　　她对我说："小孩儿，你已经知道我的小名了，现在我想知道你的。"

　　我对她说："跟姐儿。"

　　"跟姐儿？"她说，"我喜欢这个名字。"

　　"是的。"我说，"我也喜欢。"

　　"跟姐儿，我家的人你都认识了，现在跟我去见见我妈妈好吗？"

　　"好。"

　　于是我第一次走入了神父住过的那一排房屋。那一排房屋分为四间。第一间最小，她的两个弟弟住。第二间最大，有二十多平方米，几排书架贴墙而立，整整齐齐摆满了书。正中是一张很旧的、圆形的桌子，未铺桌布，还有一张铁架床。她告诉我这原是神父会客的地方，现在她的姥爷住，全家人也在这儿吃饭。第三间她自己住。除了一张单人床，和床头一个箱子，再也没有什么。第四间她的母亲和小姑合住。屋顶本都倾斜了，地板有些角落已塌陷。墙皮处处剥落，好似患了红斑狼疮病的人的皮肤，并且留下了正方的、长方的挂过画框的痕迹。积年累月的灰尘使那些痕迹十分清楚，清楚得像木匠用墨绳弹出的线条。而那些镶在宽边的框子里的画，全都反放在门后。我问她为什么不继续挂着。她告诉我画的全是耶稣被出卖被钉在十字架上以及他的母亲为他哀伤哭泣的情形。说她家的人都不喜欢那些画。住进来的最初几天，因为画没取下来，她家的人没有不做噩梦的。包括她的姥爷。我问也包括她吗？她点了点头。问她做什么样的噩梦？她摇了摇头，那意思是讲给我听，我也不会理解。屋子很阴暗，散发着潮气。因为这一排人住的房舍是背阳的。而朝阳的那一排是教堂。也许由于耶稣活着的时候受的苦难太多了，他的信徒们宁愿将朝阳的房舍让给他住？

　　她的双胞胎弟弟、姥爷正同她的母亲和小姑在她们的屋子说话，说的恰是我。她告诉她的母亲有客人来了，他们便都走到她姥爷住的较大的屋子来了。

她的姥爷也叫我"小孩儿"。

他说："小孩儿，随便坐。我们应该算是朋友了对不对？我们不把你当客人，你也别把自己当客人。今后，只要你高兴来，我们就欢迎你。"

她的母亲打断了他的话："看您，对一个孩子说这么多干什么？把人家都说得腼腆了！"又瞧着她问："就是这孩子？"

她点点头："他小名叫跟姐儿。"

她家的人，除了她，都不由得互相望了望。分明的，我的小名使他们纳闷和奇怪。

她的小姑什么也不说，沉静地坐着，注视着我。我觉得她又开始研究我了。

"孩子，你坐呀！"

她的母亲和蔼地说。那天这端庄的女人没穿藕荷色旗袍。她下穿一条黑绸过膝长裙，上穿一件短袖立领的白衫子。我觉得她不论穿什么都仪态大方，她的端庄是天生的。我觉得一个孩子即使真是一个野孩子，在她面前也会努力做出规规矩矩的样子。而我正是那样努力的。

"跟姐儿，我们小晶本该谢你，你却还来了一瓶酱油。我们又不知你是谁家的孩子，可真让我们惭愧呢！"

"妈，那瓶酱油，是他用帮别人拉车挣的钱，和捡碎玻璃卖的钱，三分五分攒起来买的。"

她家的人，又都是面面相觑，似乎都觉得这件事儿对于这个"小孩儿"来说，未免太"原则"了点儿。一刹那间，我感到她的小姑的目光中，有某种研究以外的成分介入了，但很快又被摈除。她的目光使我感到如芒在背。

她的母亲又说："跟姐儿，我们小晶认识了你这样一个……一个有性格的孩子，我们全家都高兴。"

她说:"他已经叫我姐了!"并显出自得的样子。

于是她的小姑的目光,投射到她身上,似乎对她也不例外,更要掰开了揉碎了进行一番一丝不苟的研究。

她的母亲沉吟地望了她片刻。我觉得这一位和蔼的端庄的女人,这一位心细而慧的母亲,是在掩饰她一时不愿表露的惊讶。她惊讶什么呢?这一位女人,这一位母亲?

我不由得低下了头。

"按年龄,他叫你姐,也应该的。"她的母亲说,"那瓶酱油,一定要让人家的孩子带回去。跟姐儿,你带回去行吗?"

我抬头望着"姐",我的目光在对她说:"不!"

她领悟了我的目光。

她说:"妈……"

她的小姑严厉地说:"小晶,要听你妈的话。你妈的话是对的!"

她看看我,很不高兴又无可奈何地噘起了嘴。

"女士们,我可以对此发表点儿见解吗?"一直在看书的她的姥爷,合上了书本。

于是两位女人的目光都望向他。

他站起来,双手按在桌上,微微向她们倾着身子说:"这孩子,他已经是咱们小晶的朋友,当然也是咱们小苇和小芰的朋友。"他将脸转向两个外孙问:"是不是?"

他们回答得像一个人的声音一样齐:"是!"

他的目光又望向两位女人:"而你们却总是酱油酱油的!倒好像你们是在合审一桩关于一瓶酱油的案子。并且以为只有你们才能作出最公正的裁决似的!本人认为,让人家孩子把那酱油带回去不妥。酱油归我们。不过我倒主张,为了对这孩子表示谢意,也为了平衡我们自己的心理,我们应该送给这孩子什么别的,也算是送给孩子们的小朋友的礼物吧!我说小晶、小苇、小芰,你们支持姥爷的提案不?如果支持

就为姥爷鼓掌！"

她和她的两个弟弟立刻大鼓其掌，都无声地笑，都感激地望着"见义勇为"的老"辩护律师"。

这老头说起话来慷慨陈词。而且说着说着，一只手臂便舞动起来，做出些有力度也有风度的手势，双目炯炯有神，面容表情多变，生动至极，大有一旦开口，不论就什么问题，一口气儿能讲上两个小时乃至半天的神采。我暗暗猜测，也许他从二十来岁起就是位了不起的演说家了。我看出小晶姐弟们，在他开口说话时，都对他很着迷、很崇拜。我觉得他慷慨陈词的时候我也对他很着迷。我觉得我更喜欢这个全白了头发的瘦老头儿了。

"跟姐儿小朋友，对我的提案，你自己满意吗？"

他将脸转向我，目光平和多了。

我说："怎么着都行。"

小晶哧哧地笑了。

她的母亲也笑了。

她的姥爷对我一摆手，长叹一口气，颇扫兴地坐下。那意思是说：你这孩子，你怎么把我"出卖"了？你可真叫我不满意哇！

结果人人开心大笑。

我受感染，随着笑。

"您啊，您总是那么爱激动！您自己说，您下过多少次保证了？因为自己的脾气付出了多大的代价，您自己最清楚啊！我们哪儿是什么合审呢？不过闲聊罢了。跟个孩子，从一瓶酱油聊起不算过分嘛！"当母亲的慢言细语地说，并笑问当小姑的，"对不对？"

当小姑的肃穆地点了点头。

"我激动了吗？我激动了吗？我觉得我一点儿也没激动呀！"

当姥爷的极力替自己辩白。可连他自己也苦笑了。

不苟言笑的小姑终于又开口道："其实我和您的想法一样。小苇，把你这套衣服，送给你们的这位小朋友，你舍不舍得啊？"

那双胞胎男孩中的一个爽快地说："舍得！但他得永远做我们的好朋友！"

他们一齐望着我，期待我的回答。

我说："嗯。"

"那咱们现在就出去玩儿！我们带你去看教堂！"

他们一跃而起，一人拉我一只手，扯我跑出去。

我们爬上教堂的窗台，站立着，几乎将脸贴在玻璃上往里瞧。玻璃全是彩色的，不透明，但却是掺了胶的颜料涂的，而不是烧成的。我的两个新朋友教我怎样靠指甲达到目的。那是一桩需要灵巧和细致的事儿。先用锐利的指甲在玻璃上画十字，像用刀在罐头的封铁盖儿上画十字那样，然后用最薄的指甲，将颜料膜小心地掀起，于是玻璃上便有透明的一孔了。

我顾虑上帝会生气，问他们这样做行吗？

他们说，据他们所知，上帝一般不生小孩儿的气。上帝对小孩儿一向是很宽容的。不过他们提醒我，一定得画十字。看够了，还得用唾沫将颜料膜粘上。否则，他们不能担保上帝绝对不会生气。

中午耀眼的阳光，将玻璃的彩色映在教堂的地板上，如同幻灯将幻灯片映在墙上，五彩缤纷，瑰丽奇异，使空寂寂的教堂笼罩于迷幻的色彩之中。在布道台的上方，我看见了一个几乎全身赤裸的、长着短而黑的连鬓胡子的、瘦骨嶙峋的男人，被钉在十字架上。那铁钉分明是真的，并且还有血迹。我想那人肯定也是真的。虽然我相信他早已死了。我吓得"呀"的一声，不由得用双手捂住眼睛，结果从窗台跌了下来。

"你怎么了？"

两兄弟仍站立在窗台上，奇怪地问我。

我反问："那个人就是上帝吗？"

他们告诉我那不是上帝。上帝凡人看不见，但能清清楚楚地看见地上一切人的行为，也能看透一切人的内心。那是上帝的儿子耶稣。世人谋害了耶稣，所以上帝让世人永远面对自己的恶行忏悔，并以此为条件恕免世人的罪。

"那是真的耶稣吗？"

小苇说："那当然是假的。但你不可以认为是假的。"

小芰说："从上帝的眼睛看，那木头雕的耶稣是真的，而我们这些人都是假的，所以他不过把我们当成他的羊群。"

他们还鼓励我看耶稣降生的油画。我却再也不敢爬上窗台了。他们便嘲笑我胆小。他们替我用唾沫将划破掀开的颜料膜贴好，也蹦下了窗台。

小苇问我，如果让我成为耶稣，我是否愿意？

我连连摇头说我一点儿也不愿意，并且坦率地承认我经受不了钉子钉穿手脚挂在十字架上的痛苦。我想，我的母亲肯定也绝不愿意当耶稣的母亲。见我遭受那样悲惨的折磨，她准会疯的。

他说他愿意。他说他才不在乎钉子钉穿手脚挂在十字架上那点儿痛苦哪。他说他要是能成为耶稣，他要让出卖他爸爸的人永远跪在他面前忏悔，并且永不宽恕。

他的想法令我十分吃惊。

我正要问谁出卖了他们的爸爸，他们的爸爸现在怎样？小芰瞪着小苇厉声说："你乱讲些什么！今后再听你乱讲这些话，我非告诉姥爷、妈妈、姑姑和姐姐不可！"

小苇自知失言，缄默不语了。

我回家前，"姐"交给我一块头巾，说是她的母亲送给我母亲的。"姐"还剪了一大束各种各样的花儿给我，让我回家后插在瓶子里。经过葡萄架前，我不由站住了。犹豫一阵，我轻轻踏上两级木阶，走了进去。葡萄架内铺着木板，木板还吸着水渍。我仿佛又听到"姐"在葡萄架内的濯洗之声，仿佛又听到"姐"搓痒我时，我自己爆发的大笑和"姐"的悦耳的笑声。我觉得这童话般的绿色的小房子，从此我是不会忘记它了。我抚摩着老葡萄盘枝错节的藤蔓，在心里说：葡萄架，你做个证吧！从今往后，我有"姐"了！而这对我很重要！也许以前不，但现在是。我发现她那白色的发卡掉在地上。我捡起了它。那一枚月牙形的发卡，它一端的尖角断了，却还能用，只是不美观了。它很轻。可能是塑料的，或是有机玻璃的。我因它的断损而惋惜。我想"姐"肯定不是由于它断损了便丢弃了。我想她一定是在洗澡时遗失了它。我本打算马上转回去还给她，但我最终又改变了主意。我相信我能将它的尖角重新磨出来，相信我能使它美观如初。

母亲知道我已经接受了别人送的一套新衣服，大为恼怒。

"你自己那套队服呢？准被你糟蹋得不成样子了！要不人家怎么……"

"没有！姐替我洗得干干净净，晾在她家院子里呢！"

"姐？哪个姐？哪来的一个姐？"

"就是……就是你也喜欢的那个……那个……她叫小晶，她妈妈还送给你一块头巾。"

"头巾？在哪儿？"

我将头巾从箱子里取出交给母亲。

"你！你不但自己……你还替我接受了！你好胆量呀！我平时怎么教训你的？我今天非揍你不可！"

母亲寻找扫床的笤帚。

我往墙角躲。

然而母亲高高举起的笤帚并未落在我身上。母亲一把将那块头巾从我怀里扯过去。

"人家真心诚意，我怎么能……"

"住嘴！"

母亲真生气了："你叫我现在怎么办？唵？衣服，头巾，都给人家送回去，伤了人家的一份情意！不送回去，这礼尚往来的，咱们这有什么值得回还人家的？你说！你说呀！"

我知道我家没有任何值得回还的。我了解母亲是个多么重视"礼尚往来"的女人。我唯有一声不吭，任凭母亲数落和训斥。

"老梁家的！梁组长！"

幸而这时街道主任来了。她是主任，母亲是组长，她是母亲的"上级"。母亲一向对她客客气气的。她话声刚落，人已进门。

"哟，打孩子呀？"

"没有，没有。你坐，你坐。我不过说说他。这孩子，这几天越来越不服管了！"

"跟姐儿，不服大人管可不行啊！这孩子今天怎么穿得这么体面哇？衣服真合身呢，你给做的？"

"衣服嘛，是呀是呀，主任你有事？"

母亲支吾地应酬着，搪塞着。

主任朝窗外望了望，意味深长地说："那儿，咋变样了？"

母亲也朝窗外望了望，回答："可不嘛，一上午工夫，就变样了！"

主任说："变样了也好，也好。"

母亲说："主要对我们这边好，眼界敞阔了！抬头望见些红花绿草的，比原先一排'板障子'挡眼可不强多了嘛！"

"还开了小门呢……你家的主意？"

"哪儿呀，也是人家那边想得周到。"

"上午开会，我也没机会跟你交代，我就是特意为了那户人家向你交代来的。对那户人家，你应该……跟姐儿，你先出去玩会儿。"

我装出一副巴不得的样子离开了。但没出家门，不过挺响地关了一下门。然后隐蔽在外屋炉台旁，侧耳聆听。

"主任，那户人家，很不一般吗？"

"岂止不一般啊！'地、富、反、坏、右'，他们一家占了三条！那老头儿是地主家庭出身。他学生——也就是他女婿，那三个孩子的爸，是现行反革命。老头儿自己是右派。三个孩子的姑，也是右派。后来党考虑到，一家子人中，四分之三都被划到反党的立场上去了，不利于对知识分子的团结，对她实行宽大，才给她'摘帽'了。"

"他们一家，怎么会搞成这样啊？"

"阶级本性呗！先是那老头儿，在'大鸣大放'中，仗着自己是老教授，就向党发起进攻。听说进攻得可猖狂啦！那当然就成了右派了。他的女婿和他在一所大学里教书，又曾经是他学生，一张接一张贴大字报，替他鸣冤叫屈。得，把自己搭上了。老头儿一看女婿也成右派了，火了，反过来再替女婿辩护。右派替右派辩护，又是老丈人和女婿的关系，能有好结果吗？结果那女婿的性质反倒被升格了，成了现行反革命了。赶出大学，发配到青海改造去了。那三个孩子的姑，是给党的一位首长做秘书工作的，当时刚结婚，急了，就给中央写信。结果信没转到中央，自己的秘书工作丢了，还被戴上了右派帽子。丈夫立马儿跟她离婚了。你说这一家子，出了一个右派，倒是赶紧划清界限啊，却偏不。这不是他们自己闹腾到这么个地步吗？后来这一家子就不许住在北京了。先被安顿到天津。天津离北京也不远啊！又把他们安顿到了沈阳。那老头儿是沈阳人。他又是出身大地主家庭的人。老头儿的父亲，还跟张作霖有过深交。在沈阳当年是个大家族。老头儿的亲朋好友旧关系比蜘蛛网还多。所以，没容他们在沈阳住上半年，就又把他们迁移到咱们这座城市来了……"

"唉……"

我听到母亲喟叹了一声，接着只说："这一户人家，这一户人家，这一户人家啊！"

"唉……"

我听到主任也喟叹了一声，压低语调说："都叫人不知道该怎么对待他们才好是不是？细想想，冲着那三个孩子，怪让人同情的。但咱们街道干部，也不能因为咱们心眼儿好就乱同情哇！那老头儿在北京

116

有大人物不显山不露水地保护着。吩咐了，不管安顿到哪儿，居住条件要相对宽绰些。不必安排什么工作，每月生活费不低于二百五十元。据说那老头儿是研究庄稼的，对咱们国家的农业发展有过贡献。上边儿的指示精神是十个字：不照顾不妥，不监督不行。你听明白了？"

"听明白了。"

"听明白就好。第一句话是上边儿的事。第二句话是咱们的责任。该对你交代清楚的，我都对你交代清楚了。上边把监督的责任布置给我了，可我为人民服务的工作已经不少了。也不能整天拎个小板凳，光坐在街对面，望着他家的院子进行监督哇！我今天算是正式把这个责任布置给你了。我还有事儿，我这就得走，改天再来多坐会儿。"

"哎，主任，主任你先别走，这……监督，责任重大。我恐怕不合适，你还是另布置给别人吧！"

"你别这么说呀？你是组长，你们的院子又和他们的院子紧挨着，布置给你不合适，让我布置给谁哇？我一来，我一见你们两边之间的'板障子'都拆了，成了这样了，我就想布置给你最合适了！得了得了，咱们这都是为党工作，你别推辞了！还谦虚个什么劲儿啊！别拽着我。我得走了，我得走了！"

街道主任一边说，一边已从里屋急急迫迫地走出来。分明的，她唯恐母亲将她再扯入里屋去。

"这……我……主任，主任你听我说……"

母亲跟在她身后，有话难讲。扯住她不是，任她扬长而去，又不愿意……

母亲再回到家里时，见我已在屋内，诧异地问："刚才叫你出去玩会儿，你没出去？"

我说："出去了呀？"

"那你怎么又在屋里了？"

"我刚回来嘛！"

"刚回来？从哪儿回来的？我怎么没碰见你往回走？"

母亲不信。

我说："我见你正从门送人出去，我就跳窗进来了。"

母亲沉着脸，久久地望着我，样子使我心怯。我嘟哝："你要是还生气，我把这身衣服和那块头巾去还给人家好了！"

我开始脱衣服。

"谁让你还了？我让你还了吗？"母亲又有些生气，"还给人家，叫人家怎么想？你诚心诚意送给别人的东西，别人接受了，过后再还给你，你高兴吗？"

母亲说完，不再理睬我，转身打开粮食柜，拎出半袋子小米，说："只好把这半袋子小米送给人家了。"那是农村的亲戚送给我们的。那几年粮店里没有小米供应。小米是城里人所珍视的。

我高兴地拎起袋子就走。

母亲喝住了我："现在别去！晚上，天黑以后再送过去。送过去赶快就回来。记住，不许总过那边儿去！免得人家烦！"

我知道母亲说的不是心里话。

但我装出懂事的样子点点头。

母亲看见插在阔口瓶子里，摆在桌上的那束花儿，愣了愣，转身从窗口望向"姐"家的院子。

我也随着母亲的目光望去，见"姐"在院子里晾衣服。

我说："是'姐'送给我的。"

母亲说："又送给你什么了？"

我说："花儿呗。"

母亲说："你再给我记住，别'姐''姐'的！是你那么叫的吗？你可以叫她'小晶姐姐'，但你不能叫人家'姐'！会让人家觉得你是在套亲近似的！"

我大声说："不会！'姐'不会！她家的人都不会！"

母亲发火了，说："你还'姐''姐'的！再跟我顶嘴，我剪断你舌头！"

母亲样子挺凶地瞪着我。

我也不服气地瞪着母亲。

那一时刻，我把街道主任恨透了。其实街道主任是个心眼儿挺好的女人。如今想来，更准确地说，我当时所恨的，是那女人告诉母亲的一些话。而那些话代表一种铁一般的事实。当年的我，只能认为那是铁一般的事实。我所恨的，更是那铁一般的事实。我觉得我明白了，为什么"姐"全家人，看去似乎全是些乐观的、开朗的、和和气气的人，但在他们从大人到孩子，每个人的眸子里，都有一种去不掉的巨大的忧郁。我似乎明白了他们为什么对我又欢迎又存有几分戒心，我明白了"姐"的小姑审视我时的目光，明白了小苇和小芰在带我看教堂时说的令我吃惊的话，明白了"姐"的姥爷在搬来那一天对围观的人们的古怪表现，明白了他们为什么要将"板障子"锯得那么矮……

我明白了这么多，我心里很替他们一家，替"姐"也替我自己难过。眼泪渐渐盈满我眼眶。

天刚黑，没等我过那边儿去送小米，"姐"过这边儿给我送队服来了。"姐"替我洗得十分干净，叠得平平整整，还熨了。我那双白胶鞋，"姐"不但替我刷了，还替我擦过了白粉。

"姐"没说几句话就走了。

母亲客气地留她玩会儿，她说她要温习功课。我感到母亲的客气是不真诚的。我感到"姐"不留下玩儿是借口。但母亲一定要让她带走那半袋小米却是真诚的。"姐"领会到了母亲的真诚，推谢一阵儿，也就接受了。

母亲是从内心里喜欢她，这可以从母亲目光和表情中显示出来。母亲的目光中，甚至糅合着一种怨天叹命的感伤。或许母亲由她而怀念起九年前失去的唯一女儿。我想母亲是巴不得听她亲亲昵昵叫自己一声

"妈"的。

母亲说:"替妈送送你小晶姐姐!"

可是当我和她走出屋时,屋里又传出了母亲的话:"送到那小门就回来吧,妈还要你帮着干点儿活儿哪!"

她一跨过那小门,便反身将小门带严了。隔着"板障子",她对我说:"别送了。大妈不是就叫你送到这儿嘛!"

"小晶!小晶!该回来了,你姥爷让你帮着查本儿书!"

她家门口,她小姑在呼唤她。

"哎,回来了!"

她应着,匆匆地转身去了。

我想,她的小姑,肯定也像我的母亲叮嘱我一样叮嘱过她。

突然一阵闷闷的雷声自远处滚过来,惊得我浑身一悚。我抬头望天穹,没有月亮没有星星。一个美好的白天不总是连着一个美好的夜晚,却是一个漆黑的时刻。风乍起,树抖瑟,那院子里花影倾草姿伏。紧接着她家的、我家的、周围人家的窗子全黑了。断电了。

仲夏的凄雨连绵不绝,忽骤忽渐下了十来天。许多街道和院落积水成泽。小学校宣布临时停课。当久违的太阳从满天空阴霾氤氲又湿又厚的云堆后逼射出第一道光芒,大地早已被泡得泥泞不堪了。

那些日子我从早到晚待在家里烦闷得很。我想"姐"和小苇小芰他们肯定也这样。我经常隔窗呆望她家院子,希望"姐"趁雨止的间隙朝我家这边儿跑过来。然而我的希望似乎只不过是我的幻想。"姐"一次也没过来。小苇小芰也没有。我甚至一次也没发现他们的身影在院子里出现。风从那边儿刮过来,雨从那边儿飘过来,水泽从那边儿淌过来,浮着些残花断草、落红败绿。教堂的十字架看去好像是炭质的,好像吸足了雨水而膨胀了,从而失去平衡,倾斜了。

太阳终于露面的那个清晨,我推开窗子又朝"姐"家院子望,但见两行碎砖从"板障子"的小门那儿一直铺至她家门口。两行碎砖宛如盲文课本上的文字，"写"的是什么呢？

小门旁挖了一条排水沟。我家这边儿的水，被引到她家那边儿去了。

我说："妈，你看！"

母亲走到窗前，望着，却什么也不说。什么也不表示。

我觉得人间怎么可以变得这样冷漠！母亲怎么可以变得这样对什么都视而不见无动于衷呢！

我愤慨了。

我又大声说："妈你看到了吗？"

母亲语调平板地说："看到了。"

我说："看到了你什么都不说！"

母亲说："你让我说什么？"

我说："你说你想说的！"

母亲说："唉，这一家人啊，可真是的……"

我说："妈你说的这叫什么话呀！"

母亲说："你出去，捡些砖头，把咱家这边儿，也铺上两行砖。也要从小门那儿，一直铺到咱家门口。"

我照母亲的话做了。

然而不过等于泥泞的大地上又多了两行盲文。我自己"写"的。我觉得我"写"得很认真，"写"下了很多。首先是为"姐""写"的，其次是为小苇小芰"写"的，也是为"姐"全家人"写"的。我认为我"写"得明明白白。正如他们所"写"的我"读"得明明白白。

然而我没再推开过那扇小门。"姐"和小苇小芰也没有。我没有是因为他们没有。不受到正式邀请我到她家门口，一定会使她家的三个大人都感到唐突，倘他们首先过来我便不会再有什么顾忌。被火烧伤了面容的人其实是不愿被谁探望的，我觉得"姐"一家人都是被火烧伤的。烧伤的是心。这样的心恐怕是格外敏感的吧？也许他们所做的并非他们情愿的吧？

第二天赵家套住一只猫。赵家堆放杂物的棚子闹过黄鼠狼，套子本不是为了对付猫而是为了对付黄鼠狼的。那只猫被吊在棚檐下，四爪绝望地挠住板壁。它那样已经坚持了很久。眼看它即将坚持不住了。它坚持不住的时候就死定了。全院的女人和孩子围着看。女人们肯定地说那是只野猫。孩子们用石头打它。对一只野猫连女人和孩子也是不怎么恻隐的。家里鸡被咬死和晒的鱼被叼走过的人，尤其不恻隐。纵然明知那全是黄鼠狼干的，看见一只野猫被吊死他们也会认为反正是除了一个和黄鼠狼差不了多少的祸种。

　　我一眼便认出那是"姐"家的猫。

　　"它不是野猫！"

　　"你怎么知道不是野猫？"

　　"它是我姐家的猫！"

　　"你姐？你哪个姐呀？"

　　"就是，就是……新搬来那家的姐。"

　　"这孩子，倒挺有人缘儿。我们还不知那家姓什么呢，他已经认个姐啦！"

　　女人们取笑我。

　　孩子们也取笑我。

　　我转身往家跑。

　　我气喘吁吁一跑入家门就叫嚷："妈，妈，你快去救救它吧！"

　　母亲正补衣服，一愣，忙问："救谁？"

　　"救猫！它被套住了！快吊死了！"

　　"这些个人，套住一只猫干什么？"

　　"都说是野猫！可它不是野猫。是'姐'家的猫，是小晶姐姐家的猫。妈，快去救吧！求求你了，再晚一步它就死了！"

　　母亲略一迟豫，放下针线，随我急急忙忙奔出家门。

　　母亲不顾人们会对她怎么看，将那只猫救下了。

猫爪子挠破了母亲的衣襟，将母亲的双手、双臂挠出一条条血淋淋的道子。它已经快死了。母亲将它抱在怀里，对女人们说："这只猫可不是野猫。从来不咬鸡叼鱼的。这是那院儿人家的猫，是一只规矩的猫。我证明。"

街道组长证明不是野猫，女人们也就没什么话好讲了。孩子们也不敢继续施虐了。

母亲让我陪着，第一次通过那小门，给"姐"家送猫去。地面仍很泥泞。铺在"姐"家院子里的两行砖，虽几乎被泥泞吞噬了，却毕竟赖以踏脚，起着"桥"的作用。

"姐"一家人的感激自是不必细述。看来那猫是"姐"一家人的宠物。为母亲的和为姑的，找出红药水、紫药水、碘酒、药布、棉球儿，一人托着我母亲的一条手臂，内疚之至地替母亲处理伤痕。"姐"和小苇小芰，听我讲猫遇难的情形，惊魂荡起，目定神呆。他们的姥爷，一忽儿踱到猫跟前，像与人说话似的对猫说："你啊你啊，你还没被人们所认识所了解，四处乱跑什么呢？要不是你这位救命恩人及时救你，你就一命呜呼了！我们把你关在屋里，提防你离开家，那纯粹是出于对你的爱护哇！这下你总该明白了吧？"一忽儿踱到母亲跟前，对两位女人说："轻点儿，轻点儿，这儿，还有这儿！你们舍不得药水儿怎么的？组长，这件事真让我们内疚啊！您看，我们是否应该写一份保证书，向您，也向街坊邻里们保证，我们的'咪咪'，也就是我们这只猫，再也不犯自由主义的错误。"

母亲笑道："一只猫，也不曾讨人嫌，不期然地被套住了，差点儿送了命，它有什么错啊！你们写的什么保证？倒是我想向你们保证，要论咱们这条街上的人家，都是些好人家。都不知道猫是你们家的，以为是只野猫呢！若知道，用不着我出面，谁都会解救它的。"

"我相信，我相信。我完全相信人民。完全相信您组长。"

他的话使母亲大不自在。

母亲又说:"咱们两家,更是近邻。按年龄,您是我们跟姐儿爷爷辈的人,对我还何必您您的呢!"

他连连点头:"是近邻,是近邻。您是一组之长,我们一家的……情况,您显然也会多少知道些了。只要您看得起我们,我们是愿意在您和街坊邻里的监督之下,老老实实地生活的。"

"爸,您这几天怎么了呀?当着些孩子的面儿,您胡乱说的些什么啊!"

"姐"的母亲,责备地打断了他的话。

"好,好,我不说。我什么都不说了!还是不说为好,是不是?可是不说,那怎么能使别人正确地认识我们,了解我们的思想动态,从而正确地对待我们呢?"

"爸!"

"伯父,求求您保持一会儿沉默吧!"

"姐"的小姑也干涉了。

"小苇,小芰,和姐出去玩儿!"

"姐"抱起猫走出去了。

小苇小芰看我一眼,一声不吭地跟随出去。

我也跟随出去。

我对小苇小芰说:"其实我顶爱听你们的姥爷说话了。我喜欢他。可就是根本听不懂他说的话是些什么意思!越听不懂越觉得有意思!"

"有意思吗?"小苇瞪着我问。

"真听不懂?"小芰瞪着我问。

"姐"不问,却也目光定定地瞪着我。我觉得她的目光,不知为什么竟有些像她小姑看我时的目光。

"我要去看耶稣啰!"我突发一声喊,向教堂跑去,迅速爬上一个窗口。

其实我并未往里看。我不愿再用指甲在涂了颜料的玻璃上画十字,更怕窥视耶稣那受苦受难的样子。

我将脸贴在一块玻璃上，完全是为了躲避"姐"瞪我时那种目光。

我和母亲回家时，"姐"的母亲一直送我们过了小门。

隔着锯矮了的"板障子"，"姐"的母亲悱然开口："组长，我有件事，想求你，可又觉着，我们好像没资格似的。"

母亲以鼓励的口吻说："你只管讲吧！邻里之间，什么资格不资格的啊！只要我能办到，我不会推三拒四的。"

"实际上呢，我是替我父亲求你。广播里和报上不是宣传，全市第二次扫盲运动就要开始了吗？我，还有孩子们的姥爷、小姑，都没什么工作，我们想为街道尽点儿义务。我们想，想担任扫盲教师。"

"……"

见母亲未马上表示什么，她犹豫了，似乎不知还有没有必要讲下去。

我说："这一件事儿，正好我妈妈自己就能做得了主！"

她才接着说："我父亲，这几天情绪不太好。整天出出进进，心烦意乱的样子。还常为一点儿小事儿急躁，无缘无故大发脾气。我想他是因为无事儿可做郁闷的。我怕他长此下去，总有一天会郁闷出病来……"

她眼睛蒙上了一层泪。

"这……这一件事儿，不像孩子说的，是我自己就能做得了主的事儿。"

母亲似有难言之衷。

"那就全当我没提出过这个请求。反正，我父亲并不知道我有这一想法，也就无所谓失望不失望的。"

但她自己，显然已是极度地失望了。我看出来了。我想母亲也一定看出来了。并且，她那想掩饰也掩饰不了的极度失望的表情后面，隐蔽着窘迫。

母亲隔着那门，拉起她一只手，轻轻握着说："你放心，尽管的确不是我自己就能做得了主的事儿，但我一定会尽力而为的。我想，大概是可以的吧？"

"组长，那可就太谢谢你了！你能这么待我们，不论事成不成，我都……我们都……"

泪从那女人眼中一下子溢出，顺着她的脸颊往下淌。

一回到家里，母亲劈面给了我一巴掌。

"大人说话，你插的什么言？你怎么知道是我自己就能做得了主的事儿？唵？！"

然而母亲当晚便为这件事儿找居委会主任去了。

母亲回来时显得异常高兴。

"快，你快去你姐家告诉一声，那件事儿，是没问题的事儿了！"

我一听，扭身就往"姐"家跑。

"姐"一家正在吃晚饭。

我带给"姐"一家人的，似乎是上帝亲口赐予信徒的福音，使"姐"一家人一个个激动不已。

"姐"的姥爷，询问地望着他那当了母亲的女儿。

她幸福地微笑着，承认说："爸你不会生气吧！是我一时动念，就向组长提了。也没先跟您商量一下。"

"我不生气。我不生气。我怎么会生气呢？我是那么不通情理的人吗？我高兴。我很高兴！"他端着碗的手剧烈地抖了起来。倏忽他老泪纵横，一滴又一滴落入碗里。

我看不得一位我所喜欢的全白了头发的老人这般样子！尽管这是一件值得替"姐"全家高兴的事儿，但我内心却难过极了。我觉得我的鼻子发酸。我觉得连我自己也快要落泪了。

我一言未发，转身便走。

我低着头走至葡萄架那儿，听到"姐"叫我。

我站住，回头一看，原来"姐"一直默默跟在我身后，送着我。

她走到我跟前，注视我。

月光下，她那双眼睛好亮，似乎眼中也蒙着一层泪。蒙着泪注视着你的眼睛所表达的含意是最深也是最让人难忘的。

如果一个女孩儿那样子注视着你的时候，纵然你不过是一个像我一样仅仅九岁多的男孩儿，你也会甘愿为她去死！

她问："你哭了？"

我说："嗯。"

"为姐？"

"嗯。为你们全家。"

"你真好！"她用双手捧住了我的脸，"你妈妈也好。"

我说："我妈妈当然好。她是这么对我说的——快，你快去你姐家告诉一声。"

"真是这么说的？"

"真是这么说的！"

"你闭上眼睛。"

我闭上眼睛。仿佛的，我听到葡萄架内又有洗濯之声。

姐吻我额头。吻了很久。

我静静地闭着眼睛。闭了很久。

我很久地闭着眼睛，期待着第二次很久的一吻。

我觉得我和这一个夜晚和这一个院子融为一体。

那两片柔润的温馨的嘴唇为什么不再吻我呢？

我睁开眼睛，已只有我自己伫立在葡萄架旁。

母亲本人，既是第二次扫盲运动的最基层的组织者，亦是扫盲对象。因为在第一次运动中，她只顾以忘我的热忱组织别人，自己竟没有被"扫"。母亲当然觉得这是政府的一名街道干部的惭愧。所以将实际上的组织工作交代给了我。我对这件事儿的热忱不亚于第一次运动中的母亲。我根本没有想到我是为政府尽什么义务。我的热忱完全源于我对"姐"一家人的情感。

　　叔叔辈和婶婶辈的男人女人，十之七八已在第一次运动中"扫"过了。这第二次该"扫"的，则是爷爷辈和奶奶辈的男人女人。再加上第一次的"漏网之鱼"，或虽被"扫"过但并没有获得"毕业证书"的"留级生"们，我们那一条街，总共三十多人。

　　我的"组织工作"，就是晚上六点半左右，挨家挨户通知他们，七点钟准时在"姐"家里上课。这项"工作"对人们自己有益，所谓"组织"，无须动员，每天督促一遍而已。七点钟，上课的人们，自带着各式各样的坐物，三三两两陆续走入"姐"家院子。有些人图近，就经由我们那个院子，通过我家和"姐"家之间的小门到达。

　　若论义务热忱最高的，那便是"姐"的姥爷了。黑板是他做的，为此他拆了自己的一个书架。将自己视为财富的书扎捆起摞放着。母亲很被他的热忱所感动，也很替他那个好端端的书架惋惜，说："这又何必呢！其实上次用过的那块黑板，刷遍墨，还是可以用的。"他却说："赋闲受禄，平时不能为政府做任何事儿，内心不安啊！总算有了个机会，怎么还能为区区一件小事儿，托烦于政府方面呢？"他似乎早已对政府没了什么"意见"，也不打算再替自己和女婿"翻案"了。他似乎内心里只剩下"赋闲受禄"的不安。母亲对他也有这种感觉，并且直言不讳地将这种感觉对居委会主任说了。她们一致认为，果真如此的话，证明"老右派"立场已然开始"转变"。她们合计着，在必要的时候，给他以必要的鼓励和表扬。甚至合计着，向上边"反映"，建议给他"摘帽儿"。我暗中听了，非常非常替"姐"全家高兴。

　　每天，"姐"全家都早早吃了晚饭，将那椭圆形大桌子的四腿儿折起，靠墙侧立，腾出空间供人们排位。而他，则必提前十几分钟，翔立门首，对每一个到来之人，躬身示敬，说同样一句话："劳您大驾了，欢迎光临，欢迎光临。"虔诚之至。那样子很像如今大宾馆门前的迎宾侍者。当然是像那些笑容可亲使人宾至如归的侍者。

"姐"家的三位大人，都担任了扫盲教师。榜样的力量是无穷的。在他热忱的影响和虔诚的感召之下，"姐"的母亲和小姑，对这一请求到的机会十分珍惜，认真负责，不遗余力。最能考验这一家三位大人耐心的，是那些老头儿和老太太。眼花的、耳聋的，若要教他们认得并会写一课字，真比启发弱智儿童还艰难。然而他们经受住了这一考验，一个比一个耐心，其责任感简直可歌可颂。仿佛在他们自家三个人之间，都暗暗下了决心，最终要评出一个模范似的。他们还制定了任课表，责任标准。因为他是长者，"姐"的母亲和小姑都礼让他三分，任由他一人每星期独揽三天的课时，每天两小时。几天下来，他嗓音哑了。然而他那些日子却愉快得像个老小孩儿似的。整天含着"喉片"，也不肯发扬风格让出一节课时。

我和"姐"以及小苇小芰，聚在我家完成作业。小苇小芰趴炕上，我和"姐"共占一张吃饭的小桌。"姐"每天都检查我作业完成的质量。我作业本上"5"分渐多，"3"分没有了。小测验的成绩也明显上升。老师在班上表扬了我，说我只要戒骄戒躁，本学期是有希望入队的。我想老师要是知道我有一个曾是"三道杠"的"姐"，对我的进步也就不会奇怪了。

"姐"家那边儿，读字声时断时续，声声入耳。每每地，"姐"会驻笔而听，常常听得入了神。当发觉我在注视她，便嫣然一笑。那刻我总想亲她一下，就亲她脸腮上梨窝浅现的笑靥。

三位扫盲教师决定改编教材。这一建议是"姐"的姥爷提出的。统一的教材，头几课是"马克思、恩格斯、列宁、斯大林、毛泽东""社会主义在前进""帝国主义已腐朽"等等。不但要教会那些耳聋眼花的老头儿、老太太认、读、写，还要使他们明白：马、恩、列、斯是人名，属于哪个国家，何谓"帝国主义"，何谓"腐朽"，实属不易。十几天后，他们仍读为"马格思""恩克思""马恩斯"，"思""斯"不分，而且往往读错为"社会主义在腐朽""帝国主义已前进"。

三位扫盲教师颇感心有余而力不足，认为改编教材势在必行。他们改编后的教材，头几课成了"人有两只手，双手能做工""一片土，几亩地""三头牛、五匹马、一群羊"等等。

实验几课，效果提高多了。经向母亲"请示"，母亲再向居委会主任汇报并周旋，改编后的教材被批准了。

国庆节前，"姐"家院子里的鸡冠花和菊花散紫翻红，金黄交映银白，一片烂漫；向日葵籽开始变黑了，沉甸甸的葵盘全都谦恭地垂下了头，好像一排排站立着的祈祷者；玉米的棒子也可以掰下来煮着吃了。上课的人们回家时，三位教师常慷慨地送给他们每人几棒煮熟的嫩玉米，带回给他们的孩子尝个新鲜。

我们这条街的"扫盲"成绩在全区评比中获优秀。居委会主任从区里捧回了奖状。看重这份儿街道集体荣誉的人们，包括我的母亲和居委会主任，并没有低估三位扫盲教师的作用，国庆那天晚上，纷纷聚到"姐"家表示庆贺。"姐"全家敬烟敬茶，热情款待唯恐不周，尤其"姐"的姥爷，显出受宠若惊的样子。当礼花从江畔腾空升起，将夜空装点得美丽辉煌之时，与"姐"和小苇小芰在葡萄架前仰面观望的我，觉得生活是那么幸福与美好，世上的一切不幸和悲哀，似乎全都可以包容，使之转化为理解和相互的爱。

秋天是最辉煌的季节，也是最短暂的季节，短暂得仿佛首尾被夏与冬克扣了似的。

不知什么人向区里告了一状。状告居委会主任和母亲不但放弃对现行反革命家属和右派分子的监视，不但重用他们担任扫盲教师，而且包庇他们篡改扫盲教材，将"革命内容"几乎彻底删掉。揭发内容引起区里的重视。

区里派人来调查。调查结果揭发属实。于是召开街道大会，宣布取消扫盲优秀街道荣誉，定为一起带有反动性质的严重事件。居委会主任被撤换了，连母亲这个街道小组长也被改选了。平素一向很有人缘儿的母亲，从此成了一个人人避之唯恐不及的坏女人，如同一个患有危险传染病的女人……

受到一次阶级斗争教育的普通百姓们，似乎明白了，对"姐"一家人的孤立和监视，是正确的。反之，则是丧失了公民觉悟，是应被批评乃至批判的。

"姐"又不到我家来了。"姐"一家人再也没离开过他们的院子。到小杂货铺子买东西的，不再是"姐"了，而是小苇或小芰了。我偶尔在街上看见他们，叫他们，他们却从不望我一眼，仿佛根本没有听到我叫他们，低着头急急地走，甚至反而跑起来。

我希望在"姐"家的院子里望见"姐"，却一次没望见过。我希望在街口迎住一次去上学或放学回家的"姐"，却一次没迎住过。我奇怪"姐"怎么可能连学都不上了呢？后来我终于发现，原来"姐"家宅后的"板障子"，被起开了一块。往旁一推，便可以钻过一个小孩儿。我没有勇气到"姐"家去。我不知面对她的姥爷和母亲时，我究竟应该说些什么。也不知她的小姑，又会以怎样的目光看我，以怎样的态度对待我。自从"姐"一家人搬来后，我童稚的心灵，在不知不觉中渐渐变得异常敏感了。

一天清早，我背着书包期待地守在"姐"家房后。守候很久，终于，那块木板一活动，去上学的"姐"挤了出来。

"姐！"

"姐"吃了一惊。一见是我，神色稍定。

"你……你在这儿干什么？"

她努力装出一副自若的样子。

"姐，我想你！"

一刹那间，"姐"泪眼汪汪。

"我……我在这儿等着，就是想看见你，告诉你，我没变……反正我没变！我这不是还叫你'姐'吗？"

"姐"双泪成行，潸潸而下。她嘴唇微微动了一下，想再说句什么，却什么话也没说出来，只是情不自禁地向我走近。

我不由得扑向"姐"，双臂搂抱住她，哭了。

"别哭，别哭，让人听见……也许有人正监视呢！"

"我不管！"

接着我咒骂了一句脏话。自己也不知是在骂谁。因为不但是小孩的我，连我母亲也不知究竟是我们这条街上的谁人向区里揭发的。或许根本不是我们这条街上的人，而是别的街上的人，别的街道小组长，别的居委会主任，因嫉妒而为。

"姐"立刻用一只手捂住我的嘴，怕被别人听到。

"姐"也哽咽地哭了。泪珠儿落在她脸上。

我和"姐"痛痛快快地互相搂抱着哭了一场。

"姐，这是你丢的，我捡着了，我替你磨得和原先一样了。"我从兜儿里掏出白发卡，还给"姐"。这时我才发现"姐"头上戴的，仍是那一种白发卡，仍是月牙形的，和我手中的一模一样。

我不免有几分失意。

"姐"接过细看了看，说："给你玩儿吧，我还有一整盒呢！"

我更感到沮丧。

"难道它一点儿也不贵重吗？"

"它是塑料做的。我姥爷在国外的朋友托人捎给我妈妈的。妈妈全给我了。塑料在国外不是什么值钱的东西，便宜得很！"

"那……它不值得我替你捡，也不值得替你把它磨得和原先一样了？"

"姐"看出我的失意，想了想，又将我手中那个白发卡要去，别在发上，而将从发上取下的那个给了我。

"我要一直戴着这个。你要一直保留着那个。谁也不许丢！这你该高兴了吧？"

我笑了。

我陪"姐"绕一段路，避过我们那条街才分手，各自去上学。

从那一天起，天天如此。

人心里只要还保留温馨，生活似乎就一如既往。不久，母亲便忘记了自己曾是街道小组长，被撤换了的居委会主任再到我家串门儿，也不絮絮叨叨地诉说自己曾为居委会工作付出过多少精力了。我们这条街的人们，不再谈论被取消的"扫盲"优秀街道荣誉了。实际上也没有谁真的对"姐"一家人进行过什么监视。

冬天来了。一场大雪，仿佛不但将秋天和夏天彻底盖住了，甚至也将秋天和夏天发生过的一切事儿彻底盖住了，并冻结在厚厚的雪被之下。人们都好像是在这一个冬天刚刚出生似的，都将以前的事儿遗忘了。

春节，母亲和前居委会主任还相约了偷偷去"姐"家拜年。我和"姐"以及小苇小芰，从那一天开始，又踩着她们留在雪地上的脚印，无忌地通过那小门，来来往往聚一起玩了。

六月，我升三年级了。

而"姐"小学毕业了。

忘记了什么的是本能地想要忘记的人们。有些事儿现实并没有忘记，而且继续着。

以优异成绩小学毕业的"姐"，升中学竟成了个问题。附近的中学以种种堂而皇之的理由拒收"姐"这样的学生。人数招满、重点中学、需校务会议研究等等。有一所中学表示收倒是可以收，但"姐"应写下与父亲和家庭彻底划清界限的保证书。

"姐"不写。不管她的母亲、小姑、姥爷和我的母亲和前居委会主任怎样开导她劝说她，她就是不写。我没想到"姐"犟起来那么犟。结果她连一所普通的中学的校门也没能跨入。

"姐"最后成了全市最乱的一所中学的学生。那所中学以收容被其他中学开除的或连续三年考不上中学而又超过了中学生年龄的学生闻名于市。它使对自己哪怕还稍有信心的小学毕业生及其家长们不仅感到耻辱，且望而生畏。它在城市的郊区，离我们住的地方实在太远了，每天乘一段车也得一个小时左右才能到。

"这怎么行！这万万不行！像小晶这样的女孩子，绝不能到那样一所中学去读书！"

母亲得知消息，当天晚上就到"姐"家去，对她的母亲、小姑和姥爷晓以利害。

"是不行，是不行！你们当家长的，可要对孩子负责，千万不能依了她！那儿收的，尽是家长没法儿管的恶小子、坏姑娘，有些简直就是小流氓！小晶，听大婶的，宁可在家里叫你姥爷教你，也不能成了那儿的学生啊！你姥爷在大学里教授都当过几十年了，还愁教不了你中学的课程吗？"

"姐"却执拗地说："没事儿的。好歹那也算是一所中学啊！只要我对别人友善，不至于所有的同学都合谋欺负我。妈，姑，姥爷，你们全放心，我不会学坏的！难道你们还信不过我这一点吗？"

谁也没能动摇"姐"的决心。

她到底还是成了那一所中学的学生。

我觉得"姐"之所以那么执拗，是因为她偏要和什么对抗。我看得出来，"姐"内心里其实是怀着某种大的轻蔑在对抗。我认为也许只有我才看出了这一点。我虽看出了却对谁都没说，包括母亲。我觉得我一旦说了，"姐"肯定会不高兴。"姐"是个不愿被人轻易看透的女孩儿，尤其她内心里产生的不是柔情而是与柔情截然相反的东西时。

雨季又到了。

一天晚上，前居委会主任冒着雨蹚着深及膝部的水泽来到我家。她神色慌慌，将母亲从里屋扯到外屋，窃窃耳语了一阵。我趴着门框偷听，什么也没听到。却见母亲脸色大变，端着半盆洗碗水团团转，不知该往哪儿放。母亲在我心目中是个面临天大的事也能镇定得住的女人。 我还从未见她被惊骇到这等程度。

"我的天，我的天，我的天……"

母亲口中喃喃着，竟双腿一软，瘫坐于地，半盆洗碗水全扣在身上。

前居委会主任捡起盆，拿着也慌得不知往哪儿放。

我赶紧将盆接过。

她扯起母亲，说："我俩快去看看吧！"

母亲说："快去，快去……"

她们相拉着往外便走。

我预感到肯定发生了什么可怕的事。 而这可怕的事肯定和"姐"有关。 一阵不安悸过我全身，我的心怦怦激跳。

我叫道："妈，我也去！"

母亲似乎没听见。

而那拉着母亲往外便走的女人，猛回头对我怒斥："你去干什么！"

……

后半夜母亲才回家。

我一直睡不着，胡思乱想。 一闭上眼睛，头脑中就出现可怕的幻象："姐"被汽车撞了，踩了被刮断的高压线，为猝遭雷击所倒下的电线杆子或大树所伤，或不小心掉进了掀开盖子的下水道口……

我急迫地问母亲："妈，姐究竟怎么了？ 你告诉我呀！"

母亲分明哭过，两眼红肿。

"你给我听着！"母亲一字一句地说，"从今天起，一个月内，不，两个月内，不许到你姐家去！ 不许见她！ 如果你胆敢不听我的话，我非剥了你的皮不可！"

第二天，在学校里，我们那条街的男孩儿女孩儿，见了我，都以异样的目光望我。 女孩儿们目光之中皆有几分真实的同情。 有些男孩儿的目光中却有几分幸灾乐祸。

一个五六年级的男生，拽住我书包带，嬉皮笑脸地问我："哎，你那个漂亮的姐怎么了？"

我说："没怎么！"

他说："没怎么？装不知道？那让我告诉你吧，被几个小流氓截住，给这么的啦！她再漂亮，从今往后也没脸见人了！"说罢，放开我书包带，双手作出一种下流的手势。

像这种年龄的男孩儿，当年虽不能完全明白那手势，但却依稀知道，那手势意味着"姐"遭到了女人最害怕的事儿……

我突然血涌如沸，发了疯似的扑向他，和他一块儿摔倒地上，在泥泞中翻滚。我咬他手，咬他脖子，抓他脸，薅他头发，抠他眼睛……我脑中一片空白，只有一念，那就是置他于死地，哪怕和他同死！

他一定以为我真疯了。尽管他年级比我高，然而他害怕极了。他扯着嗓子喊救命！

在几个高年级男生的帮助下，他才最终得以逃脱……

我从书包里掏出削笔的小刀，高举着，对所有胆怯地望着我的女生们大叫："谁再敢说我姐半句，我杀了谁！"

他们和她们四散而去。

操场上只剩下我。上课铃在那时响起……

我愣了一会儿，撒腿就往家跑。

母亲正做什么东西，见我泥鳅似的出现在面前，并没吃惊，也没生气，什么都没问，只是用双手默默替我抹去脸上的泥水。

"妈，姐到底怎么了呀？同学们说，同学们说……我不信，我不信！妈，求求你，让我去姐家看她一眼吧！"

母亲说："你是不应该信。你们同学的话，都是混账的话。妈这就带你去看姐，看她最后一眼。"

母亲说着，将她做的那东西，别了一个在我又是泥又是水的胸襟上。另一个别在她自己胸襟上。我这才看清，那原来是两朵小白花儿，白纸剪的。

我说："妈，最后一眼不行！反正不行！我根本做不到！妈这你明白！"

母亲说："是的，孩子，妈明白。但你也应该明白，你又失去了一个姐。你命里不该有姐。这是你的命。"

母亲将头扭向一旁，抽泣了。

"姐"全家人都变得懵懵懂懂的，连那只大难不死的猫都变得懵懵懂懂的。而小苇小芟以猫见了熟人那种欲疏还近的目光恍惚地望着我。他们的姥爷，低垂着头坐在椅子上，一动也不动。因他低垂着头，我看不到他的脸。他那一头白发，似乎在无言地诉说着一种巨大的悲哀。

"姐"的姑将我和母亲引到"姐"的小房间。"姐"仰躺在她的窄床上，盖着白褥单。褥单之下，"姐"的身形笔直。她的脸像白褥单一样白。乌黑的刚洗过的发际，别着那一枚月牙形的白发卡。我知道那正是我捡着又还给她的那一枚。因我磨过它许多许多天。正如我能在许多许多支同样的铅笔中，认出我用过的那一支……

"姐"闭着双眼，"睡"得那么安静。

她的母亲跪在她的床前，背对着我们，双手攥着"姐"的一只手，脸伏在"姐"胸上。

"组长和跟姐儿来了……"

她的姑低声说。她一直还称母亲"组长"。

那女人跪着一动未动，如同一具雕像。

"去说句话吧……"母亲将我朝"姐"床前轻轻推了一下。

我说："姐，我看你来了……"

我觉得"姐"虽在"睡"着，却分明听见了我的话。我觉得"姐"的长睫毛似乎动了动，脸上也似乎呈现出一种微笑。

我获得了一种情感的慰藉。

目光一直望着"姐"，我蹑足退出房间，母亲也跟出了房间。

离开"姐"家我认为某件可怕的事儿正在过去。尽管可怕，然而确实在过去。

上帝做证，我怎么也没想到"死"字。因为在那之前，"死"字对九岁的我无异于一个生僻到我根本无须用到的字。

然而"姐"正是那一天早晨死的。

她家院子里，葡萄架前那一口深井淹死了她。

她的母亲疯了。

精神病院开来一辆车，几个穿白褂子的男人，七手八脚将那个曾经端庄典雅的女人塞入车内载走了。

那一天云如泼墨，雨下得大极了。

我病了。发高烧。说胡话。我觉得我在炕上躺了很久很久。仿佛那一年的六月不是那一年的六月，仿佛是第二年第三年甚至第四年的六月……

有一个傍晚母亲向我俯下身，瞅着我的脸，急急迫迫地说："跟姐儿，跟姐儿，你好些了吗？你姐家的人又要搬走了，你总该去向小苇小芰告别一下啊！"

我目光恍惚地仰视着母亲，渐渐明白了母亲告诉我的是怎样的一件事儿。

我一骨碌爬起来，赤着脚跑出家门。

雨仍在下。

街上，"姐"家院门前，泥泞的路，碾出两行深深的轮沟。

我大叫："小苇！小芰！……"

雨中死寂的一条街，不见一个人影儿。

那院子里，一切在雨帘之中，显得凄迷朦胧……

前年，我又回到我的母亲城一次，并怀着一种凭吊的心情，踟蹰于我家曾住过的那条街。

实际上它已不复存在。

一片居民新村使我感到极其陌生。所见面孔也全陌生。在这条街住过的人家，都不知迁往何处去了。

也许不能迁走的，仅仅是当年一个九岁的男孩儿，和一个十四岁的少女之间的故事。在"上帝"住过,"姐"一家人也住过的地方,一座塔楼拔地而起,恰十四层。我甚至不能断定那便是保留在我记忆中的那个院子所在的地方。如果是,钢筋和水泥,该把我童年的一段亲情也浇筑在地下了吧?并用一座十四层的塔楼镇住?

而我写出它,则纯粹是为了自己的心灵。

在一个人灵魂中扎下根的,必长出叶子。于读者,便是所谓"小说"了。

于我,却是心溃之血!

# 蓝发卡 [1]

在一处静谧的水湾，岸边柳枝上搭着少女的衣裤、手绢之类，两个少女悄声细语地对话：

"芊子，怎么蔫了？后悔？"

"有点儿。"

"别悔。"

"听你的……"

叫芊子的少女哭了。

"别哭……"

哭声继续。

"再哭把你撇在这儿！"

哭声停止。

"听着芊子，这可能是咱俩最后一次在咱家乡的河里洗澡了！……"

"彩凤姐，我明白。"

"记着，从今天起，不管遇到什么事儿，只有一个字能帮咱们，就

---

[1]　本文收入本选集时有改动。

是——忍！"

"嗯。"

透过柳丛可见两个少女赤裸的上身，她们下身没在水里。

彩凤双手划水来到芊子对面，一边掬水往芊子身上浇，一边又说："我受亲爸后妈的气，你是哥哥嫂子的眼中钉、肉中刺，咱俩真是一对儿苦命的人……"

芊子低声地："以后就没人欺负咱们了……"

彩凤仍不停地掬水往她身上浇："芊子，我要是个男的就好了！那我一定娶了你，天涯海角带着你，要苦苦在一块儿，要甜甜在一块儿，一辈子至死不分开！……"

一片沙滩上，彩凤在为芊子挤脚上的伤口，吸吮……

芊子："彩凤姐，别……"

她欲收回自己的脚。

彩凤："不吸吸，化脓了，烂脚板咋办？"

彩凤又低下头吸吮。

芊子感动地望着她……

现在，她们各自都穿上了晾干的衣服。

芊子正像她的名字一样，纤弱，易羞。

而彩凤则已发育成熟了，如桃，身体充满了汁似的。

她们互相都有点儿欣赏地望着。

彩凤将手里的一枚蓝发卡往发上别，问："怎么样？"

芊子欣赏地说："好看。"

彩凤："我娘留给我的纪念物，只要看见我后娘往她自己头上别我心里就来气！"

芊子："值钱吗？"

彩凤："假玉的，值什么钱！可我总觉得，只要别在我头上，无论我走哪儿，遇到了什么危难，我娘都会保佑我。"

芊子还想问什么，彩凤抢先又说："也会保佑你！"

无名小站——一次列车离站……

车厢里拥挤——彩凤和芊子被挤得前胸贴后背。

一个肥头大耳的男人，坐在三人座的最边上，搭讪着问："俩小姑娘，哪儿去啊？"

芊子低下头，不答。

彩凤："串亲。"

那男人："她是你妹子？"

彩凤："对。"

那男人："让你妹子坐我腿上歇会儿吧！出门在外，就应该大人照顾小孩儿嘛！"

彩凤："她不是小孩儿！她已经结婚了，自己都有小孩了！"

那男人："是吗？看不出来，一点儿看不出来！这么小年纪就急着当媳妇啊？"

他说着，欲伸手摸芊子的脸。

彩凤一下子将他的手打开了，用身体护住芊子，不容轻薄地："你别动手动脚的！你这种男人我见得多了！再动手动脚别怪我不客气！"

周围人的目光，都望向了那男人——他不免尴尬。

将头靠在他肩上，浓妆艳抹半睡不睡的女人睁开了眼睛，讥讽地："哟，你凶什么呀？一个乡下丫头，充金枝玉叶啊？摸一下脸蛋儿还犯法呀？"

彩凤不甘示弱地："乡下丫头的脸也不是随便让男人摸的！"

芊子胆怯地："姐，咱们换个地方站吧！"

彩凤："不！偏站这儿！看谁敢欺负咱！"

她搂着芊子左挤一下右挤一下，背转身去……

两节车厢连接处，彩凤、芊子坐在地上。芊子偎在彩凤怀里，彩凤依然搂着她。

彩凤："芊子……"

芊子："嗯？……"

彩凤："你带出来的钱，放在我身上，心里踏实吗？"

芊子："嗯。"

彩凤："以后别叫我名字，叫我姐吧！"

芊子点头……

彩凤："记住，当着别人你更要说是我亲妹！到了大城市里，咱俩不分开！最好在一块儿干活儿，要离得近，一天见一面才行！我得像照顾亲妹妹一样经常照顾着你！"

芊子头一歪，已然睡去。

彩凤将包袱放在自己膝上，使芊子趴在包袱上。她的手充满爱意地抚摸着芊子的头，脸上是种自信的、极有责任感的表情。

一阵汽笛声，列车似乎提速了……

某大城市火车站——人流泻出站口。彩凤和芊子手拉着手，被人流冲撞得团团转。

挽在芊子臂弯的包袱掉在地上，芊子俯身捡。包袱被人们的脚带往前边，芊子也被挤倒。

芊子："姐！姐！包袱！……"

彩凤闻声回头，见状一愕，随即跺足大喊一声："都给我站住！"人们皆站住了，一时懵里懵懂，不知所以地瞪着这个乡下姑娘。

检票员也停止了检票，有几分吃惊。

"没看见挤倒人啦！"彩凤推开人群，有人被她推得往后趔趄。

她扶起芊子，捡起包袱，拍了拍土，趁人们还在发愣，拉起芊子的手，顺顺利利无阻无挡地通过了检票口……

彩凤和芊子站立在某跨街桥上——四面是高楼大厦，形形色色的广告牌。当空还有一个大气球，下缀一条布幅，写着"开业大吉"之类……

桥下车流如水。

芊子的目光从那大气球收回，望向桥下的车流，景物在她眼前晃起来……

彩凤："看，这才算城市呢，多来劲儿！"

芊子："我……头晕……"她身子晃几晃，眼见的就要往后倒，幸而被彩凤扶住。

芊子："姐，咱们还是先找个便宜的小旅馆住下吧，我身子……乏极了……"

彩凤："好，听我妹子的。"

彩凤扶着芊子走下跨街桥，顺着人行道往前走。她们经过一家门面很小的药铺……

彩凤："芊子，你先等我一会儿……"

她进了药铺……

某旅店的一个房间——小得不能再小，除了一张床，别无他物。那床比单人的略宽。芊子坐在床沿，彩凤蹲在床前，替她洗脚。

芊子："姐，水热……"

彩凤嗔了她一眼："别娇气！你当你是小姐我是丫鬟啊？烫烫脚好，保你睡个长觉！"

彩凤替芊子烫罢脚，也盘腿坐在了床上，再次替芊子挤脚上的伤口。

芊子真挚地："姐，在这世上除了我娘，没人对我这么好过。可我娘已经死了。从小咱俩在一块儿玩的时候，你就像亲姐姐一样，哄着我，让着我，别的孩子欺负我，你就护着我。没想到咱们现在长大了，你还对我这么好。可叫我怎么报答你呢？……"

芊子说着说着，眼泪唰唰往下淌。

彩凤捧住芊子泪流满面的脸，凝视着，忽然搂抱住芊子，搂得很紧很紧……

彩凤："芊子，好妹子，别说什么报答不报答的话。你觉得我像姐也罢，像娘也罢，总之是我把你从村里带出来的，我不爱护你谁爱护你呢？我发誓……"

芊子的一只手捂住了彩凤的嘴。

彩凤则用一只手轻轻抹着芊子脸上的泪……

她们都睡着了——彩凤从后搂着芊子，前胸贴后背，睡得那么甜，又那么亲……

下午——小吃摊上，彩凤和芊子在吃面条。

二人吃完，彩凤付了钱，对芊子说："妹，姐已经打听了，这儿离劳务市场不远，下午那儿也有雇工的，咱们去碰碰运气怎么样？"

芊子："我听姐的！"

劳务市场。虽是下午，人依然很多。

一位中年妇女对彩凤说："每月再给你加五十元行不？"

彩凤不为所动地摇头。

中年妇女有些失望地走了——走几步站住，转身抱着一线希望又说："每月再给你加七十元！怎么样？"

彩凤仍不为所动："如果你能替我妹子也在你那个楼区找妥雇她的人家，一分钱也不用加，我俩现在就都跟你走！"

中年妇女彻底失望了，嘟哝："真没见过，当阿姨还有搭配着的！……"

不远处有两个男人在望她们。

中年妇女走后，芊子内疚地望着彩凤，意思是——我拖累了你。

彩凤："芊子，走。咱们今天算是认认路，别泄气。明天再来，我都看到好运气在向咱们招手了！"

那两个男人走过来——一个是张和，一个是李贵。他们那么自我介绍。

张和："两位姑娘，找工作是不是？"

彩凤和芊子上下打量他们，觉得他们像是"吃公家饭"的人——他们看上去老诚厚道，容易使人对他们产生信任感。

彩凤和芊子默默点头。

145

李贵:"张主任,我看她俩不行。"

彩凤:"我们什么活儿都能干!"

张和微笑了:"是吗?说说看。"

彩凤:"洗衣服、做饭、看孩子、侍候老人、收拾屋子、买粮买菜……"

张和微笑摇头。

李贵:"主任,她俩明明不行嘛!您听听回答了些什么!当小保姆还差不多,怎么能当咱们合资企业的工人呢?国外投资方,对咱们工人的素质是有要求的呀!"

彩凤和芊子,听了他们的话,不禁互看一眼。

张和严肃地:"你别动不动就拿国外投资方来压我,别忘了你也是中国人!"又问彩凤和芊子:"你们起码都是高中毕业生吧?"

彩凤和芊子又互看,都摇头。

张和:"那么一定是初中毕业生啰?"

彩凤和芊子再次摇头,都不免地有些惭愧起来。

张和:"难道你们是两个小文盲?"

彩凤急忙地:"不是不是!我妹读到小学三年级,我……五年级……"

张和:"乐意当工人吗?我们厂就是离这座城市远点儿,但条件还是相当不错的,至于工资嘛,因为你们文化程度太低,高不了。只能拿到六百多元钱……"

彩凤迫不及待地:"我们不怕离城市远!"

芊子也迫不及待地:"六百多元钱我们乐意!"

李贵:"主任……"

张和却对李贵瞪起眼睛生起气来:"你啰唆什么?这么点权力我还没有哇?"

李贵:"可您何苦的呢!"

张和:"因为我听出她们是我的小老乡!因为我这人家乡观念重!

你给我听明白了，接下来的事儿你办！明天我见不着她姐俩，拿你是问，哼！……"

他说罢转身匆匆走了……

李贵望着他的背影为难地："这……这……"又望着彩凤和芊子说："当官的叫办，我有什么意见！你俩带身份证了吧？没身份证可别怪我刁难你们！"

彩凤和芊子几乎同时地："带了带了……"

她们各自掏出身份证给李贵看。

李贵认真看过，还给她们，之后打开皮包，点出二百元，分别给彩凤和芊子各一百。

彩凤："为什么现在就给我们钱啊？"

李贵："置装费！都买套看得过眼的衣服穿！别穿得一看就像土包子！"掏出一个小本，翻开，将笔朝彩凤一递，指点着："都在这儿签上名！"

彩凤看芊子一眼，毫不犹豫地签了名，之后将笔递给芊子；芊子也毫不犹豫地签了名，将笔还给李贵。

李贵揣起本子，也转身便走。

彩凤和芊子再次对望。

彩凤："哎哎哎，你这么一走，让我们到哪儿找你们啊！"

她率先追上李贵。

李贵看也不看她们："实话告诉你们，你们连最普通的工人也不合格！"

彩凤生气地："这不用你操心！"

李贵终于站住了："注意听，注意看，我只说一遍——那儿，那个公共汽车站前边，第四根电线杆子那儿。今晚八点，我们的一辆卡车，准时在那儿停五分钟！过一分钟也不等！恕不奉陪了！"

他话一说完，扬长而去……

彩凤和芋子望着他的背影走远，继而对望，再继而掏出李贵给的钱，一张张地朝向阳光望。

芋子："姐，会不会是假钱？"

彩凤："真的假的，咱们去花花，不就知道了？"

彩凤和芋子住的小旅店——她们的房间。

拿在她们各自手中的小小圆镜，映出着她俩化了妆的脸，如两朵假花。她们当然是不懂得什么化妆技巧的，故那妆化得很生硬，却都对镜子里自己的脸特别喜欢。

她们又都互相喜欢地对望着，都笑了，都放下镜子站了起来，彼此从头到脚地打量——簇新的上衣、裙子、丝袜、鞋。各自脖子上还挂了一串假项链。显而易见全是地摊儿上买的便宜货。

彩凤："怎么样？我说好运气正在向咱们招手，没说错吧？"

芋子："我还不是沾了姐的光！"

彩凤此时手里正拿着蓝发卡，她看了它一眼，郑重地："我想，是我娘在保佑咱们。"将蓝发卡往头发上一别——那一时刻，她脸上仿佛呈现着一种图腾崇拜般的表情：虔诚。

芋子不禁地也望向彩凤头上的蓝发卡，脸上也随之呈现出图腾崇拜般的虔诚表情。

彩凤："芋子，跪下，咱俩一块儿祈祷我娘永远保佑咱们。"

于是，她们互望着，双双地，缓缓地，跪下了……

天黑了——李贵指定的那个地方，早早地就伫立着彩凤和芋子的身影了。一辆大卡车开来，停住——开走时，彩凤和芋子的身影不见了……

卡车通过一道公路卡后，行驶在郊区公路上，四周是漆黑的田野。

这是一辆双排座的卡车——驾驶室内，李贵在开车，张和坐在李贵旁。彩凤和芋子坐在后排座上。

张和回头看了她俩一眼，以一种"三娘教子"般的口吻说："瞧你们，把自己弄成花脸猫似的，以为这样子就像合资企业的工人啦？"

她俩互望着，都不好意思起来。

张和开了两瓶矿泉水，与吸管儿一齐递给她俩。她俩默默吸饮……

卡车依然行驶着，一会儿进入了山间。驾驶室内——彩凤和芊子"睡"了。

卡车拐上土路，停在树丛后，熄了灯……

张和跳下车，攀着车板，跃入车斗——车斗里有一捆行李。他打开了行李，将两条褥子铺展在车斗里。他在两条褥子上爬着，东按按，西按按，仿佛在极其认真地进行工作一样。按到了什么硌手的东西，探手褥下，抓出一看，是一个比指甲盖儿大不了多少的螺丝帽。将螺丝帽扔向远处……

李贵肩上搭着彩凤，从驾驶室那儿走来。

李贵："接把手儿，你那个来了。"

张和将彩凤弄到车斗里，缓缓放倒在一条褥子上，之后轻拍着彩凤的脸颊说："真稀罕死人了！"

李贵又将芊子扛来了，兴奋地说："再接把手，我的来了！"

张和又将芊子弄到车斗里，缓缓放倒在另一条褥子上。

张和："这小的也不赖！"

李贵在车下说："你先别碰我那个小的啊！"并开始脱裤子……

月——大，圆，皎洁。

"每瓶放了几片？"

"不多，才三片。"

"难怪睡得像死过去了似的。"

两个男人的粗喘声，车板被脚蹬、被身体撞发出的响声——除了以上声音，四野寂静。

忽然的，在以上声音中，加进了彩凤的叫声："放开我！来……"

"来"字后的叫声，分明地，被男人的手捂住了，变成了呜哇之声。

她的一条腿从车斗里踢起了一次，立刻被按下去了。

彩凤的呜哇声戛然而止……

山形树影中那车斗，静静的，仿佛一口大棺材……

卡车的灯，唰地亮了——在这山里的暗夜中，远远望去，卡车像一头两眼如炬的兽。引擎发动之声，听来似兽的低哮。

卡车缓缓退到正路上，开走了……

彩凤和芊子已不再受到可以坐在驾驶室里的礼遇了。她们被留在了车斗里。

芊子抱着自己的衣服和裙子，仰天大叫："娘！娘啊！快来救救我呀！……"她的头发凌乱不堪，脸上的妆被泪水冲得一塌糊涂。

她将头埋在自己怀中所抱的衣服上，绝望恸哭。

彩凤的头发也凌乱不堪，脸儿并不比芊子的脸儿好看到哪儿去。

她在褥子上爬来爬去寻找她的蓝发卡——终于发现了它，然而她的手无论怎样伸过去也够不到蓝发卡：她脚上戴着自制的脚镣，铁链在月光下闪亮，另一端锁在驾驶室后的铁栏上。她由于够不到蓝发卡，急了，反身抓起一截铁链便咬。

那自然是无济于事的。

彩凤不停地使劲儿摔那截铁链，不停地用头撞车板……

"姐！姐你别这样！……"芊子哭叫着扑向她，抱住她的双腿。由于自己也被铁链拴着，仅仅能抱住彩凤的双腿而已。

彩凤用头撞车板——一下、两下、三下……

她额上流下了血。

她将自己撞昏了。

芊子："姐！姐你千万不能死啊！你死了我可怎么办啊！姐——呀！姐！……"

芊子抱着彩凤的腿——竭力企图抱住她的上身，然而办不到。

芊子的哭叫之声听来极其悲怆。

卡车剧烈地颠簸起来——她们的身体被颠得滚动着分开了……

拂晓时分——卡车驶入一个村子，停在一户农家的土院墙外。

一些村人围聚在卡车四周，男女老少皆有——院子里也有一些村人，孩子们在趴窗往屋里看。

彩凤的身子，缓缓从车斗中站起，她泪流满面地向四周哀求："大爷、大娘、叔叔婶婶们，救救我，救救我妹吧！我们是被诓到这儿来的，他们是要把我们卖了呀！……"

四周的目光，麻木不仁地，习以为常地望着她。

两个女人悄悄耳语："我看这个，比屋里那个年龄小的俊！"

"听说那个小的才一万，这个还不得两万啊！货比货，价比价嘛！"

一个男人突然地"引吭高歌"："白生生的大腿细溜溜的腰，这么好的女子谁不爱要！"

大人们都望着那男人哂笑，两个女人中的一个说："自己也快攒钱呀！托人贩买一个腿更白腰更细的呀！"

那男人："有嫂子的白腿细腰供我享受，我还何必买媳妇结婚呢！"

于是大人们都哄笑起来。

那女人骂道："死鬼！敢调戏老娘！"扑过去打那男人，而那男人绕着卡车跑……

在哄笑声中，彩凤明白，再怎么哀求也是没用的了——她又绝望地缩坐于车斗，双手捂脸哭泣。

她听到"咚"的一声，分开双手抬头看时，见是一个男孩儿跳进了车斗里，东瞧西望，显然想捡点儿什么。男孩儿的目光盯在某样东西上，彩凤顺着他的目光看去，见是自己的蓝发卡。

她几乎同时和那男孩儿向蓝发卡扑去，但蓝发卡已被男孩儿抓到了手——他迅速跳出了车斗。

男孩儿被其他孩子围住。

孩子们七言八语：

"啥东西啥东西？"

"值钱不值钱？"

男孩儿将蓝发卡塞在一个女孩儿手里："给你！可你以后得当我媳妇！"

女孩儿张手看看，一攥，转身跑了……

一个四十多岁的男人将张和、李贵两个人贩子送出了屋。

那男人是个瘸子，他说："多谢二位，多谢了……"

张和："一手钱，一手货，两清了啊！"

"两清了，两清了！……"

李贵："瘸子，你够有艳福的！"

那男人连连拱手："托二位的福，托二位的福……"

张和："以后跑了，或自杀自残，那就只能怪你自己的造化啰！"

屋里，被反缚着双臂，捆着双腿的芊子，像一条大虫子似的，从炕角向炕边蠕动——到了炕边一滚，掉在地上。

外面传来汽车发动声……

传来彩凤的哭喊声："芊子！妹妹！芊子呀！你让姐再看你一眼啊！……"

芊子也在屋里哭叫着："姐！姐呀！姐你不能不管我啊！姐你救我呀！……"

芊子掉在地上时鼻子摔出了血。她向门外蠕动、打滚，终于到了门槛儿。

芊子抬起头，望见了立在卡车斗里的彩凤。

院中的大黄狗一会儿跑去冲卡车斗里的彩凤吠，一会儿跑回来对芊子吠。

芊子："姐！姐呀姐呀！你救我呀！"

她一边哭叫，一边不停地用额头磕门槛儿——这情景成为芊子留给彩凤最刻骨铭心的记忆，以后她每每回忆起来就心痛。

彩凤："芊子！妹妹呀！是姐害了你呀！姐对不起你呀！……"

卡车开了——车斗一晃，彩凤的身影跌倒下去……

芊子已将自己磕得半昏迷了，她竭力又抬起了一次头，所见只不过是尘土飞扬之中卡车的斗影。

她的头垂了下去……

卡车行驶在夜间，在坎坷不平的野路上颠晃着。车斗里，彩凤被颠得滚来滚去。

卡车停了，开车的张和说："再往前，就不得不上公路了。她那么样子在车斗里，万一被别人发现，恐怕不是个事儿！……"

李贵："是啊！颠断了胳膊腿儿的，一时出不了手，可就麻烦了！"

于是李贵离开驾驶室，攀上车斗——彩凤已被颠得躺在车斗里了，李贵蹲在她头跟前说："你给我听明白了——干我们这行的要说心狠手辣，那是一点儿不假。比如这会儿，要是你让我们觉着麻烦，觉着心乱了，弄死你，挖个坑埋了，容易得很，简单得很。可我们也有慈悲为怀的时候。要是你乖，听话，顺服，我们何必用铁链子拴着你呢！驾驶室里又不是挤不下你了。还会把你卖给一个好人家、好男人，说不定你以后会感激我们呢！……"

彩凤声音极其微弱地："我饿……"

卡车再开走时，彩凤已坐入驾驶室了——坐在两个男人之间。她双手捧着面包狼吞虎咽。

两个男人对视一眼，都得意地笑了……

天微亮时——彩凤赤着双脚，跑下公路，跑过一片荒野之地，跑过一片生长着杂草的水洼；在水洼中摔了一跤，爬起来朝一个铁路小站跑。她边跑边回头——卡车停在公路边，张和、李贵跑下公路，向她追来……

那小站非客车站，分明是一处供转轨的货车站，只有一条铁轨，不知是从哪儿岔过来的。铁轨上有一辆货车刚刚开动，彩凤身子一纵，抓住了襻手……

她一边往上攀，一边回头看——两个男人驻足不追了，干跺脚……

彩凤脸上充满侥幸，继续往上攀；然而货车行驶了一段，却停住了，接着开始往后倒……

彩凤急往下踏——货车停住，她也同时蹦到了地上。

她转过身，两个男人快逼近跟前了——一个手里拎着铁链，抡着，而另一个手里则握着扳子。

从上到下一身泥浆的彩凤举目四望——附近一个人影儿也没有，只在远处有一辆驴车，驴安闲地吃着干草。

彩凤绝望着，恐惧着，喘息着，流泪不止……

彩凤双手拼命扒住铁轨——张和在拽她双腿，李贵在用脚踹她的手……

彩凤："救命啊！来人啊！谁来救救我啊！……"

从附近的一处坡地后，顺坡奔上一个赤裸着上身的汉子。因为是坡地，所以他冒出来得非常突然——手中操着一柄叉草的叉子……

彩凤的目光首先发现了他，朝他呼救："救救我！救救我吧！……"

那人怪叫一声，舞叉奔将过来。

张和、李贵受惊，都不禁地往后一跳，见奔将过来的只一个人，定定神儿，互相对望一眼，似乎并不把那人太当一回事儿。

张和："哎，你这个人，别管闲事啊！她，是我媳妇！……"

彩凤终于盼来了一个救她的人，也不会往起站了，坐在地上，靠双手朝那人身边移动身体，并说："我不是他媳妇！他们是人贩子！他们要把我卖了！我不从他们就要害我命！……"

李贵："别听她胡说！她是我妹子！是我接的定金！四千元，才把妹子嫁给他的！"

这时彩凤已到了那人身后，从他身后双手抱住他双腿，可怜兮兮地："别信他们！我说的可句句是真话啊！他们已经把我妹给卖了呀！"

那人回头看一眼彩凤仰望着的脸，又看她抱住自己双腿的手——

一双被鞋踩得可怜的手，手臂上还有被铁链抽过的伤痕。

张和、李贵奔过来拖彩凤……

那人用叉柄狠狠捅了李贵的肚子一下，捅得李贵哎哟连声，捂着肚子后退，并蹲在地上……

张和正发愣，那人又用叉柄在他头上狠狠敲了一记——张和也捂着头退开了……

那人将叉子往自己跟前一叉，抓起彩凤一只手，指着她手上和臂上的伤痕，对两个人贩子咿里哇啦起来……

张和："碰上了管闲事的哑巴！"

李贵："挺费事儿搞到手的货，不能就这么算了！修理他！"——于是他抢着铁链，逼向哑巴。

张和也从地上捡起扳子逼向哑巴……

哑巴发怒了，急眼了，从地上拔起叉子，上三下四，左五右六地挥舞了一通，挺着叉子，怪叫着朝两个人贩子冲去。

两个人贩子吓得丢了铁链、扳子，转身就跑……

哑巴挥舞着叉子在后穷追不舍。

两个人贩子跑过那片荒野之地，跑过那片杂草丛生的水洼。

哑巴从石料堆上捡起拳头大的碎石打他们，他们中的一个脚跟上挨了一石，扑了一跤。

哑巴高兴得又蹦又跳，很是开心。

张和、李贵跑上公路，站在公路边儿回望。

哑巴又挥舞着叉子连声怪叫地朝他们冲去。

他俩赶紧往卡车那儿逃。

卡车开走了。

哑巴横举叉子，一蹾一起地，发出一个胜利者的近乎欢呼的哇啦怪叫。他的样子中，有着一种表演的成分。他当然是表演给彩凤看的，而且也只能表演给彩凤看。他一定认为，被他救了的姑娘，正满怀感激地看着他呢；所以，当他侧转身，发现在他的视野中早已没了彩凤的身影时，是既困惑，又极为诧怒。他口中发出了一串奇怪的，自言自语般的哇啦——那意思是——咦，人呢？怎么可以不感激我就消失了呢？！……

哑巴奔回原处，旋转着身子四处寻找彩凤，甚至弯下腰看那一节货车的底下。由于没寻找到，他挥起钢叉，发泄地往货车上击打。叉柄在一次次击打中折断。哑巴发泄够了，从地上捡起钢叉前半截儿，又捡起张和、李贵丢弃的铁链和扳子，走向驴车。驴车上载满青草。哑巴是到这个地方来割草的。他坐在驴车上，任熟路的驴子信步走着，低头摆弄铁链和扳子，像摆弄毫无价值又舍不得丢掉的战利品……

哑巴回到了他的家——那是一座小山丘顶上的一幢孤零零的小屋。

从那儿可以望见远处的村廓。哑巴承包了小山丘，山丘上有他新栽的树。

哑巴在小屋前唤住驴，蹦下车，一头奶羊率领两头小羊踱了过来，"咩咩"叫。他从车上扔下一捆草给羊们吃，捧住奶羊的头亲了亲，仰面倒下，头钻到奶羊肚子底下，用手擦了擦奶头，一口叼住便吮起奶来。吮够了，站起，用手臂抹抹嘴，便用断了柄的叉子叉了草捆往他的小屋顶上甩……

哑巴又叉起一捆草，张大了嘴——躲在草捆中的彩凤暴露在他眼前。

哑巴扔了叉子，一把将彩凤拖下车，上下前后认真看了个遍，确信她没被叉伤，这才笑了，并做了一串"虚惊一场""心中一块石头落地"的手势。这哑巴还不乏幽默感——他的哑语手势是极其夸张极具表演性的。

彩凤也不禁地笑了一下，是被哑巴逗的。但那笑转瞬即逝，她仍心有余悸。

哑巴拉着她的手，将她向小屋那儿拖——彩凤不明白他的意图，甚至又想到了自己被强暴的可怕事件，弯下腰，向后挣着身子，但又哪里挣得过哑巴呢？尽管一步也不肯自己迈，却还是被拖向前去……

然而哑巴并不将她往屋里拖，而是将她往屋后拖去。

彩凤搂抱住小屋山墙那儿的一棵碗口粗的小树，哀求："不，不，不要！不要！……"

哑巴不为所动，破开她双手，任她舞臂蹬腿，将她横着往自己腰际一夹，夹到了小屋后面——小屋后面有一口井，井四周用石头铺平了一小片地。

哑巴将彩凤放下，比比画画地，意思是说她太脏了，应该洗一洗。

彩凤此时自然也就明白了他的真正意图，呆呆地站在那儿望着他从井中往上摇水。哑巴摇上一桶水，憨憨地望着彩凤痴笑，同时拎起了那满满一桶水，不待彩凤有所反应，已兜底向她泼去。他的泼劲儿如此之大，彩凤竟被泼得一屁股坐倒在地——干净倒是干净了，但也顿时变成了一只落汤鸡。她被冷水激得连连打着大喷嚏。哑巴又已经在迅速地往上摇着一桶水了——单手摇。分明地,在向她显示自己的力气。

彩凤坐在地上连连摆手："别，别……"——又打了一串儿大喷嚏。不待她站起，哑巴拎起第二桶水，再次兜底向她泼去。

彩凤被泼蒙了，双臂交叉抱着两肩，本能地掩护着胸部，美人鱼似的朝一旁收着腿，两眼呆愣愣地瞪着哑巴。

哑巴此时摇上了第三桶水，拎到彩凤跟前放下，比比画画、咿咿呀呀，意思是让彩凤自己再细洗一番。

哑巴转身离去。

彩凤打了一串儿喷嚏，刚站起，哑巴回来了，拿着衣服、鞋、毛巾，将手中的东西一一挂在树杈上，比比画画，咿咿呀呀，意思是让彩凤换上。

彩凤也比比画画地说："你走！你走！想站在这儿看着我换衣服啊！……"

哑巴不动，痴痴地望着她笑。

彩凤跺了下脚："你倒是走啊！"

老奶羊带着小羊们也来凑热闹了，哑巴转身赶它们。将它们赶走后，他仍痴痴地望着彩凤笑，仿佛彩凤指的是羊，而非是他。

彩凤将哑巴推走。

彩凤确信哑巴不再回来了，将头伸进桶里，洗自己的头发。

小屋后墙上的一扇小窗，无声地被推开了，哑巴双臂平放在窗台上，下颏抵在臂上，欣赏地望着。

彩凤换上了哑巴的衣服、裤子，穿上了哑巴的鞋。衣服肥、裤子长、鞋大，这使她的样子显得十分可笑。她挽袖子、挽裤筒儿，将湿漉漉的长发在头顶盘了个髻，猛然发现哑巴在屋里从小窗口望着自己——哑巴双手向她做手势，意思显然是在夸赞她的身材好。他向她竖起了大拇指。

彩凤羞恼地脱下一只鞋朝哑巴掷去……

哑巴和彩凤在屋里吃饭——矮腿儿小饭桌摆在地上。桌上无非是烙饼、咸菜、一听玻璃瓶的肉罐头、米粥之类。他俩各坐小桌一端。坐的是两个木墩儿。屋里的一切都是简单的、旧陋的，然而倒也还干净、整齐。看得出哑巴是一个生活自理能力较强的人。

屋里最能体现出主人趣味的一点，是墙上到处贴满了从挂历和画报上剪下来的美女照，她们大抵都有生猛男星或英俊小生陪衬着。单男单女之间，不管隔多远，哑巴都用醒目的彩色笔给那些单男单女添上了长长的手臂，使单男单女们可以用多出来的章鱼触足般的手臂，彼此搂着脖子揽着腰。

彩凤一边吃饼一边四顾。饼很硬，她每咬一口都挺费劲儿。然而哑巴的牙口好，胃口也好，吃得极香。他哪儿都不看，一边吃，两眼只看着彩凤，恨不得也要把她抓过来，撕巴撕巴吃掉似的。彩凤被哑巴盯得一时不自在。

哑巴殷勤地为她夹菜、添粥，而自己不时嘴对着瓶口喝一口白酒。

敞开的门外是夕阳西下，落日的余晖将门外的景物抹上了一层橘

158

色，火烧云在天际变幻着，远村的地方正升起袅袅的炊烟。 四周寂静，只偶尔可闻大羊小羊或长或短的咩咩叫声……

夜。

蜡烛默默地流着泪。 苗光温馨。

彩凤缩坐在哑巴的单人床的床角儿，望着哑巴在用木板将单人床加宽。 接着将锯挂在墙上，将锤子收入工具箱，开始打扫锯末木屑。 哑巴将一切收拾停当，试了试加宽的挡板，觉得很牢固，满意地冲彩凤笑笑。 然后哑巴铺展了毯子、褥子，以一种内心充满幸福感的目光望着彩凤，站在床边向她做手势，意思是叫她脱衣服。

彩凤不明白似的瞪着他。

哑巴指指墙上一对外国男女相亲相爱的剪贴 —— 那是《乱世佳人》中的男女主角，又指指彩凤，指指自己，将两手互叠，放在耳旁做睡眠状。

彩凤突然像一只豹子似的跃下床，朝门跑去 —— 哑巴并不拦她，痴笑地望着她跑到门口。 彩凤却推不开门 —— 原来哑巴已在门内安装上了一把锁，一把特大的锈迹斑斑的锁。

彩凤一转身，见哑巴已在望着她脱衣。

彩凤跃上床，去推后墙上那扇小窗，照样是推不开。 她无奈，又缩在床角，两眼充满了反抗野性地瞪着哑巴。

哑巴这时已脱了上衣，向她拍一下手，之后伸展开双臂，痴笑得模样可爱 —— 大人们就是常像他那样引诱一两岁的小孩子投怀入抱的。

彩凤扑到床边，双掌推他，竟没推动他。 她羞恼地以头撞哑巴胸膛，哑巴每被撞一次，胸膛便更挺一次，目光也更温爱，笑得也更痴。

彩凤最后一次撞过，跌坐于哑巴面前，喘息不止。

哑巴缓缓伸出一只手，以手背轻抚她的面颊、颈子。

彩凤仍喘息着、瞪着他，不动。

哑巴向她伸出一只手 —— 彩凤低头抓住他的手便咬。

哑巴并不挣手，反而将手凑向她的嘴，任她咬。

彩凤狠咬着……

哑巴痴笑着，似乎被咬得很惬意。

彩凤咬得索然，不咬了。

哑巴那只手上被咬出了很深的血牙印——他将另一只手伸到彩凤嘴边。

彩凤推开了他那只手。情形如同孩子推开大人为了哄自己高兴给到自己面前的玩具。她蹬着两条腿，双手捂脸哭了。

哑巴也生气了——他坐在床沿上，将彩凤一抱，脸朝下放在自己膝上，撩起她的裙子，扬起巴掌，在她屁股上打了一阵儿。那情形看去也像大人打过分调皮捣蛋的孩子。

彩凤竟也没反抗，任他打。

哑巴打够了，将她往床上一抛，转身找什么——他从抽屉里翻出了一把剪刀，握着一把匕首似的，板着脸朝彩凤走来。

彩凤始而惊恐，继而镇定——闭上了眼睛，仰起了头，伸长了颈，一副索性受死的模样儿。

哑巴却从床上抓起自己的背心，剪了一剪刀，刺啦啦撕起来。他用背心扯成的布条缠彩凤额头的伤，缠她手臂上的伤。彩凤竟默默地，闭着眼睛接受了这一怜悯。

她眼角淌下了泪。

哑巴轻轻将她放倒在床，孩子似的，将脸偎在她胸脯上。

大羊小羊或长或短的咩咩声……

清晨——旭日东升，一个朗日。远村升起炊烟，鸡犬之声相闻。

哑巴用铁链牵着彩凤迈出屋——就是人贩子拴过她的那一条铁链。

这一点意味着，哑巴和人贩子一样，都是那么怕失去她。也许区别仅仅在于，对于人贩子她是一笔数目不小的钱，而对于哑巴，她是自己宝贵的女人。

彩凤自然是不情愿被那么牵出屋的。她双手扳住了门框。哑巴并不生气，他将铁链的另一端拴在自己腰里，耐心地等她。如同主人耐心地等待自己的爱犬跟着自己走。

　　彩凤向哑巴做手势，那意思是请求他从她身上去掉铁链，自己绝不会逃，反而会留在屋里，替他洗衣服、做饭。

　　哑巴摇头，表示不放心，不信任，做法不可改变。

　　他们就那么被一条铁链拴在一起，一前一后登上山去……

　　在山顶，哑巴从自己腰间解开铁链，将彩凤拴在一棵树上——之后，开始挖坑，栽树，干得很欢，浑身有使不完的劲儿似的。他不时回头看看彩凤，笑笑。太阳升起来了。拴着彩凤那一棵树，是一棵还没长出多少枝丫的树，也就没有什么阴凉可言，彩凤被晒得无处躲。哑巴走到她跟前了，眯起眼睛，抬头望望太阳，将铁链解开，将彩凤牵到太阳晒不着的地方，拴在另一棵树上。

　　哑巴将水壶递到彩凤嘴边——彩凤摇头，闷闷不乐。

　　哑巴叹口气，一时也忧郁起来，有点儿内疚又有点儿不知所措地四面漫望——望到一片开着野花儿的草甸子，有了什么好想法，跃起身奔了过去。

　　彩凤望着哑巴在草甸子那儿采野花儿。她摆弄拴在自己腰间的铁链，没法儿去掉，也叹口气，陷入不知所措之境。

　　哑巴胳膊上套着两个大花环，两手各拿着两个小花环回来了——他将最大的花环套在彩凤颈上，次大的戴在彩凤头上，四个小的各套在彩凤的手腕和足腕上。于是彩凤变成了花仙子。哑巴发现了彩凤足腕上的伤，那是被人贩子的脚铐磨的。哑巴对她大为心疼起来，捧着她的脚，轻吻那伤。彩凤缩了缩脚，没缩得回去，不禁以被感动的目光看着哑巴。

　　小屋里——彩凤在厨房炒菜，切面条——哑巴面朝屋里背朝屋外，坐在门槛儿上，手中摆弄着铁链，幸福地望着她。

　　哑巴背后的晾衣绳上，大男人和小女人的内外两种衣物晾在一起，相映成趣。

夜晚。

屋里照例点着蜡烛——哑巴穿着裤衩坐在床上吸烟，彩凤站在门那儿，向哑巴比画着，意思是说自己要到外面解手，让哑巴开门。

哑巴下了床，欲开门——忽然又对彩凤怀疑起来，从地上抓起了铁链。彩凤生气地夺过铁链，摔在地上。

哑巴有几分窘地挠挠头，笑了，从墙上摘下了一捆绳子往彩凤腰间拴。

哑巴躺在床上，手中优哉游哉地抡着绳子另一端，快意地哼着，不时拽拽绳子。

他觉得彩凤解手的时间太久，奇怪了，一截儿一截儿地收绳子——结果将奶羊牵进了屋里。

哑巴急了，一跃而起，冲出屋去。外面传来哑巴的怪叫声。他的身影从窗前跑过来又跑过去。

哑巴冲回屋里，急哭了——扇自己嘴巴子。用拳擂桌子、踹门，以头撞墙，口中同时哇哇啦啦着。

他忽然不哭了，望着床的方向，转悲为喜，笑了。

彩凤回到了屋里，正缩在床角，胸前罩着哑巴的上衣，又好气又好笑地望着哑巴——后墙上的小窗开着，她显然是从小窗跳进来的。

敲门声……

除敲门声以外的一切声音都中止了——哑巴点亮蜡烛，披衣去开门。

彩凤忐忑不安。

门开处——进来一个三十多岁的农妇。由于烛光微弱，彩凤看不大清她的面目。

农妇朝彩凤望了一眼，一边用手指戳哑巴的额头一边说：“好你个哑巴！越来越能了！干起窝娼奸宿的勾当了！”

哑巴比画着哇啦起来。看得出，他有点儿敬畏对方。

农妇:"我不听你跟我乱哇啦!出去出去!你先给我出去!"

她将哑巴推出了屋,关门前说:"不让你进来,不许进来!"

她走到床前,偏腿坐在床沿,一把从彩凤胸前扯下了哑巴的上衣,行家端详一样东西似的端详着彩凤,似乎暗暗惊奇于彩凤是件"好东西"……

彩凤只得用两条胳膊交抱地护着胸乳,分辩:"我不是娼……我是被……"

农妇:"别说了。我全都知道。"

彩凤愕然,不明白对方何以"全都知道"。

农妇:"哑巴是我堂弟。你以为他救你那一天,四周就再没别人了?只不过别人不爱出头管闲事罢了!现而今,除了我这半傻不傻的哑巴堂弟,谁爱管,谁又敢管你这类事儿!"

彩凤无言地望着对方,缓缓扯过哑巴的上衣,又罩住了胸。

农妇:"打算怎么着?就跟我哑巴堂弟搭伙过下去了?"

彩凤摇头。

农妇:"那你和他同床共枕的!"

彩凤:"我没法儿。我身上没有一分钱,离开这儿往哪儿去?再说……"

农妇:"说。"

彩凤:"再说他救了我,我也不能不报答他。"

农妇:"你还怪仁义的。以后呢?"

彩凤:"以后我要去救我妹,她也被人贩子拐卖了。是我把她从村里带出来的,我不能不救她。"

彩凤悲伤起来。

农妇:"说得轻巧。就凭你,怎么救?"

彩凤:"谁能帮我救出我妹子,我就给谁做牛做马。如果你堂弟能,我心甘情愿嫁给他。"

农妇:"就凭他?你以为他是绿林好汉?你俩加在一起,非但救不

163

了你妹子，还不让人双双给剁巴了！"

彩凤："那我就只有报案了。"

农妇："报案？你报案是成心害死你妹子！破案的人去了，人家把你妹子一藏，找得到吗？不是我吓唬你，闹得人家心狠了，非把你妹子的脚筋挑了不可！"

彩凤落泪了："大嫂，你千万帮我出个主意吧！"

农妇："主意只有一个，用钱赎。"

彩凤："那，得多少钱啊？"

农妇："你妹子被卖了多少钱？"

彩凤："听那两个人贩子互相说，是四千……"

农妇："那就得用翻倍的钱赎。最少翻一倍，八千。要往多了说那就得一万，两万……"

彩凤瞪住对方片刻，哭了。

农妇无动于衷地："你别哭。我来，就是想指点你个迷津。"

厨房——哑巴蹲在那儿吸烟。

门开了——农妇嘟嘟哝哝地往外迈："真不识好歹。看着一朵花儿似的，却长了个榆木疙瘩脑袋，死不开窍！……"

哑巴咿里哇啦地要拦住她——她将哑巴一推，消失在门外。

哑巴进屋，见彩凤在哭，又对彩凤咿里哇啦。

彩凤猛悟地跃下床，推开他，也冲出门外。她追上农妇，哀哀地："大嫂，你别生气。只要能救出我妹子，我听从你还不行吗？"

农妇站住，转身望着她，笑了："这就对了。顾三虑四的，能救成妹子吗？"

哑巴这时已追了上来。

农妇将哑巴往彩凤身边一推："领回去，继续你们的好事儿吧！"又看着彩凤说："我堂弟只哑不聋，是个能撑起家的男人！"

哑巴不满地瞪了农妇一眼，将流着眼泪的彩凤拦腰抱起，转身往回便走……

那夜彩凤做噩梦了，梦见一个男人手持一柄尖刀逼向芊子，擒住她一只脚，狠狠一刀挑割下去……

彩凤惊醒。

哑巴也醒了，将她搂抱于怀，轻轻地拍抚着她，低声地温爱地咿里哇啦。

某县镇劳工市场。

彩凤对一个男人说："不，我不服侍老人。我只看小孩儿。"

男人说服地："我每月多给你钱还不行吗？"

彩凤坚决地摇头："不。"

彩凤跟随一个女人离开劳工市场……

某火车站 —— 穿得人模人样的哑巴发现彩凤抱着一个孩子东张西望地走来，高兴地迎上去。

丢了孩子的人家哭天号地，乱成一团……

某中等城市劳工市场。

彩凤对一个女人说："我最善于看孩子了。淘气不要紧，小孩儿都淘气……"

女人欢喜地："看你这姑娘的模样儿就是会看孩子的。雇你了！"

火车站 —— 彩凤将孩子抱给了哑巴，哑巴上了火车。

孩子的父母风风火火地跑往派出所报案……

某大城市劳务市场。

彩凤在问一个老头儿："那你孙子几岁了？"

老头儿："才三岁多。"

彩凤："行。我跟你去！"

火车站 —— 彩凤抱着孩子，和迎候她的哑巴双双上了列车。

那丢了孙子的老头儿疯了，沿街呼唤孙子的小名……

他到处贴寻找孙子的告示……

他几乎拦住每一个路人问……

小屋里。

哑巴和孩子在床上玩儿。彩凤在点钱，哑巴的堂姐从旁看着。哑巴仰躺着，将孩子蹬在脚上——孩子被逗得嘎嘎直乐。

哑巴的堂姐训道："死哑巴！别把孩子摔着！"

彩凤赶紧反身去抱孩子。哑巴的堂姐趁机偷了几张百元大钞揣起。

彩凤抱着孩子继续点钱，奇怪地："怎么点着点着，就少了五百呢？"

哑巴的堂姐："兴许你刚才点错了吧？"

彩凤拉开抽屉，取出一个小匣，从中点出五百加进那些钱里，至诚相托地："嫂子，这是上两个孩子的钱，我只留下几百用，你都拿去。我妹子的事儿，全指望你了！……"

哑巴的堂姐大好人似的："你这么信我，我还有什么说的？再者啦，咱们现在的关系是谁跟谁啊？五服亲，打断骨头连着筋，不过……"

彩凤："我知道，要赎出我妹子还缺几千……"

哑巴的堂姐："知道就好。有哑巴配合着，有我替你物色着买主，不妨再多做两次，不但能赎出你妹子，你和哑巴还能体体面面地办一场婚事！到时候我一定给你们主婚。"

彩凤沉吟着，低头逗着孩子……

彩凤又在城市的另一户人家里了，她抱的也是另一个孩子了。

从这一人家的环境看来，是较富有之家，处处都显出暴发户的痕迹。男主人正对着手机说话："别开局啊！千万等我们！上次手气不好。放心放心，一万两万算什么！输也潇洒嘛！玩儿嘛！星期天呀，不赌一宿怎么打发啊！……"

而女主人，则正对着镜子化妆。

男主人合了手机，催促地："行了行了，都等着咱们去开局呢！又不是去参加舞会！"

女主人站起问："这次带多少？多带点儿吧？争取把上次输的捞

回来！”

男主人：“你看着带，这也问我！”

于是女主人开了锁着的抽屉，取出几捆钱，塞入小包。

彩凤侧目瞟着这一情形。

女主人：“小秀，我们肯定回来得很晚，也许明天上午才能回来，孩子有点儿小烧，别忘了喂药啊！”

男主人：“走吧走吧，啰唆劲儿的！”推着女主人往外走。

看来“小秀”是彩凤在这一家用的假名。看来他们夫妻对彩凤很信任。

彩凤抱着孩子跟到门口关门，男主人回身在她脸上捏了一把，悄语：“如果叔叔这次赢了，零头全归你！”

彩凤关上门，走到阳台上朝下望——一辆小车亮起灯开走了。她抱着孩子从阳台回到屋里，放下孩子，转身去厨房取来菜刀，撬那锁着的抽屉……

某村里，聚赌的是些农民，其中有哑巴。

正赌在定输赢的关键时刻，门突然被撞开，公安人员闯入……

火车站。

彩凤下了出租车，右手抱着孩子，左手拎着包儿，肩上是挎袋儿，一边不时回头看，一边匆匆走向检票口。

彩凤东张西望，不见哑巴的身影。

广播声催促着乘客，再过几分钟，某一次列车就要开走了……

彩凤通过了检票口……

行驶着的列车上，彩凤在过道中间向前移动着，寻找着座位。一名穿公安警服的四十六七岁的男子，起身让座。他是县公安局的老张。

彩凤因他那一身警服而略显不安。

老张：“坐吧，我再过几站就下车了。”

彩凤犹犹豫豫地坐下。

老张对她身旁两个吸烟的男人说："两位，孩子小，怕烟呛，把烟掐了怎么样啊？"

对方不好意思地将烟掐了。

老张："怎么带着这么小的孩子出远门啊？"

彩凤笑笑："没法子。孩子他爸常年不在家。"

老张俯身逗孩子——孩子可爱地笑笑……

老张："他爸干哪一行啊？"

彩凤："在部队上，边防。当指导员。"

彩凤说假话时，一点儿也不吞吐，几乎是张嘴就来。分明地，她在拐卖儿童这条犯罪路上，已经变得沉着果敢，随机应变，是个老手了。

老张肃然起敬："原来你是位军嫂嘛。"

彩凤不好意思地笑笑："军嫂可不敢当。俺们女人，嫁给大款是福气，嫁给当兵的那也是一份儿荣耀。反正俺挺看重俺这份儿荣耀的。"

老张："这话我爱听。冲你这话，不管你年纪比我小多少，你还是军嫂！我要也是当兵的，非给你敬个礼不可！"

他说完，见彩凤的拎包放得碍脚，弯腰拎起，替她举放到了行李架上……

彩凤口吻亲近地："大叔，能不能替我倒杯水？孩子在发烧，得吃药。"她说着，像一位有经验的母亲似的，低头以自己的脸颊去贴孩子的额。

老张："你有杯子吗？"

彩凤摇头……

老张："那我去乘务员室给你借个杯，保证是消过毒的。"说完起身去了。

老张片刻回来，将一杯水放在茶几上："太热，得凉一会儿。"

彩凤："大叔，谢谢了。"

老张："谢什么啊。我已经跟乘务员交代过了。我下车后，她会常过来关照关照你……"

夜。冷雨潇潇。

彩凤冒雨抱着孩子，拎着包儿，肩搭挎袋儿，避开公路，沿着铁轨向小火车站走来——那正是她被哑巴所救的那个小火车站——只有几盏孤灯在雨夜中亮着，像是几只大睁着的独眼，冷漠地瞪着她。

走着，走着，走得很不容易，很吃力，趔趔趄趄，歪歪栽栽的。

她已经用两件不同颜色的，偷来的衣服裹住了孩子的身体，孩子的脸被衣服遮罩着。

一列货车静静地停在铁轨上。它使小火车站的情形更加像哑巴救她时的情形了。区别仅仅在于，那是早晨，而此刻是雨夜。

但是她显然并没有心思想到那个早晨，以及那个早晨的她和现在的她所处的不同境地。

她走到一节货车车厢前，在可以稍避雨处蹲下，用一只手拉开了拎包，将孩子放在膝上，从拎包里接连扯出两件衣服，胡乱将胳膊伸进袖子。接着又从皮包里扯出两件衣服裹在孩子身上……

闪电……

闷雷……

她不禁一抖，一屁股坐在地上，孩子也险些掉在地上——孩子已由低烧转为高烧了，处于半昏迷状态……

彩凤有些心惊胆战地四望——分明地，从她的表情可以看出，她辨别出了这一个小站，也联想到了那一个早晨自己在这个地方所遭遇到的凶险。

依稀之中，在闪电的瞬光下，她似乎看到两个人贩子正向她逼近，情形如当时一样。

她眨了眨眼睛，闪电已逝——所见的情形当然是幻觉。

她一手抱着孩子，一手撑地站起，想了想，决定舍弃皮包——拎起来朝车厢顶甩去。

力度不够，皮包掉了下来——她只得将皮包朝车厢底下一丢，心虚至极地四顾片刻，抱着孩子仓皇而去……

彩凤抱着孩子走在通往哑巴小屋的山路……

闪电……

雷声……

雨大了。不说是瓢泼大雨，也差不多了。

她滑倒了。

孩子重重地摔出去。

孩子终于发出了哭声，听来很大声。

她慌乱地朝孩子爬过去。爬的过程掉了一只鞋，掉了药瓶。她一爬到孩子跟前，便用一只手紧紧捂住了孩子的嘴。

她抱起孩子仓皇地跑……

她在林中跑着的身影……

彩凤终于跑到了小屋前，用肩一撞门——门开了。她险些跌进屋里，站稳后，用脚朝后一勾，关上了门。

屋里自然没有蜡烛亮着——她用背抵着门，在黑暗中仰起脸，后脑靠在门上，大口大口地喘息着，仿佛有一百只狼正追来，并已包围了小屋。雨水从她脸上身上往下淌，湿了一片地。她怀中，裹着孩子的几件衣服也湿淋淋地像刚从水里捞出来。

她稍稍喘息定了，环视小屋，低声叫着："哑巴！哑巴！……"

自然没人回应她。

她大叫："哑巴！哑巴你在哪儿！"——那是人陷于孤立无援之境惊恐的、本能的呼叫。

回应她的是羊的咩咩声。

她抱着孩子，身子紧贴着门往下一滑，坐在那儿了。

她紧紧地搂着孩子哭……

老张家。

这是一个普通的公安人员的家，处处显出日子的寒酸。与前面那个暴发户的家相比，显然地反衬出了清贫的窘况。

老张已回到了家里，正坐在沙发上一边喝着茶，一边看电视。

他妻子在一旁织毛衣。

电视是黑白的，图像也不太清楚，正播着晚间新闻。

妻子："你过来试试毛衣肥瘦。"

老张："待会儿，听完新闻再说。"

播音员："下面是本台刚刚收到的消息——继三起小保姆拐走儿童案后，今晚九点三十分左右又发生了第四起。犯罪嫌疑人实际年龄不足二十岁，但看去发育超常成熟，作案后极有可能伪装为少妇……而孩子正在发低烧……"

老张擎着杯子愣住。

他忽然重重地将杯子往茶几上一顿，骂了一声："妈的！"——霍地站了起来。

妻子愕异地看着他。

老张："我想我见着她了！在火车上！……"

他说完扯下晾在衣架上的湿警服一披，往外便走。

妻子："哎！你哪儿去！"

老张："我得到局里去汇报！"

妻子："那也得穿件干衣服啊！"

老张："反正都得湿！"

老张蹬着自行车冒雨驰过镇街……

公安局会议室。

这儿那儿靠着雨伞，搭着雨衣——七八个人湿头湿脸湿衣湿鞋挽着裤筒儿坐成一圈儿……

局长："紧急将大家召集到这儿，是因为有了一个新情况。也可以说是一个极其重要的新线索，如果老张的直觉……像他自认为的那么可靠的话。老张，你谈谈吧！……"

老张："是这样，我不是到近郊农村去了解拐卖儿童案的情况了吗？今天刚回来，在火车上，我碰到了案犯……"

众人的目光都落在他脸上……

老张是个不善言辞的人，也是个在破案能力方面不太被同事们佩服的人；众人望着他的目光就充分证明了这一点。

同事之一："老张，你有什么根据认为你碰到的就是案犯？"

老张："晚间新闻里说，孩子正发低烧。她抱的孩子也正发低烧。"

同事之二："就因为一个女人抱的孩子也正发低烧，你就断定她是案犯？"

同事之三："你还凭什么判断的？"

老张："再，凭的就是……直觉了……"

同事之四："咱们老张也开始相信自己的直觉了？"

众人低声哂笑起来。

局长："大家别笑。这有什么好笑的？"

众人顿时严肃。

局长："我倒有点儿相信老张的直觉了！"

孩子身上盖得很厚 —— 彩凤搓着手，急得团团转，一会儿走到门那儿侧耳倾听，一会儿走到窗前朝外望。

她又用自己的脸去贴孩子的脸，掀开孩子身上盖的东西去贴孩子的光身体……孩子身上的热度使她心内更加焦急，不知所措。

她发疯地摔东掼西。

她抱起孩子急得哭，一边哭一边惶惶地说："冬冬，冬冬，好冬冬，你睁开眼看看小姐姐……"

她将纸塞入一个小鼓肚瓶子里点燃 —— 显然是要自作聪明地给孩子拔火罐。却面对着孩子的光身子，不知该往哪处按下去 —— 她对此缺少起码的常识，只在农村看别人操作过罢了。

她终于决定将小瓶朝孩子的心口窝放下去——孩子的细嫩皮肤竟被瓶口烫得起了一阵烟。

孩子疼得一张嘴……

她怕孩子叫出声，赶快腾出一只手去捂孩子的口鼻。

孩子的头被憋闷得扭动着。

她用另一只手去拔那小瓶——拔不动……

又使足了劲儿一拔，终于拔下了——而捂着孩子口鼻的指缝间，有血流了下来。

她看着自己染血的手，看着孩子半死不活的脸，恐惧地瞪大了双眼……

天亮之时——彩凤在屋后栽好了一棵树，正蹲那儿，用半块旧砖拍树根的土……

孩子已被她折腾死了，并埋在那儿了。

她目光呆滞，拍土的动作很机械，脸上的表情很冷漠，接近冷酷。

她回到了小屋里——见哑巴的堂姐正从小挎兜里掏了什么往自己兜里揣。

彩凤："掏出来！"

哑巴的堂姐讪笑着从自己兜里掏出了东西放在桌上。

彩凤："哑巴呢？你堂弟跑到哪儿去了？他怎么不去接我！"

哑巴的堂姐："你别生气嘛！出了点儿岔子，哑巴因为聚赌被搂进去了。这事儿是谁都想不到的嘛。不过你甭担心，他会被保出来。一个哑巴，不会拿他怎么样的，兴许一时半刻就回来……"

彩凤找出了自己装钱那个小匣子，一看已被破坏，里边空空如也。

她将小匣子摔在地上。

哑巴的堂姐："你……没成功？别泄气，你偷的东西也是钱嘛！我看能比一个孩子还值钱。我帮你倒卖！咱们四六劈成。要不三七也行……"

彩凤一字一句地：“我、成、功、了！”

哑巴的堂姐：“那，孩子呢？怎么？用不着我了！不愿劈钱给我了？上道儿了，开始吃独食了？……”——她冷笑起来。

彩凤：“孩子死了。被我埋在屋后了！”

哑巴的堂姐望着彩凤，见她不像是撒谎，信了，感到事态严峻，表情渐变。

彩凤伸出了一只手：“我的钱呢？”

哑巴的堂姐：“在我家呀！我都给你保存着哪！你不是托我去替你赎你妹子的吗？”

彩凤冷冷地：“现在不用你了！走，我跟你去取！”

哑巴的堂姐：“这……不妥吧？还是你在这儿等着，我一个人回去取，马上就会给你送来的！”

彩凤坚决地：“不！我跟你去取！”

哑巴的堂姐又冷笑起来：“我明白了，你想跟我去取了钱，直接一逃了之对不？”

彩凤：“对！”

哑巴的堂姐：“如果案发了怎么办？我和我哑巴堂弟不成了你的同案犯？”

彩凤：“你本来就是同案犯！你还是主谋！少啰唆！走！……”——她擒住了对方的腕子……

对方一甩胳膊挣开了：“好好好，依你！你先头里出去观观风儿……”

彩凤哼了一声，转过身去。

哑巴的堂姐两眼露出凶光，从墙上摘下了一把砍柴刀……

彩凤听到响动，猛一回头，立眉竖目，厉声地：“你想杀我？昧了我救妹子的钱？！”

哑巴的堂姐：“对！要命就快滚！要钱我就非杀你不可！”——举着砍刀威胁地朝彩凤逼近。

彩凤后退着，瞥见案子上放着满满一盆面粉，突然端起朝对方扣过去。

　　哑巴的堂姐顿时从头到脚变成了一个"白人"，砍刀落地。

　　彩凤扑过去，二人扭打起来，相互扯头发，发狠地撕咬。女人玩起命来，有时比男人还凶狠。

　　哑巴的堂姐毕竟力蛮一些，终于占了上风，骑在了彩凤身上，双手扼住彩凤的脖子。

　　彩凤渐渐被扼得失去了反抗力，一只手在地上乱抓，抓住了砍刀柄。

　　举起的砍刀狠狠落下。

　　扼住彩凤脖子的双手放松了。

　　哑巴的堂姐双手捂着头——她白色的脸上淌下了红色的血。

　　她从彩凤身上栽倒了。

　　彩凤翻起身来，连连举刀朝对方身上砍，一边恨恨地说："还我钱！还我钱！你还我救我妹的钱！……"

　　血——溅在彩凤脸上，身上，一溅，再溅……

　　哑巴回来了——他照例是乐观的，哼哼呀呀地从外边回来。一脚门里，一脚门外，看见屋内的情形，大愕。

　　哑巴扑过来，抱起——不，准确地说是拎起彩凤，像扔一只粮袋似的，一下子就扔到一边儿去了。

　　彩凤被那一扔，撞在墙，撞得昏头涨脑地跌坐于地。

　　哑巴抱起他堂姐的身子，哇啦哇啦地叫着——人自然是已经死定了。

　　哑巴扑在堂姐身上号啕大哭。

　　哑巴跃起身对彩凤发狠，扯着她头发将她抡过来抡过去，哇啦不止。

　　被抡倒在地的彩凤，又本能地抓起了砍刀。

　　哑巴瞪着她，她瞪着哑巴。

　　彩凤闭上双眼，缓缓举起砍刀，要刎自己的脖子。

　　哑巴扑过去夺下了砍刀。

哑巴紧紧搂抱住她哭——看得出，尽管她杀了他的堂姐，他还是那么爱她。

彩凤也哭。

她双手捧着哑巴的脸说："哑巴，哑巴，你救了我命，我杀了你堂姐，我对不起你！可是她先起杀心的啊！原指望你们能帮我救我妹，谁承想结果会变成这样啊！这是我彩凤前辈子命定的劫数啊！……"

哑巴也许听懂了，也许并没听懂，总之哑巴拍着自己的胸脯，指指尸体，指指彩凤，急急地比画着，哇啦着，那意思是——你快逃吧！杀人是要偿命的，由我来担当罪名吧！只要你心里时常想起我……

彩凤当然完全能明白他的意思，她摇头，泪涟涟地："不，不，我不能！一人做事一人担！……"

哑巴又做手势，又哇啦，意思是快走快走！再不走，我先死给你看了！——他当真抓起砍刀朝自己比画……

彩凤被哑巴对自己如此之痴的爱心深深打动了——她缓缓站了起来。……

彩凤刚迈出门，听到背后哑巴哼了一声，一回头，见哑巴已将砍刀砍进了自己肚子。

哑巴两眼定定地瞪着彩凤，仿佛要用目光将她带走到另一个世界去似的。

哑巴将砍刀一剖。

彩凤捂上了自己的双眼，不忍看地将头转回去了……

彩凤顺着一条羊肠小路向山下仓皇逃窜……

她在逃窜中回头看了一次——树木的间隙之后，小屋的茅顶冒起烟来。

她猛地收住了逃窜的脚步——山下，搜索的人影正向山上包抄。有手中持枪穿警服的，有持叉棍的村民，有牵着狼犬的——狼犬在犬带的牵制下亢奋地扑跃着，吠着。

彩凤慌乱地横折向另一个方向——然而她看到的是差不多的情形。

她被逼得退向山顶。

她无路可逃，束手就擒地坐在小屋前的一块石头上——而小屋在熊熊燃烧着，她背后人声犬声渐近。她内心里充满了绝望和恐惧，胸脯剧烈地喘息着，眼中流着泪，浑身瑟瑟发抖。

一个人的脚步声走到她背后停止。

彩凤缓缓回头——见是刑警老张。

彩凤猛地跃起，向门窗吐火的小屋冲去，她企图以自投火海的方式拒捕——两名刑警及时阻挡住她，迫使她站住了。

又一名刑警从腰间摘下手铐向她走去，老张制止地："用不着那玩意儿……"

老张走到彩凤身旁，一把擒住她腕子，对众人说："救火，保护现场……"

他说罢，拖着彩凤便走——彩凤在被动的状态下，回头望那小屋……

公安局——审讯室。

彩凤一动不动端坐着，目光呆滞而又充满敌意。

老张托着肘，手捏着下巴，绕椅子踱步，研究地瞧着她。

老张："今天可是第三天了，还是不打算交代？"

彩凤把头一扭。

老张："成心栽我？让我落个结不了案？"

彩凤将身子一侧。

老张："你来这套没用的。我穿警服的年头，比你岁数还长，审讯经验总是多少有一些的。比如说，我可以一天审你好几次，一次审你好几个小时，最后使你比我还烦，于是来个竹筒倒豆子，一股脑儿彻底交代。可我不喜欢这方式。对你一个小丫头片子，我何必采取疲劳战术，既折磨你，又累我自己呢？……"

彩凤装聋作哑。

老张："再比如说，我可以装模作样地扮演一个神父似的角色，和你大谈灵魂忏悔的意义，还有罪恶的解脱什么什么的……我这人谈不来那些，换个比我会谈那一套的来审你，我看你的灵魂八成也听不进去……"

彩凤干脆将头靠在椅背上，仰起了脸，闭上了眼睛。

老张："当然啰，我也可以承认自己无能，根本没法儿结这桩案子。我这个人常被同事们视为无能之辈。早就习惯了。无所谓了。于是呢，总结我的教训，可能换个女的来对付你。年长的会对你说——尽管你罪恶深重，可她觉得你就像她的女儿一样……年轻的会对你说——在法律面前你是罪犯，可在她面前，你是一个同性姐妹。于是呢，终于感动了你……结果还不是一样，法院判你的刑，上级表彰她。我更不喜欢这一套。你给我听明白了，在你我之间，除了审问和交代，没别的可掺和的！……"

彩凤脸上的表情毫无变化。

老张站在她背后，忽然举起了巴掌——那巴掌并没落在彩凤身上，在空中紧紧攥成了拳。随之手臂缓缓垂落，那只手背到了身后。

而这一切，彩凤自然是无所觉察的。

老张走到审讯桌后，端端正正坐下。

老张："最后那一个孩子，你究竟卖到哪儿去了？"

彩凤："……"

老张："你一共拐卖了几个孩子？他们的下落！"

彩凤："……"

老张："哑巴是不是你杀死的？"

彩凤："……"

老张："他堂姐是不是你杀死的？"

彩凤："……"

老张："小屋是不是你放火烧的？动机是不是焚尸灭迹？"

彩凤："……"

这时，门轻轻开了一道缝，探进一名女警的头，小声地："老张，嫂子来的电话，急事儿。"

老张突然大发雷霆，一拍桌子站了起来——"你别干扰我！"

那女警的头倏地缩了回去，门关上了。

彩凤瞪着老张，脸上渐渐浮现出了怀有敌意的冷笑。

老张离开桌子，走到彩凤跟前，双手撑在膝部，弯下腰，几乎和彩凤脸对脸地相互凝视着。

老张："你冷笑什么？觉得我拿你没治了，心里很得意，是不是？"

彩凤朝老张脸上啐了一口。

老张不禁一皱眉，一闭眼。他缓缓睁开眼，并不擦，也冷笑起来。

老张："丫头，听明白了，应该得意的其实是我。因为从现在开始，一个事实明摆着，那就是——我已经占上风了。根据是，三天来你脸上终于有了另一种表情，对我的审问终于有了反应。这是我取得的第一个成绩。为此我今天晚上将会安安稳稳地睡个好觉。而你今天晚上将会一刻钟也睡不着，翻来覆去，覆去翻来，整个夜晚都在苦苦地想，是选择坦白从宽呢？还是选择抗拒从严呢？下一次审问，你的两眼将会因为缺觉而红而肿，你也许会突然痛哭流涕，也许会突然歇斯底里……"

彩凤咬牙切齿地："我恨你！我什么也不会交代！就不给你受表彰的机会！你们枪毙我吧！我认了！"

老张直起了腰，仍冷笑着，极其克制地："你正在照我的话来着！"

他转身走到桌前，按了一下桌角的按铃，于是两名刑警进入，其中一名抓住彩凤的胳膊朝外带她。

彩凤挣脱，又啐了老张一脸唾沫，并对他乱挥胳膊，气焰嚣张地："我就是抗拒！就是不交代！就是要抗拒到底！就是要让你结不了案受不了奖邀不了功升不了级！气死你这只老蛤蟆！……"

老张一愣一愣地连连往后退。

另一名年龄大些的刑警朝外挥了挥手，彩凤遂被强拖出去……

年龄大些的刑警看了老张一眼，无声地笑了，亦庄亦谐地说："兜里没手绢？"——说罢掏出了自己的手绢……

老张光火地："别惹我！小心我跟你翻脸！"——从对方手中夺过手绢，擦了擦脸，擤了一手绢鼻涕，将手绢朝地上一扔，大步跨了出去……

食堂。

刑警们在排队打饭……

他们相互议论着：

"不但拒不交代，还特嚣张！听说今天唪了他两口，骂他是老蛤蟆！"

"这样的，干脆甭审，趁早崩了算了！"

"上边限期破案，三天了，还没问出一个字，老张这次可又碰上较劲儿的了！"

他们中有人发现老张就排在后边，相互使眼色，收住了议论。

老张冷着脸，佯装充耳不闻……

老张占据着一张长桌的一端吃饭——他旁若无人，一勺接一勺大口大口地吃着，那样子根本不像一个人在吃饭，而像一台吞咽机在机械地吞咽着。

长桌两侧他的同事们，似乎感到了某种无形的压迫，一个个盯着自己面前的盘子碗，吃得鸦雀无声，气氛几近于肃然。

这时一个倒霉的家伙端着碗过来了，大模大样地往老张身旁的空椅上一坐，开口挖苦道："我说老张，你到底审得出口供审不出口供哇？"

老张一口饭刚入口，停止了咀嚼，瞪着对方。

对方："如果不行，就应该主动跟头儿打招呼，换个能力强的人接替嘛！别贪功心切，反而误了结案日期呀！"

老张缓缓站起，将一盆汤扣在对方头上，接着将吃剩的饭菜都泼拉在对方头上，并在对方头上擦了擦筷子、勺子，之后将筷子、勺子往自己上衣兜一插，扬长而去……

老张因而受到训斥。

局长批评他："往同事头上扣汤盆子，太不像话！"

老张坐着，闷头吸烟。

"连那种年龄的一个女嫌犯都对付不了！你如果不能按期结案，叫我向上边怎么解释？"

老张猛抬起头，脖子一梗，语气极偏地："你怎么知道我对付不了？你怎么知道我不能按期结案？"

他狠狠按灭烟，起身便走。

顶头上司被他顶撞得直眨眼……

晚上，老张在台灯下翻案卷。

床上的女儿翻了个身，抗议地："妈，灯晃我眼，烟还呛我，我能睡着嘛！人家明天还考试呢！"

老张不禁回头看女儿。

妻子："你把头蒙上一会儿，啊？这案子对你爸爸很重要，关系到他升级、涨工资、咱家换房子呢！"

女儿："那考试还关系到我升学呢！"随后赌气用被子蒙上了头。

老张面有愧色地掐灭烟、关了灯……

黑暗中——老张和妻子躺着低声说话。

妻子："很棘手，是不？"

老张轻描淡写地："有什么棘手的？小案一桩！不过就是……有点儿气人罢了！……"

他不愿和妻子多谈案子，翻过了身去……

彩凤进入了审讯室。

审讯室完全变了样子——首先是，"坦白从宽，抗拒从严"的字幅不见了，满墙都是放大了的照片，照片上的男人、女人，年轻的、中年的、年老的，都在因为丢失了儿子、女儿、孙儿女、外孙儿女们而痛哭，而悲诉，而愤恨，而绝望。有一家一户的照片，也有单人的大特写。

这面墙上有照片，那面墙上也有照片。

照片上那些眼睛似乎都在瞪着彩凤。

那些表情各异的面孔似乎都将从墙上扑下来……

审讯室变成了这个样子，显然是彩凤所没料到的——她的心灵和对审讯的敌意，受到了强烈的冲击——她四面望着望着，终于，竟忍不住转身欲往外跑，而门从外面关着。

她竭力镇定住自己，走到椅子那儿，想坐下去，却发现椅背横梁上也贴了一幅"宽银幕"照片——一个女人哭得大张着嘴，仿佛不是人的照片，而是什么犬科动物的大特写。

彩凤竟不敢坐下去，怕那大张着的嘴会咬她的背似的。

桌上的一台录音机这时发出了声音——哭声——男人的、女人的、喊儿的、唤女的、诅天的、咒地的……

彩凤不禁紧紧捂上了耳朵，仰起了脸——然而顶棚上也贴满了同类照片和大特写。

彩凤闭上眼睛，捂着双耳尖叫起来："放我出去！放我出去！芊子！芊子！……快来救姐姐啊！……"

她尖叫的尾音，变成了哭声。

她的哭声与录音机里的哭声混在一起，有时她的哭声压倒了后一种哭声，有时后一种哭声压倒了她的哭声。

她从这面墙扑到那面墙，发疯般地往下撕扯照片。

几面墙上的照片被撕扯得狼狈不堪，支离破碎。

满地是撕碎的照片纸屑，披头散发坐在椅子上的彩凤，手里仍在撕着，越撕越碎。

老张已坐在审讯桌后了。

老张："采取这种方式，是你逼我。"

彩凤："……"

老张："芊子是谁？"

彩凤声音精疲力竭地："是我妹……"

老张："可是据我看来，她是救不了你的。"

彩凤抬起了头，迎视住老张的目光，流着泪说："可是，就算把我枪毙了，我变成了鬼，也要救我妹！……"

老张："你妹怎么了？"

彩凤："我和我妹，是一块儿被人贩子拐卖的……"

老张一愕："你！……我审你多次了，你为什么不早说？"

彩凤："我能对谁去说？对你？我已经是攥在你手心里的犯人了，会指望你大发慈悲，替我去救我妹？……"

她冷笑起来——笑得又冷又凄惨。

老张："你总该相信，这世上好人还是有的吧？"

彩凤："好人？在人贩子卖我妹的那个村子里，当时就有人说说笑笑地围着看，我哭，我求，怎么没有一个好人出面可怜我们？……"

老张被反问得一怔。

彩凤："我恨你！我恨死你了！如果不是你那么快就抓住我，我一定能把我妹救出来！那些丢了孩子的有多恨我，我彩凤就有多恨你！到了阴曹地府我也要恨你！……"

老张默默听着，凝视着彩凤。

老张："恨就恨吧，随你便……"——说着，从桌上厚厚一摞案卷夹中抽出一册，翻看起来，似乎一时忘了彩凤的存在，根本不打算再理她了。

彩凤的目光中，便有了几分困惑。她张一下嘴，欲主动开口说句什么的样子，但由于心理上存在着强烈敌意的缘故，将到了唇边的话又咽下去了。

她闭上了眼睛，似乎也要忘了老张的存在。

老张抬起头看了看她，思忖着，犹豫着，终于还是站了起来，拿着案卷夹走到她跟前，将案卷夹展示在她鼻子底下。

老张："这两个人你见过没有？"

彩凤睁开眼，目光一落在案卷夹上，表情顿变，夺过案卷夹细看——上面有那两个人贩子的照片。

她目光中充满仇恨，欲扯下人贩子们的照片——老张赶紧将案卷夹夺过去。

老张："那么是他们了？只要是他们，就能知道你妹妹被卖在哪儿了。"

彩凤："你……你也把他们给抓住了？"

老张："那倒不是我……大案要案，也不好全叫我一个人破了……这几天你也确实把我僵得够累的，咱们今天就到这儿吧，嗯？……"

他说罢，放下案卷夹，向门口走去——彩凤扭头望他。

老张刚走到门口，彩凤猛地站起，叫道："你别走！……"

老张转身，望着彩凤，不出所料而又耐心地期待着。

彩凤却又缓缓坐在了椅子上。

老张走到她跟前，低声地："有话说？"

彩凤仰脸望他，望着望着，几乎是情不自禁地，扑通双膝跪在了他面前，流着泪说："只要你能救我妹，我就老老实实地交代，什么都交代……"

老张："你起来。这成什么样子。"

彩凤反而搂抱住了他双腿，哀哀地求着："大叔，我知道我已经救不了我妹了，求求你，一定替我救救她吧！"

老张："起来！我叫你起来听见没有？"

彩凤："你不答应我，我就不起来！"

老张："好吧，听清楚了，我答应你。"

彩凤半信半疑地放开他双腿，缓缓起身坐到椅子上。

老张："把你刚才说过的话，再重复一遍。"

彩凤："只要你能救我妹，我就老老实实交代，什么都交代……"

老张一言九鼎地："你再给我听清楚了，我就是玩命，也要把你妹救出来！"

顶头上司的办公室。

局长："没那么简单吧？"

老张："只要她一开口，五六户人家，就可能找回自己的孩子。该冒的险，得有人去冒。"

局长："你怎么能乱答应一个犯人的请求呢？"

老张："说出的话，泼出的水。对待犯人，该讲信用的时候，也应该讲信用。"

局长："万一她仍不交代，你不是反而耽误了结案时间，反而等于被她利用，白冒一次险了吗？"

老张："救她妹妹也是咱们的职责，谈不上被她利用不利用的。"

局长："那么，你想要多少人手？两个三个可以，多了我没法儿抽派。"

老张："一个也不要。只希望头儿给当地同行打个招呼，协助我一下。"

夜——人贩子卖芊子那个村。

老张扛着芊子的身影从村中潜出——芊子乱踢着双腿，塞了布的口中发出呜呜声。

一个老太太的喊叫突然响起："快来人呀！我家媳妇被人扛跑啦！……"

一群人影从村口拥出——举着火把的，持着械物的。

老张扛着芊子跑，人群在其身后追。

两个接应老张的人出现——老张肩膀一斜，将芊子掼在地上……

老张上气不接下气地："快！带上她开车走！我把追的人引开……"

两个人中的一个担心地："那你！……"

老张："还啰唆！快呀！……"

老张说罢，向另一方向跑，边跑边故意喊："这姑娘老子抢定了！

有能耐就来追吧！"

老张被追赶者们围在了一座崖头上，对方的械物在火把的照耀下闪闪发光。

老张高举着手枪，朝天空放了一枪……

人群中有人喊："别怕他这一套！他只敢朝天放枪，哪敢朝人放枪！"

老太太："他不说出我媳妇在哪儿，就活活打死他！打死了我偿命！"

人群向老张逼近着，老张一步步后退。

老张望见远处的车灯光，欣慰地笑了——那车灯光证明，芊子已被救走。

老张已退到了崖畔，低头看——河水静静地流。

老张将手枪往枪套一插，严厉地："以后再来跟你们算账！……"

他纵身跃下了崖……

关押所。

老张和芊子在长长的走廊走着——老张的脚有点跛，他一只胳膊吊在胸前。

芊子挺着怀孕的肚子。她走得很慢，双手捧腹，看得出，她对于孕儿是非常在意的。

彩凤坐在审讯室——聆听着越来越近的脚步声，脸上的表情越来越激动。

门开处，芊子挺着肚子走入……

芊子："姐……"

彩凤望着她，嘴一扁，流泪了……

芊子向彩凤走去。

彩凤竭力克制着，不动，不开口，不哭出声，只是目不转睛地望着走近自己的芊子，由于克制着不愿哭出声，脸越来越扭曲，越来越扭曲。

芊子："姐，苦了你了……"

芊子也流泪不止。

她们终于都忍不住，都向对方扑去，搂抱在一起。

彩凤放声大哭："芊子，姐的妹呀！姐可见着你了！姐都是为赎出你，才落到这地步啊！……"

她们一时哭得天昏地暗……

门上方的玻璃后，老张的脸，不忍看地转了过去……

姐妹二人哭过后，已相互紧握着手坐下了……

芊子抽出手，从兜里掏出一个手绢包儿，打开，是彩凤的蓝发卡。

彩凤："怎么在你手里？"

芊子："我见在村上一个孩子手里，就替姐讨要回来了……"

芊子用手绢儿擦了擦发卡，替彩凤戴在头上……

芊子："姐，我信你的话。"

彩凤："什么话？"

芊子："你娘会保佑你，大案化小，小案化了……"

彩凤苦笑……

门外——老张自言自语："怎么想的啊！"

他从兜里掏出烟盒和一个极小的可做烟灰缸的东西，却引得一阵腰疼，咬着牙倒吸凉气。

他贴墙蹲下，用吊在胸前那只手托着烟灰缸，吸起烟来……

审讯室里传出彩凤和芊子的对话：

"妹，你怎么还白了？还胖了？"

"省心呗……"

"省心？……"

"一开始我不吃，不喝，光哭，光闹，瞅机会就逃，他们一家就捆我，拴我，打我，虐待我……后来我服了，他们一家又开始对我好。我怀孕了，他们就对我更好了，连活儿都不让我干了，都盼着我给他们家添个大胖小子……"

老张聚精会神地聆听，摇头。

"要是生个姑娘呢？"

"那他们也高兴啊！他们说是姑娘就卖了，让我再生。姑娘卖了也是一笔钱啊！……"

"卖了？……你舍得？"

审讯室。

芊子微微一笑，笑得大有那么几分无所谓的味儿："姐，人呢，只要想通了，凡事，也就随它去了呗！"

彩凤毫无表情地："这么说，你早已经想通了？"

芊子默默点了一下头，一副单纯得近乎弱智的模样儿。这种模样儿，对于一个她那种年龄的小女子，若在寻常情况之下，甚至会显得有几分可爱。但是这会儿，对于彩凤而言，她的模样儿就颇具有秒杀性了。

彩凤："你想通什么了？"

芊子："咱一个农村女子，才上了三年学，嫁什么样的男人还不是嫁？宁嫁蠢汉当宝贝，不嫁好汉当苦妇——这点一想通，也就全都想通。姐你这样子看着我干啥？我的理说错了吗？……"

彩凤："你现在被救出来了，又是怎么打算的？"

芊子沉吟片刻，垂下目光，低声而又怯怯地："也没什么另外的打算……"她用一只手轻揉着肚腹又说："嫁鸡随鸡，嫁狗随狗呗！何况我男人对我还行，我还得回去替他生孩子，做老婆啊！……"

彩凤："可你是被卖到那人家的！"

芊子："嫁去的也罢，卖去的也罢，对我，反正还不是一回事儿……"

彩凤猛地拍了下桌子："可我呢？可对我呢？"

芊子被吓得一哆嗦，抬起头，仿佛还困惑不解地望着彩凤。

彩凤叫嚷："可我为了赎出你，拐卖孩子，犯了国法！就要被判刑，就要下大狱，你倒没事儿人似的，还说要回去给一个王八蛋男人生孩子做老婆！……"

彩凤双眉倒竖，二目圆睁，左右开弓，狠狠扇了芊子两记耳光。

芊子双手先后捂脸，始料不及地呆望彩凤。

彩凤揪住了芊子的头发，发疯地："我打你！我打死你！……"

芊子："姐！姐你别打我！别打掉我的孩子！"

彩凤将芊子推倒在地："我没你这样的妹子！我今天非要叫你流产不可！……"

彩凤用脚踏向芊子的肚子，芊子一滚，躲开了，双手护住肚子，坐在地上向后畏缩着身子……

门外 —— 老张急忙掐灭烟，揣入兜里，闯入审讯室；彩凤正高举着椅子砸向芊子，被老张抢前一步挡住，并夺下了椅子。

芊子连滚带爬地逃离审讯室……

彩凤恨得全无了理智，一头翻向桌角，撞昏于地。

老张扶起彩凤的身子，用一只手按住彩凤流血的额头。他兜里冒起烟来，又只得用那只手去拍衣兜，一时顾此失彼……

审讯室。

彩凤头上缠着药布，和胸前吊着手臂的老张都端坐着，相互注视。

老张："你性子太暴烈了吧？"

彩凤："……"

老张："你又不打算彻底交代了吗？"

彩凤："……"

老张："我为了救你妹，可是豁出性命的啊！"

彩凤："别提她！"遂将头一扭。

老张："又是三天过去了，我的记录簿上还是一个字也没有。如果你是我，你能有我对你这种耐心吗？你再想想那些丢了孩子的家庭，那些当爸爸妈妈、爷爷奶奶的人……"

彩凤倏地将脸转向老张，生气地："你别唠叨了！……"

老张一时缄口，挠挠头，掏出烟来，刚叼上一支，瞥见"禁止吸烟"的字条，将烟狠狠掐断，烟盒使劲儿往桌上一拍。

彩凤："你说到做到，我也说到做到……可你还得答应我一个条件……"

老张以严厉又不信任的目光望她。

彩凤："大叔，求求你，再信我一次吧！我，我想去给一个人上坟、烧纸……"

老张："谁？……"

彩凤低下了头，声音极小地："哑巴……"

山上。

哑巴小屋的废墟旁，两堆新坟——彩凤在其中一堆坟前烧纸——她双手被铐着。

老张站在不远处吸烟，若有所思。

彩凤用一张纸钱撕成个小人儿，用一根树枝狠狠扎在另一坟头——毫无疑问，那是哑巴堂姐的坟，彩凤恨她，用自己相信的方法报复。

彩凤一回头，见老张在看她——老张并没表示什么。

彩凤朝哑巴的坟跪下，磕了三个头，缓缓站起——她表情极为虔诚，头磕得也极郑重。

彩凤："如果我彻底坦白了，真会轻判我吗？"

老张："坦白从宽，是法的一条原则。"

彩凤："啥叫原则？"

老张："就是……就是你必须相信的意思……"

彩凤："那，我就信你的话……"

她捡起一块石头，走到井口旁，敲井台的砖——敲下一块，又敲下一块，于是出现了一个用塑料纸包着的小本儿。

彩凤将小本儿交给老张："卖到哪儿去了，经什么人卖的，都记在这小本儿上了……"

老张急看小本儿。

老张："来，我给你打开手铐，我要请你下馆子！……"

老张和彩凤往山下走的背影——他那只没折的手臂，从背后搂着彩凤的肩……

小饭馆里。

老张："吃饱了？"

彩凤："饱了……"她打了个嗝又说："大叔你真好，我是犯人，你还请我下馆子……"

老张忧郁地笑笑，摸了她头一下……

他们从镇街上经过。

彩凤望着一家录像放映厅的广告说："大叔，我还想看一场电影，行吗？"

老张犹豫地看看表，之后爽快地："行。"

放映厅里，放的是香港喜剧片。

彩凤看着，似乎一时忘了自己是犯人，独自投入地笑。

老张斜视着她，表情更加忧郁。

审讯室。

彩凤在交代着，老张的手握着笔飞快地记着。彩凤说到伤心处，抹眼泪，掩面而泣。老张停止记录，以手掌撑住额头。

彩凤抬头看他，见他竟也在侧转身抹眼泪，内心极为感动，望着他那种目光也变得极为亲昵了。

老张："你一气儿说了三个多小时，说累了吧？"

彩凤摇头。

老张："不累也到这儿吧！"

彩凤："大叔……"

老张一愣："以后不许叫我大叔。尤其在我审你的时候不许这样叫。要叫我张警员，记住没有？"

彩凤："记住了大叔，我想问你，监狱里是不是还教犯人学文化？"

老张："对。"

彩凤："还教犯人学手艺？"

老张："……"

彩凤："对不对呀？"

老张："对……"

他声音很低。

彩凤："这就好……我要学文化，学手艺……"

老张望着她，表情忧郁得一时苍老了许多。

老张家。

妻子女儿在熟睡——老张却翻来覆去睡不着。老张悄悄爬起，光着脊梁，穿着裤衩，坐在桌前翻阅厚厚的案卷。他大口大口地吸烟，陷入难解的思索……

关押所食堂。

老张在和同事们吃饭……

一同事："嘿，饭吃鼻子里去了，想什么呢？"

另一同事："老张，你近来可深沉多了啊！自己的案子顺利结了，还使别人的案子有了突破性进展，功劳大大的啊！"

老张："你们说，徐彩凤的案子，会绕过死刑去不？"

"绕过死刑去？拐卖了五个孩子，死在她手里一个，还另有两条人命与她有关，除非国家早已废除了死刑！"

"你是装法盲啊，还是明知故问？"

老张："是啊，怎么绕得过去呢……"

审讯室。

老张："现在，我还要问你几个问题。这几个问题对你非常重要，你可要听明白了，想好了再回答。"

彩凤点头。

老张："你拐卖儿童，是不是受哑巴的堂姐指使？"

彩凤点头。

老张："你不要点头。要回答是——或者不是？"

彩凤："是。"

老张："那个死了的儿童，是不是死在哑巴手里？"

彩凤连连摇头："不，不是……"

老张："不是？你不是交代，哑巴那天没去接你吗？如果他去接你了，情况是不是就会有所不同？"

彩凤："是……"

老张："情况有所不同，孩子也就不会死了，对不？"

彩凤："对……"

老张："那不就等于，是死在哑巴手里了吗？"

彩凤："这，你要这么认为，就算这么回事儿吧……"

老张："不是我要这么认为。你别把我绕进去。你要自己回答，是不是死在哑巴手里？"

彩凤犹豫。

老张："我再说一遍，这些关键问题，对你别提有多重要。是不是？"

彩凤："是……"

老张："哑巴的堂姐，是谁杀的？"

彩凤："我……她先想杀我……"

老张："对，她先想杀你，你是被迫自卫。可你又怎么知道，真是你自己杀死了她呢？……"

彩凤困惑。

老张："我的意思是——当时的情形是不是这样的？你砍了她两刀，可她并没死，也不会死，后来哑巴进来了……"

彩凤终于领悟了老张的用意，目光充满了感激，充满了良心的不安，但却在不由自主地点头。

老张："要用明明白白的语言回答！"

彩凤："是……我认为是哑巴，杀死了他堂姐……"

老张："你认为，为什么？"

彩凤："哑巴他当时……受了刺激……疯了……"

老张："你亲眼所见？"

彩凤："对，我……亲眼所见……"

她流泪了，感激的泪，良心不安的泪。

老张："到了法庭上，会有辩护律师为你辩护，你可要和刚才的回答一样！过来按指印吧！"

彩凤在记录上按下了鲜红的指印……

法庭。

辩护律师："徐彩凤，你拐卖儿童，是不是完全出于想赎出你妹妹的目的？"

彩凤："是……"

律师："最后一个儿童，是不是死在哑巴手里？……"

彩凤："……"

听众席有阵阵私语之声。

法官："犯人徐彩凤，快回答。"

彩凤："不，不是死在哑巴手里。与哑巴无关，死在我手里……"

听众骚动。

律师愕然，不知所措而又强自镇定地："哑巴的堂姐，是不是哑巴杀死的？"

彩凤："不，不是哑巴杀死的。是我杀死的。也与哑巴无关……"

律师只好拿起案卷看，有些生气地："你，你怎么与审讯记录上回答的不一样？……"

听众席间，穿便服的老张，表情忐忑。

他起身走了。

彩凤的声音从背后传来："我……欺骗了审讯官……"

听众席更加骚动。

老张驻足，头从肩上缓缓扭回，望向彩凤的背影……

又是一个雨天。

撑着各色雨伞的人与老张擦肩而过。雨越下越大，无伞的老张，在雨中漫无目的地缓行着。老张走到一条河边，手扶栏，仰起头，任雨淋着自己的脸……

监狱。

老张在探监室探视彩凤——老张穿便装，手臂已去了夹板。

两人相对无言。

彩凤终于先开口："大叔，胳膊好了？"

老张点头。

彩凤："大叔，你怎么穿便装？"

老张："我已经退出刑警队列了。"

彩凤愕异地："因为我？……"

老张："也不能说是完全因为你。我的腿，为救你妹，落残了，只得改行……"

彩凤负疚地："大叔，你是不是有点儿生我的气？……"

老张苦笑摇头。

彩凤："我不能……哑巴有恩于我，他至死都不恨我……我没被男人像他那么喜欢过，我真是不能……"

老张："我理解……"

彩凤："监狱对我挺好的，说就不给我戴脚镣了……"

老张怆然。

彩凤："听人讲，关在单牢里的，都是要枪毙的？"

老张将话岔开了："我去给你家里送过信儿了，你父亲，他，忙……"

彩凤："真会枪毙我吗？我什么都交代了啊！你不是说，坦白从宽的吗？……"

老张又将话岔开了："至于你妹，你不必担心，啊？我已经说服我老伴儿，认她做义女了……"

彩凤："我知道我民愤太大……可我……大叔我好怕死，夜夜做噩梦……"

彩凤哭了——她伸出双臂，身子前倾了一下，似要投入老张的怀抱，却又意识到了彼此的身份，收回双臂，以手捂脸。

老张摸了她的头一下，像摸自己女儿的头一样，温爱地："夜里睡不着，就想小时候的快乐日子……"

彩凤："可我打小长这么大，就没有过多少快乐日子……"

老张早已难于控制自己的心情，站了起来，很吃力地说出一句话："我还会来看你的……"

他转身便走。

彩凤："大叔！……"

老张在门口站住，没转身，也没回头。

彩凤："告诉芊子，说我不恨她了……"

老张冲出门外。

一株大树后，露出老张的半侧身子，他双手捂脸——我们听到了一个男人痛心到极点时的哽咽之声……

公审现场。

被倒绑双臂的彩凤举目四望——她分明是在寻找老张……

台下，人们对她指指点点……

她仿佛置身度外——却没发现老张的身影。

执刑地。

彩凤惊恐地走着，仍四望着。

她跪了下去……

她抬起头望最后一次天空……

她发现了老张的身影——不远不近地，站在一处望着她。

　　她嘴巴一动，浮现了一丝丝笑意，两只眼睛，同时放射出某种异彩。

　　她渐渐地笑了。

　　她的目光又发现了什么——一朵黄灿灿的野菊花，小小的，新开的，孤独一枝，看上去生机勃勃。

　　她的目光盯住野菊花不移开了。

　　世界也变得金灿灿的了。

　　枪声……

　　重复几次的枪声……

　　世界变红了，包括那朵野菊花……

# 灭
# 顶[1]

## 一

夕阳西下时的一片彤辉，均匀地涂在胭脂河上。帆儿是去远了，歌儿是渐弱了。胭脂河呢，浮着妖娆的红晕，显出动人的羞容，悠悠地徜徉着。满世界静极了。

秀秀最喜欢这会儿到河边来洗衣服。河水晒了一天，温温的，很舒手。河东河西两村的孩子们，像眷恋母亲的怀抱一样眷恋这条河。整个夏季，差不多天天泡在河里嬉戏玩耍。不过此刻他们都乏了，回家吃饭去了。

秀秀最喜欢这会儿到河边来洗衣服，还因为这会儿这条河仿佛只属于她自己。

像那些孩子们眷恋这条河一样，她更眷恋自己内心里占有了这条河的满足情绪。二十岁的姑娘一个月后就要嫁人了。她期待着结婚的日

---

[1] 本文收入本选集时有改动。

子。一种幸福的期待。却说不上是在渴望。这种幸福如同需要喝很多碗才能醉倒人的米酒。她只是闻到了，更准确地说是想象到了它的醇香而已。所以她尽管是在期待着，心儿没醉。她好比一个买到了预售票的旅客，从容地坐在候车室里，等着上车。

女人迟早要出嫁的。区别仅仅在于嫁给一个什么样的人，中意的或不中意的。她觉得明贵很中自己意。河东河西两村的小伙子们加在一起，明贵无论与谁比，怎么比，都是个比不败的人。身高一米八，浓眉大眼的，肩膀宽，胸膛厚，是个堂堂的男子汉。而且呢，还十分正经。面对面和姑娘们说话都脸红，不会打情骂俏那一套。靠自己能吃苦和能干，三年来成了收益殷实的万元户，盖起了四间新砖房。河东河西一心想嫁给他的姑娘多了！他却主动央媒人来她家提亲，这不能不算是她的福分。

不定有几个姑娘嫉妒我呢！她蹲在河边儿，轻轻揉搓着自己的一件上衣，庆幸地这么想。肥皂泡儿一簇一簇被河水捎走了。浮着红晕的河面上开着一朵朵白莲花，好看极了。

泼啦一声，一条鱼儿跃出水面。

泼啦一声，又一条鱼儿跃出水面。

平静的水面上分着几道水纹，想必有几条鱼儿在水下追着一簇簇的肥皂泡儿。

秀秀住了手，呆呆地望着出神。

她忽然觉着自己就是一簇肥皂泡儿，而明贵是一条鱼儿。或者反过来，自己是一条鱼儿。无论是肥皂泡儿还是鱼儿，在她和他之间，总该发生过点什么不寻常的事儿才对劲儿。哪怕像鱼儿追肥皂泡儿呢！

可她和明贵之间还什么事儿也没发生过。

开春时，媒人提亲。爹说考虑考虑再回话。爹先跟娘商议。娘说明贵能做个好女婿。爹和娘又一块儿跟她商议。她也说考虑考虑。她考虑了一夜，相信明贵将来能做自己的好丈夫。于是第二天她就给了爹和娘个回话——听凭爹和娘做主。于是当天爹就给了媒人个回话——年底成亲。于是从那一天起，她便很本分地将自己看成是明贵的人了。明贵也将她看成是他自己的人了。一切自然而然，顺理成章。

她从前和明贵没什么接触。走对面说过几遭话，暗暗打量过他那堂堂男子汉的容貌和身体。她成了明贵的人之后，跟明贵也没什么接触，走对面依旧是说几句话而已。明贵到她家来，她依旧是只有暗暗打量他而已。

明贵忙，很忙。忙养鸡的事儿。明贵并不常有空儿到她家来。来了找的也是爹，不是她。找爹谈养鸡的事儿，谈完了就走。养鸡的事儿不唯对明贵是头等大事，对她家也是头等大事。

两家都是养鸡个体户。

她也忙，也很忙，也忙养鸡的事儿。明贵家养了六百多只鸡。她家养了四百多只鸡。弟弟才十二岁，帮不上家里养鸡的活儿。母亲体弱多病，一天强撑着做三顿饭。四百多只鸡是全家的活祖宗，她和爹是它们的奴婢。她和爹为它们起早贪黑，累死累活。它们使她一家发财致富。

她也不常到明贵家去。去的往往是爹。爹去不了，才吩咐她去。去了也是代爹谈养鸡的事儿，也是谈完了就走。家里还有永远也做不完的养鸡的活儿，拌第二天的鸡食啦，修鸡笼啦，配防鸡瘟的药啦，数蛋啦，编蛋筐啦，宰杀不下蛋的鸡啦，等等，等等，永远也做不完，永远也做不完。每隔五六天往县里送一次蛋。一年三百六十多天，永远是这么忙这么忙。有几次她在明贵家，本可以多待一会儿，谈完了养鸡的事儿，再谈些别的什么事儿，别的什么话儿，可明贵却正忙，在做着她刚做完或回家后也要做的事儿。

"我都听明白了，还有别的事儿吗？"明贵就会这么问。

或者说："你今晚没事儿吧？那就帮我把这些蛋装了筐吧！"

鸡……蛋……两家之间似乎永远是鸡永远是蛋。两个人之间也似乎永远是鸡永远是蛋。除了鸡和蛋，蛋和鸡，他们似乎就再没别的话可谈，再没别的事儿可做。

无论是蛋还是鸡，明贵家的一点儿也不比她自己家的使她感到可爱。相反，蛋越多，她越烦。不要说用手一只只数着小心在意地往筐里一层层码了，就是光看着，也别提有多碍眼了！

有时她觉得自己分明不是为自己活着。那些鸡也不是为她而活着，为她而一天下一个蛋。一切刚好反了过来。她分明是为那些鸡而活着，为那些蛋而活着。鸡们一只只倒活得十分惬意，吃饱了就在肚子里育蛋，育成了一个就下出来，下出来就"咯咯嗒（个个大）咯咯嗒"地叫，好像劳苦功高。

有时她更觉得自己是被出卖在一个鸡的世界一个蛋的世界里了。被谁出卖的呢？被爹吗？这么想当然太冤屈爹了！爹又是被谁出卖的呢？爹不也整日和自己一样为那些鸡为那些蛋从早忙到晚吗？再说，没有那些鸡没有那些蛋，她家的旧泥草房怎能像明贵家一样推倒了盖成窗是窗门是门的新砖房呢？家里又怎能看上电视呢？从前受尽了穷日子摆布的母亲，脸上又怎能像如今常常浮现出笑容呢？

天地良心，她，她的一家，似乎又有一百条理由感激那些鸡和它们每天下的蛋。

可是她真希望有一天能从那些下蛋的母鸡和那些母鸡下的蛋中解脱出来啊！这一天隐藏在日历的哪一页后面呢？她不知道。知道了也有个盼头；有个盼头那希望也算有个影子。可不知道。那希望连影儿也没有，根本是没影儿的希望！明贵还雄心勃勃地计划着明年起再多养四百只鸡，养够一千只！往前看，她的生活里是更多的鸡更多的蛋！不消问，明贵一定是希望她给他做个能干的养鸡的好帮手哪！看来明贵比她生活得充实，还有这么个希望！

有好几天夜里，她躺在蚊帐中睡不着。听蛐蛐儿叫，心里想明贵，做梦梦见明贵。……

与其说是在想明贵，毋宁说她是在如饥似渴地想一个男人。然而她自己并不能区别想一个男人和想明贵是多么的不同。她认为自己己是明贵的女人，便也认为自己是在想明贵了。想得有多焦躁，便也认为自己对明贵是爱得有多强烈了。想得无论如何睡不着，她就悄悄爬起来，将数过了的一层层码在筐里的鸡蛋，再数一遍，一层层码进另一个筐里。有一天夜里，倒完了两筐鸡蛋，她还是睡不着。她竟穿好衣服，蹑手蹑脚溜出房间，一路小跑，跑过桥去，一直跑到明贵家小院外才站住。

明贵屋的窗还亮着。她的心在心窝怦怦跳。是因为跑的，也不完全是因为跑的。她真想立刻就扑进明贵怀里啊！那些日子，爹的脚扎了，行动不便，养鸡的活儿全落在她一个人身上，几乎把她累垮了啊！

她是更需要明贵给她些爱的啊！她将是他的媳妇了！他是应该理解，她多么需要和他单独在一起，偎在他怀里，说说贴心话儿，撒撒娇，给予些温存获得些温存啊！

她轻轻推开小院门，走至明贵屋窗前，见明贵正和他娘在屋里数蛋。

"多少啦？"明贵问。

"八百八。"他娘回答。

"不对。早就数到八百多了嘛！娘你又数错了！"

"那你不是也在数着来？"

"我哪数？见你在数，我怕和你数重了，就没往下数！"明贵将手中的一个蛋使劲儿往地上一摔，鸡蛋碎了。

"有火朝我发，你摔鸡蛋干什么？一个鸡蛋一毛七！"他娘从桌上拿起茶杯，将那碎鸡蛋双手捧到茶杯里。

"明天一早就要交蛋，你越帮越乱！"明贵气呼呼地吸起烟来。

"那就别数啦！你数得再仔细，人家收时不还是过秤的吗？"他娘火了。

"不数？不数人家在秤上捣鬼，十斤二十斤地骗你也白骗？那些家伙，都变着法儿想喝养鸡个体户的血哩！"明贵气呼呼地抛了烟，一脚踏灭，从墙角拎过只空筐，又重数。

"我越帮越忙不是？我不帮你数了！你一个人数去！"他娘嘟囔着离开了他的屋。

"四、六、八、十……"明贵只顾埋头认真数着。

她又不想见他了。

她知道，进了他的屋，他准会要她帮着数蛋。八筐，两个人也够数一阵子的。数错了，他也准会对她发火。

她转身悄悄离开了他家小院。而她急匆匆来时内心里那种强烈的欲望，变成了一股恼怒。恨不得闯入他屋去，将那八筐蛋统统砸碎。

她带着这股恼怒走到河边，在桥头旁坐了很久很久……

从小学校的方向，传来了一阵音乐声。大概那个省城里来的大学生，又在伴着这种使人情绪骚动的音乐独自跳什么"迪斯科"了。她真羡慕这个大学生啦！人家可无须跟那么多鸡那么多蛋打交道！人家活得是多么轻松多么自由！放暑假了，独自一人骑辆自行车，爱到哪里去就到哪里去，仿佛满世界都任他去似的。什么"运动旅行"。到了村里，听说小学校的女教师生孩子教不了课，就表示愿意留下来给小学生们代一个月课。村里的小学比省城里的大学迟一个多月才放假，好像那个女教师就是为了给这个大学生创造一次代课的机会，才不早不晚偏赶着他"运动旅行"到村里的前几天生孩子。村里人从没见过一位省城的大学生，对他的到来人人感到新奇，自是百般地尊敬着他。还答应给他五十元代课费。据说他随身带了一台价钱很贵的录音机，一有空儿就装上一盘"迪斯科"独自跳哇扭哇，村里人围住看他也丝毫不觉难为情。

秀秀听得入了神。她听不懂音乐，但她爱听音乐。什么音乐都爱听。她好几次央求爹买一台录音机，可爹就是不肯买。爹手里有了一笔钱就往银行里存。

"买那东西干啥？能吃还是能穿？"爹这么问。

"听呗！"

"听？谁听？"

"我听呗！"

"你有闲工夫听吗？"

"当然有！"

"你还有闲工夫？那就证明你爹整日是在一个人受累哩！往后我再多养它二百只鸡，看你还有没有闲工夫！"

爹吹胡子瞪眼地训斥她。不是没钱买不起，是有钱不给买。鸡下蛋，蛋变钱，爹究竟已经在银行里存了多少钱？她不知道准数。算起来总该有两万了吧？爹认为，有台十二英寸的黑白电视机看着就不错了，还想听音乐？！简直是"烧包"！

"你买这也舍不得花，买那也舍不得花，钱存在银行里到底想派啥用场？将来给你陪葬呀？"

她憋气，用当女儿的不该说的话抢白爹。

爹扬起巴掌要扇她，她慌忙躲开了。

"没眼光的东西！"爹骂道，"才养了四百只鸡你就觉着富得不行了吗？离我的奔头差远了呢！总有一天我要养到四千只！外国有这个大王那个大王，中国咋就不能有个养鸡大王？我才五十多岁，离死早着呢！不扑奔成一个养鸡大王，我死不瞑目！"

听了爹的话，她觉得自己今后的日子是一点迷人的色彩也没有了。她只盼着早日嫁过明贵家里去。她要劝明贵卖掉所有的鸡，小两口再对生活重新作一番打算。她和他都还年轻呀！她和他的生活可不该每天总是鸡啊蛋啊的呀！为了鸡为了蛋，累死累活，到爹那年纪，成了个养鸡大王和富婆，又怎么样呢？青春是一去不复返呀！明贵存在银行里的钱肯定比爹要多得多。小两口趁着年纪轻轻都去上学不好吗？考不上正牌大学，业余学校也行啊！剪裁班、摄影班、美术班、音乐班、外语班……这一行那一行的辅导班，如今县城里多着哪！只要交得起学费，谁都可以去学。学费花不了多少钱啊，明贵肯拿出他存款的十分之一就足够足够了！她相信只要她和明贵结了婚，明贵是会听她劝的……

她想得越来越远了，竟忘了洗衣服。她是把自己对未来生活的一切憧憬都寄托在明贵身上了。那憧憬是不明确的，然而是五彩缤纷的。反正不是鸡也不是蛋。她像爱美的小女孩儿希望将自己打扮得更美一样，本能地幻想着将自己年轻的生命和这样的生命所感受着的生活设计得美妙一些。人不靠自己来设计自己的生活那么靠谁来设计呢？

她怅怅地叹了口气。

不知什么东西落在手背上。她垂头一看，是一对儿交尾的红蜻蜓。孩子们管这种蜻蜓叫"红辣椒"。这样的一对儿蜻蜓，有时被孩子们捉到手了仍不分离。于是孩子们就会争论哪一只是公的哪一只是母的。

她不动手，唯恐惊飞了它们似的。它们的翅膀都垂了下来。它们是将她的手背当成一处安全的地方了。在下边的那只，吮着她手背的水珠儿。在上边的那只，身子一耸一耸的，似乎什么危险都不在乎。

上边的那只该是只公的吧？她想。多么小个东西，竟也会男欢女爱！"快活"得个情浓劲儿的！

村人们，将男女间事习惯地说成"快活"。也不知从哪辈子传下来的说法。初省人事的女孩子，听了"快活"两个字是要脸红的。如果不脸红，不被认为是痴傻，便被认为是轻佻。

她刚上中学那一年，河西村有个男孩儿，每天和她结伴而行，有天放学回家的路上，他问她："和我一块儿走，你咋啥话都不说呢？"

她回答："没那么些话说嘛！"

"我可是心里有啥话都想对你说。"

"你说我听着还不行？"

"只有和你在一起我才快活呢！"

她倏然羞红了脸。那完全是一种少女要证明自己纯洁无邪的本能。随即她就认定对方是将自己看成一个不正经的女孩子用下流语言进行挑逗了。于是她由羞而怒，骂了一句："你不要脸！"头也不回就往家跑。

她觉着自己是受了奇耻大辱，一跑回家，就哇的一声哭了。

娘问明了是怎么一回事，怒冲冲奔过桥，站在那男孩子家门外破口大骂了一通。那男孩子三天没上学，被他爹一巴掌打肿了脸。后来上学，再也不敢正视她一眼了，仿佛她是妖魔鬼怪。一直到他长大参军前，她和他再走对面，仍谁也不看谁，更不说话。

他留在部队上了，当了连长。有一年他回村探家，带回来了媳妇，还是个医生。看见过的人都说挺俊。她却没看见过。

县里的放映队来放电影的时候，在河西村的晒场上，她发现了他，由于一直铭记不忘的内疚，她没上前跟他说话。他也发现了她，看了她几眼，仿佛认不出她了，也没走过来跟她说话……

一对儿忘乎所以的红蜻蜓，一直在她手背上"快活"着。"快活"……那是一种什么样的快活呢？这世界上的一切：人啦，兽啦，鸟啦，虫啦，为什么就都懂得"快活"呢？上边那只红蜻蜓的身子仍在一耸一耸的……下边那只红蜻蜓服服帖帖的，一动也不动，她的手背感觉到了它的身子也在一下一下鼓缩……

她好像听到某种极轻微的声音……

其实她什么声音也没听到。

只有河水汩汩地流。而她连河流的声音也根本没有听到。四周寂静。她想象出来的那两种声音，似乎在这寂静之中变得愈加清楚，愈加强大了！她觉得她整个身体的血液，如同饮了烈酒一样在每一根血管里奔涌。她的心里又产生了某种渴望。更准确地说，是她的整个身体都本能地被引发了某种渴望。她那早已成熟了的女性的身体，是被那四百只母鸡和它们所下的一筐一筐的蛋每天劳累得疲竭极了！

那一对儿"快活"着的红蜻蜓飞起了一下，又缓缓落在她手背上，翅翼复垂。弓起的一耸一耸的红身子使她联想到了明贵强壮的身体。而下边那一只，她恍然觉得就是她自己。

她的心智简直迷乱晕荡得不行！她全身像通了电似的发颤不止。

206

她仇恨起那一对儿"快活"着的红蜻蜓来。她猛地将手拍入水中，企图淹死它们。

它们刚一沾水就飞起，盘绕了一小圈儿，飞走了。

她这才发现水面映着一个人的影子，吃一惊。慢慢扭过头去，见是那个省城里来的大学生。她第一次见到他，便立刻就能确定那人正是他。不知他站在自己身旁默默观察自己多久了？她认为她内心里那种强烈的饥渴般的欲念早已被他洞悉得透彻而无遗了。她感到万分羞耻，无地自容。一时不知应作出怎样的反应才不甚狼狈。

夕阳已经沉落了。夜幕正悄悄地降临。河面上的红晕消失了。水波闪着瓷般的亮光。四周是更寂静了。只有隐藏在附近的一只青蛙，不时呱地叫一声。

"洗衣服啊？"他用一种亲昵的语调问，像是问一个他很熟悉而且很喜欢接近的人。

"嗯。"她不自然地笑笑，就回过头，从水中捞起那件没洗干净的衣服，只顾洗，不再看他。

"怎么不白天洗啊？"他又问，走近她，蹲下了。

"白天没空呗！搭一晚上，明早太阳一出，晒会儿就干了。"她一边洗一边回答，仍未看他。

"你们这地方景色挺美呀！"

"是吗？"

"女孩子们也都长得挺秀，而且都挺爱干净，不像有些农村的女孩子们，没模没样，土里土气的！"

听他赞赏自己生长的这个地方和这里的女孩子们，她心里怪得意的，仿佛自己也受到赞赏似的。

"人生水土鸟生林呗！凡是外地人来了，也都说我们这儿的女孩子们长得挺秀，沾了好水土的光呗！"她低言低语回答。

"你们这儿的人语调也不土。"

"和城里人比起来，各方面总归是土哇！"

"城里人？哼，如今城里没几个好人……"他轻蔑地说。那种轻蔑，仿佛包含着对自己的诽谤。

她不由得停了手，侧转脸看着他问："那你自己呢？"

"我？……"朦胧的暮色之中，他苦笑了一下，坦率地说，"我也算不上一个好人……"

她呆呆地望着他，对他产生了种种迷惑和狐疑。

"我帮你洗一件吧？……"他说着，从水中捞起一件衣服。

"别，别！弄湿了你的衣服……"她慌忙放下自己正洗的那件，夺他捞起的那件，反倒弄了他一身水。

"真对不起……"她很有些窘。

"没关系，没关系……"他掏出手绢拭去了自己衣服上的水，然后替她拭胸襟上的水。

她的乳房感觉到了他那只手不经意间的触碰，她的脸又倏地一阵发烧。

"不用擦，不用擦……"她本能地向一旁躲闪着身子。

"真静啊！"他自言自语地说，揣起了手绢。

她坐正了身子，接着洗那件衣服。

他一动不动，若有所思地坐了一会儿，摸一块石子，打了一串儿水漂儿，随即站起身，说："我走了。"就走了。

她没吱声。等他走远了，她才望他。

　　　　你问我爱你有多深，

　　　　我爱你有几分？

　　　　你去想一想，

　　　　你去看一看，

　　　　月亮代表我的心。

......

他一边走，一边唱着这样的歌儿。她看不见他了，还能听到他的歌声：

> 深深的一段情，
> 已经打动我的心。
> 轻轻的一个吻，
> 叫我思念到如今。
> ......

他的歌儿又使她的心迷乱起来。她不禁抬头看天，圆圆的一个月亮悬在夜空。她心里忽然产生一种自哀自怜的巨大的委屈，像一个被生活也被生活中所有的人遗弃了的孤儿。她想哭。

谁正走在桥上，捎着一副担子，一前一后两只扁箩筐忽颤着。从那身影，她认出了是明贵。

他从哪儿回来呢？他那箩筐里是什么呢？

她无心继续洗衣服了，全从河里捞出来，三把两把拧去水，胡乱装进盆里，端起盆儿就奔他走。

"明贵！"离他十几步远，她叫他。

他走到她跟前了才认出她，奇怪地问："你……端个盆儿干吗？"

"我在河边洗衣服呗。望见你打桥上过我就迎来了！"

"我今天可是没少走路！"他边说边往前走，连站都没站一下。

"你上哪儿去了呀？"她只好跟随在他身旁。

"出远门了！"他步子大，她不紧走，就跟不上。听了他的话，她顿时想到，自己十几天没见着他了。

他身上散发股男人的大汗通身的气味。

"你……一直从县里走回来的呀？"

"那是！"

"还挑着这？"

"那是！"

七十多里呀，她心疼他，嗔怪道："没赶上车，就在县里住一夜呗！"

"前几天发那场大水，两处公路桥都冲坏了，三五日通不了车！我惦记着我那些鸡！"又是鸡！

"不是有雇的那个外地人吗？再说，我爹也会去你家照应啊！"

"雇的那个外地人我根本信不过。连你爹我也信不过！六百多只鸡，喂不好，一天少下多少蛋？又是多少钱？"他只管大步往前走，生怕站下跟她说几句话的时间里，他的鸡们又少下了许多蛋似的。

除了鸡，就是蛋；除了蛋，就是鸡。横着说是鸡和蛋，竖着说还是鸡和蛋。他们之间的话，无论怎么着说，总归是脱离不开鸡和蛋。无论怎么着说，也总归是落在一个"钱"字上。人啊，人！怎么越是有了钱，越是心里边除了钱就再也不装点别的了呢？

她气了。站住了。发现他走在桥上时那种激动的心情低落下去了。

他一个劲儿地往前走，也不回头看她一眼。

"你站下！"

他终于站下了，掮着担子半转过身，有些不耐烦地说："跟不上啊？亏我已经走了七十多里，还掮着担子呢！"

她小跑几步，追到他跟前，又是心疼又是赌气地瞪着他。

"有啥正题话你倒是说嘛！"

"你……箩筐里是什么？"她找话说。

"鸡雏子。"

鸡！鸡！鸡！永远是鸡！仿佛他自己也是只鸡，所以只能想到与鸡有关的事，不能想到与人有关的任何事。

"明贵，我真有些话跟你说。"

“我听着。”

“到前边小树林里我再对你说！”

“这儿说就不成？”

“不成。”

“还得多绕一段路……”他虽有几分不情愿，然而领先朝小树林走去。

天这会儿是完全黑下来了。村后的那片小树林，在月色下被神秘般的恬静捧住着。透过林隙，这里那里点缀着光亮，是户户人家的后窗。

她又叫住他，走到他跟前，用极温柔的声音说：“你拿盆儿，我捎担子吧！”

他一声不响，就放下担子，接过了盆儿。

她心里那一时刻充满了欢悦，脚步悠悠地和他并肩走着。从春季他央媒人到她家提亲算起，至如今她和他就没空儿单独在一起过。她不肯失去今天的机会。多好的月亮，多好的夜晚呢！

> 轻轻的一个吻，
>
> 叫我思念到如今。
>
> ……

省城里来的大学生唱的那歌儿，别的词儿她全忘了，只记住了末尾这两句。

……

走入小树林，她放下担子，用更加温柔的声音说：“你放下盆儿呀！”

他弯腰放下了盆儿，站在离她五六步远处，望着她，期待她再开口。

“你……过来呀！……”

“能听见你说啊……”他嘟哝了一句，但还是走到了她跟前。

她像只狸猫子似的，一纵就扑到了他怀中，同时伸张开两条胳膊，下死劲儿搂抱住了他那宽厚的胸膛，并将她火热的脸贴在他胸上。

"你……"

"我想死你了！梦里都想……"

他终于明白了她带他到这里的真实用意。……

就在这一时刻，他警觉地说："别出声，听……"

"不会有人……到这里来……"她闭着眼睛，双手搂着他的脖子，不放开他。

"不是人，可能是黄鼠狼！嘿，你放开我呀！……"

她硬是不肯放开他。

他粗暴地一巴掌打落她的手臂……

"哎，就是黄鼠狼嘛！把箩筐都咬破了，听见没有？快来帮我找找，兴许有小鸡钻出来了！"

她在原地不动。

"咕……咕咕咕咕，咕……咕咕咕咕……"黑暗中，他轻声唤着。

她从一种迷幻般的涅槃跌到了眼前的现实中。

"咕……咕咕咕咕，咕……咕咕咕咕……往哪儿跑！果然有小鸡钻出来了不是？肯定不止钻出一只！"

她望着他蹲在地上的黑影，一时恨得咬牙切齿。

他将捉住的那只小鸡塞入箩筐，走回到她身边，掏出烟吸起来。吸了几口，说："这两筐小鸡雏子都是新品种，我这趟专程从外省买回来的。先是要一块八的价，我就耐下心和人家讨价还价，末了人家降到一块五，再不肯降一分钱了。娘的，道上死了五只，把我心疼得不行！"

她一句话也不说。一句话也不想对他说了。

"有一筐是替你家买的。你爹若不高兴得眉开眼笑才怪哩！养好了，秋尾巴就能下蛋。两天下三个蛋！再养上几只好公鸡，渐渐地将来把我那六百只鸡都换换种儿，你算算能多下多少蛋，多赚多少钱？娘的，到那光景上，河东河西谁也甭想比我明贵更趁钱……"他喜滋滋地滔滔地说罢这番话，将烟头往地上一丢，奇怪地问："你干吗一句话不说？我们走呀！小鸡雏子们今晚可得好好喂一顿呢！"

她用极低的声音回答："你先走吧。"

"对，对，碰上个人，不尴不尬的。咱俩到底是还没结婚哪！……我这件衣服你替我洗了吧！……"他说着，脱下衣服扔给她。

她未接，衣服落在地上。

"背心都黏了，也给我洗了吧！"他连背心也脱了下来，和衣服扔到一块儿，光着脊梁，搿起担子，大步流星地走出林子去了。

她又缓缓坐在地上了。

月光这一片那一片洒进林中。满世界悄没声儿没点动静。

过了许久，她听到一只小鸡在她身旁叫，接着蹦到了她腿上。……

小学校的方向，隐隐传来了节奏疯狂的"迪斯科"音乐……

## 二

每个星期六上午十点半至十一点半的一小时之间，差不多总会有一个五十三四岁的人走入县城最大的一家储蓄所。他身材不高，一张黄面皮瓦刀脸，络腮胡子刮得黄中泛青，穿一件咖啡色的确良小褂，一条铁灰的卡裤子。他那件的确良小褂，早洗掉色，洗糟了，被叫作"的确良"的那种物质已不存在，只剩下机织的横经竖纬稀稀松松地连成衣服的样子。与其说这件小褂穿在他身上，毋宁说是一条"纱巾"裹在他身上更恰当。他又偏不将小褂扎在裤腰里，仿佛你对他吹口气，他那因为只剩下了稀稀松松的横经竖纬而显得肥肥大大的小褂就会扬一扬，俨然使他具有了些仙风道骨的飘逸劲儿。遗憾的是这种飘逸劲儿与他那张一看就知道没有文化但很有些农民式的狡黠的脸难以统一，反而显得滑稽可笑。他那条裤子并不比他的小褂强些，膝盖处打了两块补丁，两条裤腿却短了半尺，露出两截儿腿杆子，可能是从两条裤腿儿上各剪下来半尺补在膝盖处了。可谓农民式的聪明吧！

储蓄所的人们都认得他。写在存折上的"徐有德"三个字便是他的名字，这位徐有德便是秀秀的爹。这几年的夏季里，无论刮风下雨，他们老见他穿那一身衣服。

他差不多每个星期六都来存入三百元。其实他本不必到县城里来存钱。河西村有一个储蓄点，专为河西河东两村服务。他舍近而求远，是唯恐村里的人们知道他有钱。存折别人看不见，四百只鸡是看得见的，怎么能瞒得过人呢？这又足见他那农民的头脑中有狡黠也是有愚蠢的。他不仅怕本村熟人知道他有钱，也怕许多陌生人知道他有钱。所以他专赶十点半至十一点半这一个钟点内走入储蓄所。来的次数多了，他摸出规律了，知道这一个钟点内存钱取钱的人少。储蓄所的人们却是无法瞒过的。只要是有一个什么法子可瞒过，他是绝对想连他们也瞒过的。若说他是怕那笔血汗钱（也包含着女儿秀秀的一半血汗）被偷、被抢、被骗吧，存在储蓄所又是极安全的，断不会发生钱被偷走被抢走被骗走的事儿。而且他早已数次严峻地向储蓄所的人们交代过，除了他亲自来，任何人拿了他的存折来取钱都不许付给，一分也不许付给。即或他的存折果然被偷了被抢了被骗走了，也是没用的东西。而小偷要想偷他的钱，歹徒要想抢他的钱，是很难的，除非先杀了他。他每次来存的钱，都是锁在一个小铁盒里，一根有力的手用钳子费力才能钳断的铁链儿，将那小铁盒拴在皮带上，而铁盒又是放在拎兜里的，拎兜又是提在手中的。

连他自己也无法解释清楚，为什么那般害怕人们知道他有钱。这一点与有些由穷而富的农民时时处处事事喜欢显富夸富的心理恰恰相反。这有待心理学家们去分析。

若说他是怕别人知道他有钱而向他借钱，借了难还甚至根本不想还吧，自从有些人，其中包括他自己的和秀秀娘那一面的亲戚登门向他借钱，都碰了扎脑门的钉子后，再就没人登门向他借过钱了。

储蓄所的人们知道，他存的那笔钱，在本县的农民存户中，并非数目最大的，但也并非是不值得羡慕和向往的数目。二万九千元——只要他再到储蓄所来三次，就是三"大夯"了。本县的人们把一百元叫作"一锤"，一千元叫作"一耙"，一万元叫作"大夯"。这意味着每月有二百余元的利息——相当于本县县长的工资。他很有资格抖抖神气啦！

可这个徐有德依然伪装成一副穷样子，真叫他们百思不得其解。

"老徐这次存多少哇？"

"嗨，咱一个养鸡个体户，还能存多少哪！还是上次那个数呗，都不好意思拿出手哇！"他嘿嘿一笑，真不好意思拿出手似的。

他妈的，财神爷扮花子，谁看不出你富贵在心里呢！

他们暗暗咒骂他。像许多人一样，他们看着那些有了钱就故作腰缠万贯模样儿的家伙不顺眼，也看着那些有了钱仍唱穷的家伙不顺眼。

徐有德每次存钱后，照例到县百货公司逛一圈儿。什么也不买，只看。最吸引他的，是卖烟、酒、家具、服装以及录音机、电视机、摩托、洗衣机、电冰箱什么的高档商品柜台。对其他柜台，他毫无兴趣，连站也不会站一下。

他烟瘾不小，平时自己却一向吸的是叶子烟，不逢年过节或跟某些与他的养鸡事业有特殊关系的人们打交道，轻易不肯买盒烟。非买不可，选顶便宜的买。

"有德，存那么一大笔钱啦，也不买盒带嘴的烟吸吸？别太抠门儿了呀！这年头，物价飞涨着呢，有钱不花是大傻瓜！"

某些人难免向他说这类听似劝告实则挖苦的话。

他听得出来这类话中的挖苦意味，并不生气，嘿嘿一笑，慢条斯理地回答："你咋知道我存一大笔钱哪？谁存一大笔钱谁是王八蛋！养鸡赚那几个血汗钱，去了买饲料，又盖了新屋，早折腾得屌尽腔光啰！唉！……"

其实，他见了好烟如同馋嘴的孩子见了巧克力一样，而见了好酒如同见了好烟一样。在烟酒柜台前，他常常像块铁被吸铁石吸牢了似的：双臂放在柜台玻璃上，低俯着头，一寸一寸地移动身子，目光贪婪。

　　"你到底买不买？"售货员当然瞧不起像他这样的人。

　　"太贵了，一盒烟，四五元，简直不是人吸的呀！"他嘿嘿一笑，并不离去。

　　"不是人吸的是狗吸的吗？买不起一边凉快去！"售货员训斥他。

　　"哪能是狗吸的呢？神仙吸的，神仙吸的……"他又是嘿嘿一笑，试探地问，"零卖不？"

　　人家不稀搭理他，没好脸色地甩给他一盒。他拿在手中横过来看竖过来看，还将鼻子凑上去闻闻，说："我的意思是，不买一盒，买几支卖不？"

　　人家火了，一把夺回去："还掐几截儿卖呢！外边捡烟头儿吸吧！"

　　他只好恋恋不舍地离去，心里暗骂一句："娘的瞧不起穷人！"

　　有时他觉得自己是一个很有钱的人，有时觉得自己仍是一个很穷的人。觉得自己是一个很有钱的人，乃是因为他过去特别穷过，所谓纵向比较。觉得自己仍是一个很穷的人，乃是因为他本能地想到：如今政策放宽了，猪往前拱，鸡往后刨，发家致富，各有一着。八成比他更有钱的人多得是了吧？八成他们也像他似的，存着七万八万的，平常照旧唱穷吧？会不会某一天他自己在做着富梦，而实际上富起来了的他到了儿还是个穷人呢？这又所谓横向比较。他常常怀着这种不安的心理观察生活、观察别人，十分害怕别人也都像他一样富了起来，甚至变得比他更富。那他那种富了起来的欣慰，不但将被大大冲淡，而且可能不再是欣慰，倒是悲哀了。这种心理日日夜夜苦恼着他，使他不知该怎么办好。显富不妥，唱穷别扭。两种心理交替摆布他。富起来了的好心情是靠周围尚存大批大批的穷人维持的。比方是运动场上竞赛的运动员们，那冠军非有第二、第三和根本沾不上名次的竞赛者衬托着才能感到得意。

他对那些高档商品的占有欲非常之强烈。二十英寸的大彩电，他想占有；二百立升的双开门的电冰箱，他想占有；一千多元的双缸洗衣机，他想占有；像备齐了华彩鞍鞯的骏马一般的摩托车，他想占有；女儿秀秀几次苦苦哀求他买一台的录音机，他想占有，不过不是女儿所说的那种二百多元的，而是那种最高级的。一切代表现代化生活水平的东西，不论对他自己对他的家需要不需要，他都想占有，但又都舍不得花钱买下来。他对那些东西的占有欲的确是非常之强烈的。但他对钱的占有欲又十倍百倍地强烈过对那些东西的占有欲。钱一旦买了东西，他则会觉得自己的占有欲不但没能满足，反而大大落空了。只要有钱就好，只要有钱就是真富。钱能买下那许多东西，因而钱显然比那许多东西更重要，因而怎能将更重要的钱换成那些与钱相比又不甚重要了的东西呢？他对那些东西的占有欲在完全可以买回家去的一个有钱人的心态的安抚下游弋着，萌动着。他喜欢体味这么一种心态。有足够的钱完全可以买下那每一样价格很贵的东西，时时想买而又终于不买，终于不买而又特别想买，对自己这种心态的无休无止的体味、抑制与鼓励，给他的内心带来别人没法儿揣摩没法儿理解的乐趣。他认为这正是一个有钱人的真正的乐趣。兴许正是怕失去体味这种乐趣的条件，他才不买那些东西。这是一种精神占有术，但又不能说就是阿Q那种精神占有术。阿Q对吴妈的及赵家女人们花床的那种占有欲，毕竟只能在梦中实现。而他的占有欲，要什么时候实现，就能什么时候实现。那是有钱的人才有资格获得的精神上和心理上的特殊的享受。不错，是一种特殊的享受。因为他可以设想那些东西，他欲占有的一切东西，包括那些好烟好酒，已经是他的东西了，不过暂时存放在百货公司罢了。正如他那笔钱存在储蓄所里。

他的头脑还常犯猜疑：这些高档商品怎么不见有人买呢？难道都买不起？不可能吧？据我所知，富了起来很有些钱的人，县里是另有几位的呀？我徐有德不买，他们为何也不买呢？哦，是了是了，他们八成是单等着我来买！我买了，我的钱便少了！岂不显出他们更有钱了吗？他们岂不在我面前会显得要多神气有多神气，而我与他们相比岂不矮一头了吗？人心真是太狡猾太奸诈了呀！

他仿佛看到了生活向他设下的一个大陷阱似的。

我徐有德才不会上他娘的这个当呢！于是他便觉得自己在一场战役中胜利了。

这一战役上的胜利却并不能终止他逛百货公司的瘾。因为他那种特殊的精神上和心理上的享受，也早已成了瘾。

"在战略上藐视敌人，在战术上重视敌人。"新屋是盖起来了，旧院墙还未推倒。"文革"中用白灰写在旧院墙上的一条"最高指示"还依稀可辨。那时他的"敌人"是队长、支书，斗他们是"文革"中天经地义的事儿。全村人都斗他们，他也跟着斗。不斗白不斗啊！斗了总归能证明自己是"革命"的，也就同时保护了自己不被别人斗。如今队长和支书倒对他不记前仇，反而刮目相待，时时套点儿近乎。因为他富了，有钱了。

他老觉着如今他的"敌人"无疑是比"文革"中多了起来，而且日渐其多。所有一切那些已经像他一样富起来的、正在富起来的和想要富起来的人，他认为可能都是他的"敌人"或将成为他的"敌人"。他老希望那些像他一样富起来的遭到什么天灾人祸而由富再变穷，希望那些正一天天富起来的永远不能像他一样真正富起来，希望那些想要富起来的永远是痴心妄想，全县永远只有他一家真正富并永远永远都是最富的户。必然地，他认为那些已经像他一样富了起来，储蓄所里存入了几万元的人，也不容置疑地有着与他相同的野心，也不容置疑地暗暗将他视为"敌人"。在县储蓄所里，他以自己那种农民式的敏锐发现，存钱的人是越来越多了，相比之下取钱的却越来越少。他不能不认为这是一个值得十分提高警惕的"新动向"。而县百货公司那些高档商品，可以说出现了滞销。这是又一个明证，有许多看不见的"敌人"确实存在着。他们处心积虑地预备以他们的暗地里的更富，有朝一日将好不容易富了起来的他挤出行列，比成穷人。这种危机感，这种担忧，使他的心理负荷越来越沉重，压迫着他，不断地催促着他：存钱，存钱，赶快存钱！并告诫着他：别花，别花，千万别花！唉唉！富起来了有富起来了之后的苦恼和郁闷啊！忧情愁绪何人晓？

今天，他存了钱，又信步来到百货公司。在一楼，烟酒柜台的那个售货员姑娘，没等他走过去就发现了他，顿时耷拉下那张擦了过多的什么"增白露"之类的柿饼脸，操起鸡毛掸子掸柜台，两眼活像瞪着个贼似的瞪着他，那意思是：你再敢往我柜台上趴？再敢我就豁出这个月的奖金不要了给你几下！

他迟疑片刻，没走过去。他想：人有脸，树有皮，我五十多岁的人了，才不在你这个小丫头片子面前自讨没趣哩！于是打鼻孔里轻蔑地哼出一声，心说："眼浅的东西！我徐有德存着的那笔钱，若是全取出来往你柜台上一堆，想要把你买下来，八成你也会乐得不得了！"

他倒背双手，俨然一位中央商业部门光临视察的大干部派头，晃着膀子，不慌不忙地踏上了二楼。

二楼的情形今日不比往常，不少人争相选购高档商品。

嗯？……

他颇犯疑惑。一问才知，今日那些滞销的高档商品削价处理。县城里的人们自有他们应付商品价格浮动的策略。你不是又涨了吗？好吧，你涨你的，我干脆来个不买！你有千条妙计，我有一定之规。县百货公司吃不消了。他们犯了主观主义的错误，片面相信了报上、广播里关于"人民群众购买力大大提高"的宣传，到头来还是斗不过这个县城里的"人民群众"，只好削价处理。"群众是真正的英雄"嘛！

"有钱就买吧！大削价了还不买，那是真傻瓜！过这村儿没这店啦！听小道消息传，一个月后这些东西的价格还要涨呢！"

还要涨？……娘的腿！

物价继续涨，意味着徐有德存在银行里那一大笔钱将继续地不值钱！他并非根本不在乎这一点，他是在乎得很哪！生活在县里城里的人们还有涨工资这一说，乡下的农民哩？娘的腿！鸡蛋咋就不涨到七元八元一斤呢？他是在乎得很而又丝毫没法儿想！平日里只好不去想。今日身临其境，再不想可是白扛着一颗半点儿也不愚蠢的脑袋啦。

他呆呆地想了想，终于下决心也要买一件什么东西。买削价商品，能使人们普遍获得一种占了便宜的心理满足。

便宜摆在眼前不能都让别人占去了！他想。

接着就往柜台前挤。

二十英寸的大彩电，国产的，削价三百元——恰恰等于他今天刚存入储蓄所的钱数。削价三百元也还是一千八百多元的价格呀！买了，又等于支出他五六次才能存到的钱数！五六次！娘的腿！还是太贵！家里那台九英寸的黑白电视一样看！何况他也根本没工夫看电视，不买！

电冰箱……削价二百元，也算个可以考虑占不占的便宜。不过一个农民家里摆电冰箱干吗？放剩菜剩饭？若剩了，全家每人多吃几口就打扫了——不是从来如此的吗？用不上，不买。

洗衣机——闲着秀秀娘那双手干吗？再说还有秀秀忙里偷闲帮着。再说全家每人的衣服都有限的几件，洗次数多了，没穿坏倒洗坏了！……

最后，他的目光落在一排录音机上。他又一次想到了女儿秀秀。女儿的双手不仅忙里偷"闲"能再干点儿什么其他的活儿，两只耳朵也确实需要听到"咯咯嗒"之外的某种更好听的声音吧？对于他自己来说，"咯咯嗒"是世界上最好听的声音，是无比悦耳的音乐。但女儿的耳朵，似乎就跟他的耳朵有些大不相同了。他是明白这一点的。

唉，唉！女儿也真是个好女儿，真是个能干的女儿啊！半个家，甚至大半个家，是担在女儿肩上的呀！四百只鸡，也是全靠女儿养着哩！

他不过是隔几天往县里送一次蛋，从县里往回拉一次饲料。女儿还要帮她娘做饭，还要洗衣服，还要侍弄菜地……从小长这么大，女儿就没跟他这个当父亲的过上一天悠闲自在的日子。生活很穷那些年如此，生活富了这三四年还是如此。他心里竟有几分内疚，有几分酸楚起来，觉得对不起女儿。

唉，秀秀，秀秀，爹今天就豁出这一把，给你买台录音机吧！他心中涌起一股对自己女儿的大慈大悲之情，打定了主意。

"同志，同志，哪台削价顶多？哪台？哪台？……"他扯住售货员的一只袖口，不让售货员走向别人。

"削价顶多的一台刚卖出去！这一台削价也不算少，三百来元呢！买不买？不买一会儿也卖出去了你可别后悔！……"

迟了一步：最大的一个便宜让别人占去了！他不无失落感，连声回答："买，买！我买下了！"生怕这第二大的一个便宜又被别人抢占去。

人家就将那台录音机从货架上搬下，放在柜台上："进口的，六个喇叭，双音箱。哪儿都没毛病，就是摆的时间久了点不那么崭新了。县城里的人不识货，这在省城想买还买不到哩！原价一千六百七十元，现价一千三百九十元，老乡掏钱吧！"

那售货员很懂得买卖心理，热情饱满地向他推荐。

一千三百九十？！……娘的腿！削了三百多元的价还这么贵！

他犹豫起来。一千三百九十哇！而且并不是货架上最大的一台。

"你到底买不买？"人家催促他。对方为什么又那样急切地想要推销给自己呢？……这就可疑！他自认为也是懂得一点儿买卖心理学的。有些商店，为了卖出长期积压的存货，故意到处张贴削价告示，其实并没削价，欺骗人们买罢了！这样的事儿他是听说过的。稳住心思，千万莫上了当！他暗暗对自己说，不仅犹豫而且警惕起来。

"我……再考虑考虑……"他嗫嚅道。

"那你别扯住我袖子好不好？"对方扫了一大兴，挣开了他的手。

"哎，我买，我买定了！"一个小伙子，看那衣着是县城里的人，一只手也扯住了售货员的袖子，同时另一只手就拉开了小黑皮包链儿。

他眼睁睁地看着人家数清钱，一手对一手交了。

什么东西！钻空子占便宜！……

虽然他已经根本不想买那台录音机了，但见第三者当着他的面儿买了去，心里总不免别扭。

"县城里没识货的人？埋汰我们县城里的人！"那小伙子抱起录音机要走时，眉飞色舞地说。

"别挑礼，没指你！"那售货员赔个笑脸，尔后横了徐有德一眼。

他心里那个气！

"你把旁边儿那大的给我搬来！"他又看中了一台。

售货员就从货架上搬下来。不过没搬给他，搬给别人了。

"哎，你怎么不搬我？！"他急了。

"人家比你先看中的。"售货员爱理不理地说，"我又不是为你一个服务的！"

"你没开口前我就跟售货员说过好几声了！"那人替售货员向他解释。

得了便宜卖乖！他心里又一次暗骂。却只有眼睁睁地看着别人将这台录音机也买走了的份儿。

"红梅牌的！……"

"我要红梅牌左边的那台，对，对，就是那台凯歌牌的！……"

一只只手指向货架。

售货员不理睬他，忙于应对那些人去了。

货架渐空。人也渐少。

他突然大吼一嗓子："嗨你！……"

售货员吃一惊，扭头瞪着他冷冷地问："吼什么你？吼什么你？……"

他一指售货员，雷霆大发起来："我告诉你听着，我可不是那买不起的主儿！老子存得有一大笔钱哩，能把你货架子买光！你看人下菜碟儿，不理我光理别人？我不过就是想买台称心如意的，挑选挑选！……"

售货员倒被他逗得喷儿一声笑了，说："好，好，先理你这位财大气粗的！"说着走过来，平心静气地问："您要挑选一台什么样儿的？您讲吧，我帮您参谋。"

"我……"他的嗓门儿降低了，难为情地嘿嘿一笑，"就把削了价也是最便宜的一台搬给我吧！"

"原来如此。"售货员又笑了笑，转身靠着柜台，朝货架上扫了一遍，将最不起眼儿的一台搬下放在他面前："原价三百四十，削价四十，三百整，声音还可以。"

才削价四十！最小的一个便宜。价钱他倒十分满意。秀哇秀，爹今天可完全是为你豁出这一把的呀！

"能不能……再削点儿？……"他商量道。

售货员耸了一下肩膀："这可不是我能做主的事儿……"又显出不耐烦的样子来。

"中，中！再一点儿不削我也买了！……"他这才想起自己身上只有一元多钱。"哎呀，你看我，没带钱！这么着好同志，我求求您啦，这一台您千万替我留着别卖出去！我现在就到储蓄所取钱去，十分八分钟准回来！"他涨红着脸说。

"好吧，快去快回！"售货员重新将那台录音机搬起放回货架。

他一转身就噔噔噔下楼了。

好在县城不大，百货公司离储蓄所不甚远。他一溜儿小跑，来到储蓄所。若迟几步，储蓄员们就关门午休了。

"徐有德，你怎么又回来了？"见他那种慌慌张张的样子，储蓄员们皆诧。

"我取钱，我取钱……"他一迭声地说，"取钱。"

"我们还以为你在我们这儿丢了多少钱呢！"

"你可是光存不取的啊，今天太阳从西边出来啦！"

"刚才逛百货公司去了吧？见着啥非买不可的东西了？"

储蓄员们七嘴八舌地问他，觉得他这个人取钱对他们来说简直是一大新闻。

他挠挠头嘿嘿嘿笑道："给我那女儿买台录音机！"

……

他终于拎着那台录音机离开了百货公司，一边往长途车站走去，一边想象着女儿见到录音机时的高兴劲儿，心情挺愉快。对女儿怀有的那种潜在的内疚感消失得无影无踪。他认为自己该是很对得起女儿的啦。

车站有十几个等车的人，其中一个小伙儿和一个姑娘，老瞥他的录音机。看他们那挽着胳膊握着手的亲昵劲儿，准是刚刚开始相好不久的一对儿。

那小伙子搭讪着问："刚买的？"

"刚买的。"他显耀地将录音机拎高了一些。

"声音好吗？"

"当然好喽！不好我能买？"

"多少钱？"

"原价三百四十，削价四十。我倒不是因为削价才买，我女儿早就喜欢这么个东西！"

那小伙子笑笑，不再问。

那姑娘将小伙子轻轻扯到一旁，嘀嘀咕咕又是埋怨又是怂恿地说了些什么。小伙子似乎有点不愿意，姑娘就扭身不理小伙子。

小伙子回头看他一眼，哄了姑娘几句，又走到他跟前，十分恭敬地说："大叔，想跟您商量个事儿……"

"嗯？……"他看出他们是在打他这台录音机的主意，将录音机双手抱在怀里，暗暗提防对方一下子夺了去就跑。

"咱们到一旁说吧！"

"不！……"

"那……在这儿说也行。我想买您这台录音机！"

"我刚买的，干吗卖给你呀！"他躲开了小伙子几步。

小伙子凑过来，继续说："大叔，您别急！您也别躲我，我绝不会抢您的。是这么回事儿，我们今天专为到县城来买录音机，可没承想赶上今天大削价，空手而归，您想我们有多扫兴呢？……"

他仰起脸，佯装看天。心说：那是你们运气不好，与我有什么相干？

小伙子不死心，恳求道："大叔，您把这台录音机卖给我，我俩事成之后，我天天祝祷着您长命百岁还不行吗？"

他无动于衷。心说：我活一百岁干吗？能活个七十来岁就活够了！

"大叔，我可是想按原价买您的！"

"嗯？……"他不再仰脸看天了，不由得瞅了对方一眼，半信半疑。

"真的！"

"这……"他沉吟着。

周围的人们都在瞧着他们，默默听着他们之间的话。

"咱们一边谈……"这回轮到他腾出只手，将小伙子扯一边去了。

"你刚才怎么说？"

"按原价买。"

"一言为定？"

"一言为定！"

"你……不用再跟她……商议商议了吗？"若是他接过了钱，对方接过了录音机，那姑娘再觉着吃了亏，对方再反悔，当着那些人的面演一出戏，多么臊得慌！他是极护脸面的人，不能不提防这一招儿。

小伙子一笑，说："大叔，用不着商议。花的是我的钱，又不是花她的钱。我们还在谈着看的阶段呢，这时候我在她身上花多少钱她也不会责怪我的。您若真肯照原价卖给我，我心里就非常非常感激您啦！"

"你的钱可带在身上的吗？"

"带在身上，带在身上！"

"好，那我卖给你啦！算是我积一次小德吧！"

小伙子便探手兜内，取出一个牛皮纸信封，从中抽出一沓钱，急切地数起来。

他将录音机挟在腋下，从小伙子手中接过钱，又细数了一遍，三百四十——三十四张"大团结"。

"录音机归你啦！你今天碰到我，算你运气！"他说着，将录音机递给了小伙子，抽身便走。

三百元，存了，又取出来，这中间就变成了三百四十！实实在在不大不小的一个便宜啊！虽说跑了几趟腿吧，那也太值了呀！他不等车了。他要再把这三百四十元存到储蓄所去。他头也不回，越走越快，怕那小伙子忽然反悔追上来。

小伙子没反悔。

他再次出现于储蓄所，存那三百四十元时，使储蓄员们一个个又是一番诧异……

他回到村里，已是下午四点多了。刚走入小院，他站住了。一阵"乞赤咔嚓乞赤咔嚓"的音乐，响自女儿的房间。从敞开的窗口，他看见了女儿半截儿身子，在"乞赤咔嚓"的音乐声中仿佛也"乞赤咔嚓"似的扭摆着。他不相信自己的耳朵，不相信自己的眼睛，不相信那疯疯癫癫扭摆着的是自己的女儿。然而那无疑是自己的女儿。她那苗条的身子好像马上要在"乞赤咔嚓"的音乐声中扭摆得"乞赤咔嚓"地散架了！她的头随着腰胯的扭摆，一忽儿低下去，一忽儿扬起来。她那披散的长发就一忽儿瀑布般地遮面而"泻"，一忽儿乌云般地冲天而"飞"！她分明是陷入了一种忘乎所以的境界。

此时此刻的秀秀，的的确确是陷入一种忘乎所以的境界。她感觉那"迪斯科"音乐如同一股猛烈的飓风，而她自己如同一根羽毛、一片叶子，被啸卷在它的旋涡中心，悠悠地扶摇直上，疾扬迅转，飘飘地自在降下，徐舒慢展。她整个儿是身不由己。她并不会跳什么"迪斯科",她不过是伴着那猛烈的音乐猛烈运动着罢了。在如此这般猛烈的运动中,鸡和蛋以及一切一切与鸡与蛋相关的事,统统从她的头脑中甩到十万八千里外去了!她没了思想,也没了思想的羁绊,没了欲望的冲动,没了愁烦的苦闷。她但愿那猛烈的音乐别停止别停止永远也别停止,但愿自己任情任意地跳下去跳下去跳下去永永远远地跳下去。

从鸡的世界蛋的世界解脱出来了,她感到是多么称心愉快,多么称心愉快啊!

啪!一截儿劈柴突然飞进屋里,险些砸到她身上。

她顿时停止了,气喘吁吁,汗湿面颊。长发垂在脸上。她将长发撩到颈后,一眼瞅见爹站在院当中,怒目金刚似的瞪着她。

像个什么样子!快做媳妇的大姑娘了,疯疯癫癫也不怕外人看到了耻笑!

徐有德气得不行,他是个要脸面的人!他不能容忍女儿给他也给她自己招致众口非议!

秀秀慌忙关上录音机。飓风般的音乐戛然而止。

满世界原来是无边无际的燥热,可她跳着的时候却一点儿也不觉得热,倒觉得风凉。

徐有德几步跨到女儿窗前,铁青着脸问:"鸡喂饱了吗?"

"喂饱了。"女儿怯怯地回答。

"鸡房打扫过了吗?"

"打扫过了。"

"下的蛋都收了吗?"

"收了。"

"一麻袋鸡毛挑拣过了吗?"

"这……没腾出空儿……"

自从县农副产品公司开始收购鸡鸭鹅毛,那些下蛋少的鸡被他毫不怜悯地杀掉之后,拔下的鸡毛已渐渐积攒了充充实实的一大麻袋。如果不经挑拣就卖，只能卖个平价。挑拣后再卖，绒毛、羽毛、翅翎论等分价，能多卖些钱。他今天在县里路过农副产品公司时，看见了告示——一个星期后不收了。积攒许久才一大麻袋之多的鸡毛，这星期内不挑拣出来送到县里去卖，就换不成钱了！他一路都在想着这件事儿，怕回到家里又忘了。

"你！……没腾出空儿？那你倒有空抽羊角风！……"他厉声怒斥。

唉，唉！二十岁的大姑娘了，怎么就不知道钱是何等重要的哩？怎么就不知道和他这当爹的两股心劲儿拧成一股心劲儿赚钱哩？女儿若是再小几岁，他真恨不得扇她几巴掌！

秀秀一声不吱，垂下头去。

秀秀娘从西屋走出来，双手粘着面，息事宁人地说："他爹，你刚回来，不进屋喝杯水，歇歇脚儿，对咱秀秀大吼大叫什么呀！"

他这才跟随秀秀娘走入西屋。

秀秀缓缓坐在床沿发起呆来。总是这样。多少次了总是这样。每当她刚刚觉得从鸡的世界蛋的世界挣脱出一会儿，哪怕是一小会儿，爹就将她连推带搡非训则骂地驱赶回鸡的世界蛋的世界。

不是爹便是明贵。

爹认为，她不在鸡的世界蛋的世界里从早忙到黑，是大逆不道的。

"咱秀都二十的大姑娘了，年底就是明贵家的人了，你当爹的对她有什么火气不好强压点吗？"娘的声音。

"正为这，我一想便烦！她嫁过去后，鸡靠我一人养？"爹的声音。

"雇个人呗！明贵家不是雇了个人吗？"

"雇个人每月得给人家工钱哩！还得管吃！你当我不知明贵那小子的如意算盘！将咱秀娶了过去，他准辞去雇的那个人！养鸡的活儿咱秀样样通了，打着灯笼他也再难找咱秀那么个好帮手！"

"我不信明贵是这么个算盘！"

"你不信就等着瞧！"

"那当初咱俩商议时可你先点的头！"

"你愚哩！我能不点吗？不点头，明贵那小子若是娶了别人家女儿，河东河西，他是养鸡个体户的头一个能人了，日后还不和咱们处处争高下啊！"

"你别说了！越说越诡谋！让咱秀听了，心里咋个想法？"

"这些话哪天还非得对她说穿不可哩！明贵那小子有他的如意算盘，我有我的长远打算！等咱秀当了他的家，劝他将他家那六百只鸡合过咱家这边来，他就掉进我的陷阱了！"

"你！……老东西！你是一心以少吃多哩！"

"我养育这么大个女儿，白嫁给他就对理吗？"

秀秀听着，吧嗒吧嗒落下了泪。

一会儿，爹走入她屋里，问："录音机哪来的？"

她不回答，也不拭泪。

爹一再逼问。

"买的。"她伤心地别转脸。

"买……的？……你哪来的钱？！"

"我……我自己攒的贴己钱……"

"贴己……钱？！好哇！你是越长大越有出息了！倒会背着我攒钱！……"

当爹的痛心疾首地吼叫。女儿背着他搞起自己的"小钱库"来，使他觉得女儿简直如同"内奸"如同"叛徒"一样可恨！

"你说！你今天给我从实招来，你平日里昧了多少钱？怎么昧的？啊？！……"他双手抓住女儿的肩膀摇晃着。

秀秀被摇晃得火了，使劲儿推开爹，倏然站起，大声说："我就是个长工，也得拿工钱！"

娘也慌慌地奔进来了，插身于父女二人之间，袒护地对一家之主说："哎呀，你想把秀怎么着哇？她能昧你几多钱？还不是背着你偷偷卖了几次蛋吗？总共才积攒下一百五六十元钱，对人家省城里来的那大学生的录音机喜欢得不行，人家见她喜欢得怪可怜的，愿折半价卖给她，回家跟我商议，我点头了，孩子她才敢买下来，刚听没多会儿，你就吆五喝六地不让她安静！……"

一百五六十元！一百五六十元啊！他进县城一次，也不过就能存三百元！在老伴和女儿眼中，一百五六十元居然算个小数！他瞥了那台录音机一眼，不大个东西，而且旧了，值一百五六十元才怪哩！他今天舍下老脸，赚了四十元，女儿却舍下嫩脸，手一撒花掉了四个四十！怎么花的时候手就不打抖呢？

"你给我退回去！"

"不退！"

"不退我揍死你！"

"揍死我也不退！"

他这会儿的心理，恰与在县百货公司要给女儿买下一台录音机时截然相反。当时他心中涌起的是一股内疚的温情，这会儿他心中往上蹿着恼怒的火苗，觉得背着他搞"小钱库"的女儿才更应该感到内疚，感到对不起他。当时那种争先恐后地买与卖的氛围影响着他，那种生怕没占到什么便宜的心态支配着他。这会儿他自认为面对的是一个无可辩驳的吃亏上当的典型事例，反面教员是自己的女儿，受到真正损失的又是他这当父亲的。什么别的损失他都可以忍受，精神的、心理的，乃至他所十分看重的脸面的。唯独钱上的损失，他无法忍受！是可忍，孰不可忍？！

他是非要打秀秀不可了！

老伴儿却像母鸡护小鸡似的，伸展着双臂，勇敢无畏地将秀秀保护在身后，一边着急地说："秀，快跑呀！傻孩子你快跑出去躲会儿呀！"

这时，家庭的第四个成员像后边有只狗追咬着似的冲进了姐姐屋，气急败坏地说："还吵哩，你们还吵哩，都快看看去吧，明贵哥替咱家买的那些小鸡雏，被黄鼠狼子咬死了一大半哩！"

徐有德脑袋嗡地一响，两腿一软，扑通坐在地上，两眼瞪得直勾勾的，那如呆如痴的样子十分吓人。

唬得个老伴儿慌乱了手脚，拽住他一条胳膊，要把他扯起来，哪里扯得起来！

"秀，秀！还不帮我把你爹搀到床上去呀？"

秀秀哇地哭了，一扭身跑出屋去，直往河边跑。

只有它，才能给予她的内心一些平静和安慰。只有它是永远不跟她说鸡说蛋的……

# 三

河东河西两村，原本是一个村，在河东。三年自然灾害期间，全村半数以上的人家，拖儿带女，背井离乡去逃荒。他们归来时，泥屋土墙受着风蚀雨侵，颓败得没法儿住了。又赶上胭脂河那一年发大水，将河东泡在一片汪洋之中。河西地势高些，比起河东来，能寻到个不陷腿的落脚处，他们便在河西重打井另建村。如今两村人口倒也发展得差不多相等了。

明贵家与秀秀家原本是一墙之隔的近邻。明贵家在河西落脚生根后，秀秀爹便推倒那堵墙，占了明贵家的院落。以后就连明贵家的旧屋也"征用"了。明贵他爹赵长福是个老实厚道的人，碍着两家曾是近邻的情面，从未置一词。两家河东河西经常走动着，关系一如既往。

农村大搞"一打三反"那一年，赵长福从麦场上偷了半麻袋麦子。看麦场的人揭发了，被民兵们五花大绑逮到"反省队"去了。

"你偷几遭了？"

"只此一遭。"

"胡说！你要老实交代！"

"只此一遭，信不信由你们！"

民兵们审问时，他态度极不"老实"。

"你偷的麦呢？"

"早磨成面了。"

"面呢？"

"全家早吃进肚里了！"

"你知罪吗？"

"饿急了，不知什么叫罪！你们爱怎么发落就随你们怎么发落！我赵长福今儿个一百多斤反正是交给你们了，要我跪地求饶办不到！"

老实厚道之人一旦豁出去了，那是会变得比石头铁块还硬几分的。他在民兵们面前，一副任剐任割，但请速死的气概。

和他一样，腰带也是将瘪肚子刹得紧而又紧的民兵们，那年头因为饥饿变得更凶。他们将他吊起来毒打。他们越是毒打他，企图将他打服，他则越不服，反而破口大骂他们。

明贵娘扯着小明贵，前去替丈夫求饶。她跪在民兵们面前，磕头如捣蒜。拽倒了儿子，也迫使儿子跪在民兵们面前磕头。

"你娘俩给我起来！"吊在半空的赵长福怒吼。

"他爹，你就说句软话，认个错吧！"明贵娘跪行过去，托着丈夫的双腿，哭哭啼啼，苦苦哀求。

他一脚将女人蹬开，瞅定儿子那张恐惧的小脸说："明贵，你若是爹的好儿子，你就为爹站起来！"

小明贵便慢慢从地上站了起来。

"爹问你，白面馍好吃不？"

"好吃……"

"还想吃吗？"

"还……想吃……"

"那爹往后就还要为你偷！只要我儿能吃饱肚子，爹不怕他们打！……"

民兵们气得没法儿想，可又毕竟不忍心下狠手打死他，只好对他的女人说，限三天交五十元"赎罪钱"，便放了她。

五十元，在那年头，对河东河西两村的人家来说，都不是一笔小数目。明贵娘扯着小明贵挨户求爷爷告奶奶地借。村人们中有许多从内心里怪可怜赵家的，但大抵都拿不出十元或者五元一张的人民币来。能借给娘俩的，也不过是毛票凑起来的三两元而已。有点压箱底儿钱的，又不肯多借给他们，怕赵家日后赖账不还。而且有一个想法大大削减了他们的同情心：你家孩子知道白面馍好吃，我家孩子就不知道白面馍好吃？偷了队上的麦子，还不等于偷了我们的一样？吃饱了你们娘俩的肚子，我们凭什么借钱给你们娘俩？赎出你们那个丈夫那个爹，他不扬言还要继续偷的吗？……

娘俩最后过了河，借到了徐家门上，徐家当年养的一口肥猪，已长到了三百来斤。

"有德兄弟看在俺娘俩分上，你家就把那口猪宰了吧！半扇猪能换回明贵他爹一条命啊！日后还不上你半扇猪的钱，明贵长大了给你当干儿，报答你的恩……"

"老嫂子，这个……这个事儿，咱们再慢慢合计，兴许托个人情，就不需交那五十元'赎罪钱'了呢！我出这个主张，也全是为你们家好……"徐有德吞吞吐吐，不松口宰那口猪。他实在舍不得为赵家"贡献"出半扇猪。那口猪从二十来斤的小猪娃养到三百来斤，在那年头有多么的不容易啊！他家也欠了队上一笔债，单等着宰了那口猪顶债呢！

明贵娘拽着儿子又给秀秀爹跪下了，并对儿子说："快给你有德叔磕头，帮娘求你有德叔救救你爹呀！"

小明贵就磕了几个响头，哭起来说："叔，你救救俺爹吧！……"

在民兵们的面前，他并没哭，心里更多的是恐惧。他那幼小的心灵中，认为别人救不了爹，所说的那些怜悯话也是虚情假意的，但却相信有德叔是会真心救爹的，也是能够救爹的。那口三百来斤的猪的半扇肉，肯定可以交换回爹来。

半扇猪肉还抵不上半麻袋麦子吗？

秀秀娘在一旁鼻子发酸，看不过去，扶起这娘俩，好言安慰道："明贵他娘，你放心，这口猪杀定了，我做主啦！明日就杀！后日保证让明贵他爹和你们母子团圆！拿出半条命，我家这三口（当时秀秀的弟弟还未出世），谁我也舍不得，拿半扇猪还舍不得吗？多年的好邻居，这个节骨眼儿上不相帮一把，什么时候相帮……"

明贵娘听秀秀娘说得信誓旦旦，有情有义，千恩万谢地领着明贵回家去了。

娘俩走后，徐有德将自己的女人臭骂了一顿："什么时候也少不了你多嘴多舌！我就不信，我徐有德不舍出半扇猪，他们敢将明贵他爹打死！再说挨打那是他自讨的！谁叫他充硬？我们为他舍出半扇猪去，别人还会猜疑他偷的麦子也分给我们了呢！就你有菩萨心肠！等到年底再杀，那猪还能长三四十斤肉！……"

秀秀娘从来当不了这个家，更做不了什么主，被骂得连声儿也不敢吱。

第二天，徐家并未杀猪，明贵爹并未被放回。

第三天，徐家还未杀猪，明贵爹自然还是未被放回。

娘俩盼着第四天、第五天……

第四天第五天仍未听说徐家张罗杀猪……

明贵娘跪也跪了，求也求了，没个脸再到徐家问，打发小明贵问。秀秀娘对他说："你有德叔出门了，待他回来我催他！"

第一次秀秀娘是这么说。

第二次秀秀娘是这么说。

第三次秀秀娘还是这么说。

小明贵三次都看见徐家那口大肥猪躺在院子里晒膘，没看见"有德叔"。其实"有德叔"三次都在家。不过见他进了院，躲在另屋不露面儿。

徐有德倒是说得不错，"赎罪钱"没交，民兵们并未敢将赵长福打死。

半月后，他终于被用门板抬着送回了家。

他已被折磨得不成个人样儿。他跟民兵们闹"绝食"，奄奄待毙。

他一病在床起不来。

又过了半个来月，年根儿那几天中的一天，赵长福将儿子唤到床前，用颤巍巍的手抚摩着儿子的头，说："儿，你要记住爹的话。爹从没在人前栽过跟头，只为听你夜里叨咕梦话都想白面馍吃，才一时糊涂动了做贼的心，结果落这么个辱没祖宗的下场！你长大了，要有志气，河东河西两村人中，替爹将脸面争回来，爹就是死了也安心，要不，爹没脸面见咱赵家阴曹的祖宗……"

当天下午，赵长福大吐几口鲜血，死了。

娘哭得天昏地暗中，河西村的人们都往河东村跑——徐家杀了那口猪，现割现卖……

小明贵将这个世界看透了。

他谁也不恨，连那些打过爹的人也不恨，单只恨"有德叔"。

因为这个人欺骗了娘，欺骗了他。幼小的他暗暗发誓，长大后一定要对这个曾使他感到很亲切的人实行报复。报复了这个虚伪的人也就是报复了整个虚伪的世界。

一种恨，除非有种忏悔催化，才会从一个人的心中渐渐根除。而忏悔，其实质首先是人对自己的心灵的宽恕，然后才是对他人的心灵上的补偿。只有某些博大胸怀内的高贵的心，才能原谅一切，将积恨转变为仁慈。从来没有一个人的心是不会恨的。不会恨的心便也不会宽恕，便也没有仁慈。高贵的心不过是不愿长期怀恨的心，与其说是以仁慈替代了报复，毋宁说是以明智替代了仇恨。长期怀恨对人的心灵是一种有害的损伤，尤其对从小就种下一颗恨的种子的人的心灵是这样。

明智的人懂得这个从根本上说是对自己有益的道理，而我们大多数人在大多数情况下是不够明智的。所以忏悔是我们大多数人在大多数情况下求救于自己的心理行为。

长大成人的明贵，很想摆脱对徐有德的怨恨。这怨恨如同溃疡一样，经常扩散开来，遍布他的心间。可是从小种下的一颗种子，根须已经深深扎在心里，得靠别人帮助他刨掉。除了娘，没有另外一个人知道他心里种下过这样一颗种子。娘不但不帮助他从心里刨掉对徐家的怨恨，而且常常提醒他别忘了这一点。娘和他一样，早宽恕了打过爹的那些人，唯独对徐有德不宽恕。

"当年我们娘俩双双给他跪下哀求他，他都不怜悯，都舍不得半扇猪！无情无义的东西！我们赵家的后代永不能再同徐家的后代有交往！……"娘经常对他说诸如此类的话。可是娘又打心眼儿里喜欢秀秀。

明贵也是喜欢秀秀的。所以他要娶她。他却无法做到因喜欢秀秀而从内心深处消除对徐有德的怨恨和实行报复的念头，所以他更要娶她。娶了徐有德的女儿，将徐有德的女儿变成自己的老婆，既能满足他爱的愿望，也同时能满足他报复的愿望。这两种愿望都是他的大愿望。这两种愿望并非交替活跃在他心中，而总是同时活在他心中。看见了徐有德，他便会想到搂抱着秀秀那成熟得诱人的身子睡在被窝里该是怎样的一番欢乐。看见了秀秀，他便会想到有朝一日对徐有德这个人实行了报复该是件多么痛快的事。两种愿望，都因其中一种的存在而难以泯灭，也都因其中一种的存在而难以增长。它们形成他内心深处无法排除的痛苦。而这痛苦之上，是他的六百只鸡和鸡们每天下的一筐筐的蛋带给他的真实的寄托。他的鸡是他的上帝。他甘愿做它们的奴仆。他觉得它们比人更有良心。只要好好饲养它们，它们就一天下一个蛋。蛋是他的信仰，蛋是钱。靠什么他使自己成了河东河西两村的一个人物？靠的是蛋，靠的是钱。靠什么他没有辜负爹临终的教诲？靠的是蛋，靠的是钱。靠什么使似乎早已被人们遗忘掉了的爹在死了十几年后又被肃然起敬地经常挂在人们嘴边了？靠的是蛋，靠的是钱。

那些当年吊过打过爹的人们，是在他成了河东河西两村的一个人物后才纷纷登门向他们娘俩请罪的，不是在这之前。

"瞧人家长福的儿子，不显山不露水地就将日子过得发起来了！"

"长福要是活着，现在多抖神儿呢！"

"唉，要论长福，那可是个老实厚道的人！当年只为半麻袋麦子，唉，唉！……"

这些言论，是在他成了河东河西两村的一个人物后人们才故意当面说给他听的，带有明显的巴结讨好的内涵，不是在这之前。

没有了鸡和蛋，他便没有了爱的权利。徐有德那么个人，肯把女儿嫁给穷户吗？就是肯，秀秀甘愿吗？

没有了鸡和蛋，他便没有了实行报复的可能性。徐有德会把他放在眼里吗？他又能怎么去实行报复呢？除非趁黑夜去烧徐家的房子或往徐家水缸里投毒。那是要犯法的。他天生没有敢犯法的胆量。

而如今，靠了那六百只鸡和鸡们每天下的一筐一筐的蛋，徐有德分明认识到了他是一个竞争能力大大超过自己的对手，又嫉妒他，又不得不讨好他，联络他的感情，还不得不答应把女儿嫁给他。这已经是一种报复了。

对于他，鸡和蛋是比娘更重要的。使他时时觉得自己如同一个王国的国王。他要不断地扩展这个王国的规模。他活着的最高使命，首先是为了这个王国的存在。他活着的最高形式，是做六百只鸡的奴仆。眼前是六百只，将来则是一千只，二千只，三千只，一万只！

一万只两天下三个蛋的鸡！先是成为全县，其后成为全省乃至全国首屈一指的养鸡大王。他知道徐有德连做梦都想成为一个养鸡大王。但他的野心要比徐有德大何止一百倍！他已渐渐地在他的王国里变成了一个中性的人，可是他自己并不能悟到这一点。对女人来说，他是个相貌堂堂、身强力壮的伟男人。对他来说，女人已很难引起他心理上和生理上的冲动了。让他选择一个女人或一只母鸡，他完全可能选择后者。但这并不意味着他已丧失了作为一个男人的性的本能。他不过是在一种性本能的迷失状态中逐渐"移情"了。"移情"在母鸡们身上。

他全心全意地爱着它们，饲养着它们。在它们中间，他如同一个国王在六百个妃嫔中间一样。那种占有的快感对他来说，是超越人的一切欲念之上的。

一些体态壮大的，从不需要"歇蛋"日子的母鸡，尤其倍加受到他的宠爱。他时常将它们抱在怀里，抚摩它们的羽毛，将脸贴在它们身上，喃喃地对它们说："小亲亲，我的小亲亲，你们可不知道我有多么喜爱你们呢！好好儿给我下蛋，我是不会亏待你们的……"而当它们一旦下蛋日渐减少，他杀它们的时候，是毫不犹豫也毫不手软的。杀得多了，便杀得利落了。一把逮在手中，将鸡头掐在鸡翅下，熟练地几下拔去鸡颈上的毛，快刀一抹，一分钟内足可结果两只……

而当那种男人的纯本能的需要，有时夜里也纠缠着他睡不着觉的时候，他便以纯本能的方式满足自己那种本能的需要，想象着秀秀就搂抱在自己怀里。事过之后，酣然入睡。秀秀在他的意念中便也消失。

白天他没闲工夫想到秀秀。白天他彻底是中性的。白天活脱脱站在他面前的秀秀也是中性的。白天有性别的生命在他只一类——母鸡。

徐有德养鸡比他早，可以认为是他的"导师"。徐家靠养鸡富起来后，他嫉妒得要命。一天夜里他曾揣了几包耗子药，潜入徐家鸡舍。那是他唯一的一次受报复念头驱使的犯罪行为。但他及时想到了宣判、手铐、监狱、无依无靠的娘，终于没敢将耗子药拌入徐家的鸡饲料中。这件事只有他自己知道，一回忆就后怕。

"徐有德，你靠养鸡富起来的，我也要靠养鸡富起来！要比你还富！我要比得你在我面前低下头来！……"

那天夜里他立下了这个雄心。

他对徐有德的报复计划，现在不但已在进行之中，而且已实现了一半，尚待实现的那一半计划是——娶了秀秀之后，通过秀秀动员徐有德，将四百只鸡委托他代养，使徐有德这个养鸡个体户名存实亡。逐步地他要侵吞徐家的四百只鸡。到那时，徐家的人都将成为仰仗他赵明贵而衣食的人了。他绝不会在衣食方面亏待他们，而且每月赏赐他们零用钱。只不过要时时提醒他们，他们是靠他养活的。他也绝不会不再养活他们。只不过要时时威吓他们。他想不再养活他们，就完全可以不再养活他们。没有哪一条法律规定他必须承担这样的义务。当然了，更要时时提一提半扇猪的事儿，比如在饭桌上就最应该有意无意地提一提。有意无意地，才其味无穷。他认为自己是个很宽厚的人，这样做简直算不上是报复嘛！即使也算报复，那也是极文明的报复嘛。别管什么事儿，只要做得文明，就无可指责。

还有些时候呢，他也曾放弃自己的报复计划。这个计划一步步实行起来也够累的。累心。但每当这时，他和娘双双跪在徐有德面前那"历史的"一幕，就像电影似的出现了。

十几年来，他一直期待着某一天徐有德亲自向他忏悔一番，那么沉淀在他心底的怨恨便会冰消雪化了。他是非常之需要徐有德帮他一把的。

徐有德却似乎早把当年的事儿忘了，根本不记得了。

"明贵，哪儿去啊？"

"明贵，吃了没有？没吃到我家吃顿吧？现成的！"

"明贵，你娘近来好吧？也不过河来串门儿！"

"明贵，进县城吗？给我捎几包鸡药，我家有几只鸡打蔫儿了呢！"

徐有德碰见他的时候，总是摆出副亲近长者的面孔，主动打招呼。河东河西两村，与赵家关系顶顶密切的人，非他徐有德莫属似的。这使沉淀在他心底的怨恨更加难以消除，更加认定了徐有德是个虚伪之至的人。于是他便以虚伪回报虚伪。

其实徐有德并没忘记当年的事儿。他很想忘记，却忘记不了。倒是希望赵家娘俩彻底忘记了。他对明贵那种亲近劲儿，不过是试探。给他的印象是，明贵这孩子仍将他视为"有德叔"。这对他是很大的安慰。

徐有德是个最没有忏悔意识的人。他的大半辈子生活经验告诉他，人人都是他妈的自私透顶的东西！好人是坏在骨子里的人。坏人是坏在表面的人。好人亦是坏人。乐善好施的人亦肯定是有所图谋的人。人人如此。他为当年那半扇猪肉忏悔个屁！犯得着吗？何况明贵那孩子（有时他也背后叫明贵是"那小子"，因思维趋势的不同而叫法不同）已然是他的半个女婿了！更犯不着啦！

明贵给他买的那批两天能下三个蛋的小鸡雏被黄鼠狼咬死了多半，他心疼得整整在床上闷躺了两天，滴水不进。他这辈子没吃过什么大亏上过什么大当，没被谁坑过骗过，也没被谁欺负过，也就没怎么恨过。黄鼠狼给他补上人生这一课。

第三天，他爬起来了。他要进行报复。做了一个套，舍出一只活母鸡当诱饵。却没套住黄鼠狼。那只母鸡也赔上了。他几乎气炸了肺。母鸡死了好吃肉。开膛破肚，鸡腹内嘀里嘟噜一串蛋荏子，他竟落泪了。眼泪不是为那只母鸡而落的，是为那些没下出来的蛋。秀秀娘将炖的整鸡首先用盆儿端给他。他撕巴撕巴，大吃特吃一顿，又喝了半盆汤。觉着两天来身体的亏损有了些滋补，更精心地又做了好些巧妙的套子。

那只黄鼠狼终于被套住了。是只白尾巴尖的老黄鼠狼，身子有一尺多长。他蹲在被套住的黄鼠狼跟前吸了三支好烟——大前门的。正如有人看书看到精彩之处忍不住也要吸烟一样，报复的快感使他忍不住也要吸烟，且要吸好烟。……

夜里，他突然肚子疼起来。说疼时，便疼得凶了，满床打滚儿，喊疼不止。秀秀娘问他究竟是肚子疼还是胃疼，他哎哎哟哟地说不明白，一会儿说是肚子疼，一会儿又说是胃疼。秀秀娘赤着双脚下了地，翻箱倒柜一通，找出两片药。不知是什么药，不敢给他瞎吃，便连声喊秀秀。秀秀慌慌张张地披件上衣奔过这屋里来，看那药，说不是管胃疼或肚子疼的，是管头疼或牙疼的。村里原先那个"赤脚医生"如今赶时代之潮流，"跑单帮"发财去了，两年多没回村了。也不知是在外边发了横财买下房屋过富贵生活呢，还是犯了什么经济案被公安局逮起来了。卫生所早不存在了。半夜三更的，也没处去找个懂医道的人来看个明白。秀秀娘没辙，只好再上床，跪在床上揉他的肚子，权当他是肚子疼。秀秀不便看着，默默退了出去。

那一夜，在爹哎哎哟哟的呻吟声中，秀秀再没合上过眼睛。她提心吊胆，怕爹挺不到天明，疼得一命呜呼。她很有些后悔，觉得这几天中一连串不愉快的事，全与她这个当女儿的有极大的关联。

录音机是退还给省城里来的那个大学生了。

他奇怪地问："你听出什么地方有毛病了？"

她摇头。

"你又不喜欢了？"

她仍摇头。

"你觉得不合算了？"

她还是摇头。

他更奇怪："这是进口的。日本原装的。虽然小，但音质很好。我半价卖给你，其实吃亏的是我，不是你。我的一个同学曾想用原价买我都没卖。因为我简直离不开它……"

她终于低声说："我知道你自己很喜欢，也知道你是很吃亏地卖给了我……是我爹，不许我买……"觉得非常对不起他的好意。

"你爹？为什么？不是你自己的钱吗？"

"我的钱也是我爹的钱。"

他更糊涂："这村里的人都说你家起码在银行存了两三万，你爹怎么连一台录音机也舍不得给你买？"

她便又沉默。

"那我白送给你吧！还有这些录音带……"

"不，我不要，我怎么能白要你的呢？"

"不是你白要，是我白送给你。"他纠正地说，"要和接受是两回事儿，你接受了，我心里高兴！"他说着，将那台录音机捧到她面前，样子十分虔诚。

她默默地接受了。她定定地看了他几秒钟，一转身拎着录音机跑出了他的房间……

徐有德的肚子，疼到天快亮的时候，像疼起来那么突然地不疼了，昏昏沉沉地睡了过去。

秀秀娘是个迷信的女人。

她认为丈夫的肚子疼得有些蹊跷，进而认为肯定与那只白尾巴尖的老母黄鼠狼的死有关。"她"毕竟是位"仙姑"啊！分明是"仙姑"的魂灵不散，在丈夫身上作起祟来了。

她去请本村的"神婆"姚三奶。这姚三奶既是"神婆"，也算得上是半个"女郎中"，会号脉，会扎银针，还会配些一般头疼脑热的土药方。自从"赤脚医生""跑单帮"去以后，河东河西两村男女老少有个小灾小病的都找她。她本已改邪归正，不再"跳大神"了。但是听秀秀娘说了一遍徐有德怎样活剥了一只白尾巴尖的老黄鼠狼，又怎样将它剁成肉馅喂了鸡后，感到问题实在太严重了。

"是白尾巴尖的吗？"

"是白尾巴尖的。"

"肯定是只母的吗？"

"肯定是只母的。"

"还剁成了肉馅？"

"还剁成了肉馅。"

"还喂鸡吃了？"

"还喂鸡吃了。"

"我的天！可不得了，秀秀她娘，可不得了呀！又是白尾巴尖的，又是母的，你就没法儿猜'她'有多大辈分啦！还不儿孙成群呀？秀秀她爹可闯大祸了，'她'的儿孙们不把你家闹个天翻地覆才怪呢！……"

唬得个秀秀娘魂飞魄散，张大着嘴，半晌儿说不出话。

"别怕。别怕！好歹有我，好歹有我姚三奶呢！常言说得好，救人一命，胜过积八辈子德。同村住着，我能袖手旁观吗？你先头里回去，我收拾收拾随后就来！……"

秀秀娘慌慌张张地就往家赶。

姚三奶倒并非想诈取钱财。她是信黄鼠狼会得道成仙这种说法，也非常自信她那套驱邪的本领。她完全是凭着侠肝义胆要为救徐有德一条活命而重操旧业，赴汤蹈火在所不辞。

她怀里隐藏个布卷儿，一双小脚向前移动得如急急风律，身子扭扭搭搭地就到了徐家。她先命秀秀娘拉严窗帘，随后从怀里抽出布卷儿，展开来，呈现一柄尺长的小桃木剑（原有的那把在"文革"中被没收了，至今仍是队长家孩子的玩物。这一把是新近让儿子削的，尚未"血刃"）。她又命秀秀娘燃上香。秀秀娘说家中无香。她说蚊香代替也行。秀秀娘便遵旨燃上了一盘蚊香。这时间内，她已抹了把锅底灰涂在自己脸上，皱巴巴的脸变得吓人倒怪的。

于是她让秀秀娘出去，倒锁上门，休放跑了黄鼠狼精，口中念念有词，一把桃木小宝剑上三下四，左五右六，仿佛要决一死战。徐有德被蚊香烟熏醒了。昏暗中，他看到一张"鬼脸"和手舞足蹈的肥胖丑陋的人形。他以为自己是在做噩梦，翻了个身。

姚三奶却以为是自己的法术灵验，叫道："妖孽！你怕也不怕？不怕奶奶就上床了！"便往床上爬。无奈身子肥胖，爬不上去，一手拽徐有德的胳膊："你拉我一把！"

徐有德方知不是在做噩梦，一个鲤鱼打挺坐了起来，一胳膊将姚三奶甩倒于地。

"妖孽！你好大胆！着奶奶一剑！"姚三奶笨拙地爬起来，舞着涂了锡粉的小桃木剑向他做砍杀状。

徐有德怪叫一声："有鬼！"蹦下地，扑到门上，使劲儿推门。推不开。

"妖孽！你哪里逃！"姚三奶围着他乱跳乱叫，如怒目金刚，其声却又雌而不雄。

徐有德推不开门，便夺窗而逃。

但听哗啦一声，裹着窗帘布跌到院子里去了……

受这一场惊吓，他的神经便有点错乱，也以为自己果然是被黄鼠狼"迷"了，白日时常胡言乱语，自谓姓黄，乃九世修成正果的大仙，不建仙庙则誓不罢休云云。夜里时常猛醒狂呼"有鬼"，从窗口往外逃。

秀秀和娘在明贵的帮助下，不得不将他送进县医院就医。大夫并不视他为一个严重病人，只不过每天给他打一针镇静剂，睡前给他服两片安眠药而已。

一个星期后，幻觉消除，黄鼠狼的灵魂也不知从他身上悄悄遁往何处。他惦着那四百只鸡，怀疑秀秀"贼心不死"，又偷他的蛋私自去卖，昧他的钱，更心疼每天所付的住院费，便心急火燎地出院了。

回到家里后，他开始想到了死的问题。对一个养着四百只鸡，银行里存下三万来元一大笔钱的人，死无疑是一个十分严肃的问题。天有不测风云，人有旦夕祸福，说不定哪一天自己会很突然地死去吧？比如这一次，不就是个凶兆吗？一旦死了，那些鸡靠谁养？指望秀秀吗？秀秀年底便是赵家的人了，指望不上。指望老伴儿？如今连一天三顿饭都有点指望不上老伴儿了。指望儿子？可惜儿子年纪太小，撑不起他那四百只鸡的辉煌事业。他如亿万富翁，因后继无人忧郁得唉声叹气。

有天晚饭后，他将秀秀娘和秀秀召到跟前，自己正襟危坐在一把旧椅子上，问："你们说，如果我明天死了，你们怎么办？"

秀秀娘听他的话大有"临终嘱咐"的意味，顿觉感怀伤心，红了眼圈儿回答："秀他爹，咱又养四百只鸡，又存着那一大笔钱，富贵日子还在今后呢，你可千万别有什么想不开的，往死道上琢磨呀！"

秀秀也扑簌簌落下泪来，低声说："爹，都是我不好，惹您生了那么大的气！往后我再也不提买录音机了，我再也不昧您一分钱了，我……我给您下跪保证……"就跪在了他面前。

"你起来！真是养女白嫁人，养子才防老啊！唉，唉！……"他俯视着女儿，绝望得要命。

秀秀愧得无地自容，垂着头站了起来，寻思半晌儿，又说："爹，那我就不嫁明贵了！谁也不嫁！我这辈子在家帮您养那四百多只鸡！……"

"混账的话！"他瞪了秀秀一眼，将脸转向秀秀娘，没好气儿地说，"我才不想死呢，我还没活够呢！"

秀秀娘连声道："那就好，那就好……"

他思考成熟地说："秀秀是要嫁给明贵的，日子也不能往后推。但要明贵那小子当众立下一个字据，表示他甘愿改姓！"

"改姓？"秀秀娘坠入五里雾中。

秀秀说："爹，你这不是为难人家吗？"

"当然是有点为难他。他一定得改姓。姓徐。还要当众叫我一声爹。他若肯，有他明贵小子的好处……"

"啥好处？"秀秀因爹这想法与自己的终身大事有直接关系，忍不住打断爹的话冷冷地问。否则，她便不问了，随爹咋想咋做去。她觉得黄鼠狼的灵魂并未遁去，仍在爹身上作祟。

"嘿嘿，我那四百多只鸡合过他家去！"徐有德用充满牺牲精神的语调回答。

"你这又是何苦哩？我越听越糊涂！"秀秀娘撇撇嘴道，"明贵就那么听你摆布？"

徐有德成竹在胸地说："明贵那小子眼里，我那四百多只鸡比咱秀秀要紧多哩！他心里早就谋算我那四百多只鸡了！这一步棋看不出，我徐有德也白活五十多岁了！我成全他这一步棋！但是，我的鸡，那就像我的血脉！我死了，也不能归了旁姓人家去！它们也还是要姓徐！我让他小子不管将来发到什么份儿上，永远头上顶着我的姓！……"

徐有德几乎是恶狠狠地说出这番话。

秀秀和娘面面相觑，目瞪口呆……

果然不出徐有德所料。他托人将条件过给明贵，明贵虽当着那人的面破口骂了他一通"老混蛋"，第二天却亲自登门道歉，爽快应承，一切照办。

于是，徐有德选了个吉祥日子，在当院摆了一桌酒菜，请了十来个公证人，立下了一份字据。

"明贵，你从今往后，愿姓徐吗？"一个公证人煞有介事地问。

徐有德一手拿着自己的印章，两眼眈眈地盯着明贵，单等往字据上落下去。

明贵也瞅着他，嘴唇动了一下，却没说出声音。

"我们都没听见啊！"其他的公证人一个个特别认真负责。

"愿意！"明贵大吼一声。

公证人们被吓了一跳，一个个表情愈加严肃。

"现在进行第二项。明贵，徐明贵同志，你叫徐有德一声爹吧！"

"爹！"——气冲霄汉。

徐有德手中的印章，高高举直，缓缓落下，双手护着印章，将身体的重量也倾压了上去。

"好！"

公证人喝彩不已。

两份字据，徐有德自己揣起一份，另一份无比庄严地交给明贵，然后斟了一盅酒，双手擎着，用似乎很动感情的语调说："好儿子，你喝了爹这一盅！"

明贵接过，一饮而尽。手背抹下嘴唇，也斟了一盅酒，双手擎着，对徐有德说："爹，你也喝了这一盅！"

徐有德更不含糊，同样一饮而尽。

众公证人就又喝彩。

那热闹的时刻，秀秀躲在河边哭……


## 四


晚风裹着河上游的凉爽，撩人心思地吹来了。河东河西两村，宁静地笼罩在绛紫色的暮霭中。炊烟在人家屋顶上徐徐地长。

一条载满猪草的无帆船顺流而下。驾船的小伙子，赤膊站在船尾，不慌不忙地扭动着橹，两眼打远处就盯着秀秀，直盯到近处，油腔滑调地唱道：


掩绣窗，剪银灯，羞把罗纬放。

一对儿鸳鸯，宽衣解带，上了牙床。

喜坏女红妆。

细端详，只见郎君拿醉样儿，故意装腔。

白日里缠人，夜里又拿搪，丧心病狂。


秀秀背过了身。

一船绿悠悠地飘去。


快些还奴的风流账，奴心里着忙。

你不依，俺就闹到东方亮，给你个不在行。

……


挑逗的歌声无赖似的仍缠着她。

"狗剩！狗——剩——哎——"

河西村里，一个女人扯着嗓子召唤小孩。

一船绿是越去越远了。

"狗——剩——哎——"

女人的嗓音，叠入小伙子的歌声。

要是嫁给那么一个小伙子命运又会怎样呢？她想。

望着越去越远的一船绿，秀秀兀自发起呆来……

没有不散的筵席。

明贵敞着衣襟，浑身发着酒气，脚步跟跄地沿河边往家走。

他是真醉了，不过头脑倒还清醒。

"老混账！老狐狸！……"心中咒骂着徐有德，觉着自己像一个黄花大姑娘，被徐有德当众扒光衣服糟蹋了个够，自己还得当众说乐意！

不过四百多只鸡是毕竟归我了！他想。我的愿望毕竟实现了！

谁能不承认，那是很好的野心？

不承认的人就准是个嫉妒！

这么一想，他又觉得虽然当众叫了徐有德一声"爹"，虽然从此姓徐了而不再姓赵了，却并不吃亏。

姓……姓有什么用处呢？姓是换不成钱的。

徐有德啊徐有德，你从此被我明贵攥在手心里了！

而躺在家中的徐有德，打着饱嗝，用笤帚糜子剔着牙缝，也在醉醺醺地作如斯想。得意之极，忍不住哼哼呀呀地唱戏文。

在同一个秀秀身上，他们似乎都看到了自己实现了的野心和成功的计谋，都认为自己比对方聪明得多，也都同样感到失落了些什么。究竟是什么呢？同样也不清不楚。也都不愿寻思清楚。

明贵走着走着，发现了秀秀。

"秀……秀……到……到年……底……我把你……和……和你家的四……百多只……鸡……一块儿……娶……娶过来！……"

"赵明贵！你……"

秀秀手指着他，气恨得说不出话。

"我……不姓……赵了！……从此……姓徐……徐了！……亲上……加……亲……"

"我瞧不起你！"

"瞧……不起……我？……就为……就为我当了你……你爹个……儿……儿……子？……"

秀秀一句话，又扇起了明贵心里那种当众被糟蹋的心理。这种心理上升着，迅速压倒了吃小亏占大便宜的心理，迅速演化成一种报复的念头。这念头夹杂着他在家里偶尔联想到她才产生的那种男人的本能的冲动，使他觉得此时此刻必须在她身上发泄一通才舒坦。

他朝前一扑，将她抱住了。随着冲劲儿，他抱住她倒在了地上。秀秀挣扎着，却徒然地挣扎不脱。

他们就在地上滚着，搏斗着。像一头熊和一只狸猫子在拼命。

她的衣服在滚打中被他撕破了。

他们从岸上滚到了水中。

他终于将她压在身下，她的身体浸泡在浅水中。

他呼哧呼哧地喘息着，就扒她的裤子。

她在梦中都无数次地期望过的这件事，她曾不顾一个未嫁的年轻女子的自尊诱惑他给予她而从未满足过她的这件事，今天是以动物般的野蛮的方式实现了。

两个人扑腾起的水花溅到她的脸上，呛了她一口水。

她在他身下咳嗽。

他不管。

眼泪从她眼中淌了出来。她抓住他的一只手，狠狠地一口咬下去！

明贵惨叫一声，放开了她。

她趁机爬上岸，系好水淋淋的裤子，连看也不看他一眼，跑了。

夜里，徐家的鸡舍着起大火来。

火好凶！根本没法儿扑灭。

徐有德望着大火，瘫在地上。 他觉得他的一座辉煌的宫殿是彻底完了！

疯狂的"迪斯科"音乐从大火中传出。

秀秀娘呼天抢地："秀秀！秀秀！我的秀呀！……"

那是很著名的一首"迪斯科"……